Le Nouvel Étranger

Récit d'une vie romancée

Emmanuel Angeloux

Library of Congress Control Number:		2011961724
ISBN:	Hardcover	978-1-4691-3042-2
	Softcover	978-1-4691-3041-5
	Ebook	978-1-4691-3043-9

This book was printed in the United States of America.

Deuxième Édition

Version plus développée et plus élaborée

To order additional copies of this book, contact:
Xlibris Corporation
1-888-795-4274
www.Xlibris.com
Orders@Xlibris.com
107276

Remerciements

Je voudrais remercier de tout mon cœur tous ceux qui m'ont aidé à mettre sur pied ce projet. Chacun d'eux a contribué d'une façon ou d'une autre à la réalisation de ce livre que je portais en moi depuis de longues années. Grâce à eux je m'en suis débarrassé.

Si je n'arrive pas à mentionner leur nom, c'est qu'ils sont nombreux. J'ai peur d'en oublier quelques uns. Je leur en demande pardon.

Je leur en suis, sincèrement, très reconnaissant.

E. A.

Chère lectrice et cher lecteur, si le hasard, pour mon bonheur, voulut que mon ouvrage vous rencontrât, puissent la curiosité intellectuelle vous guider dans la recherche épineuse de la vérité et la sainte patience vous soutenir jusqu'à la fin de cette déroutante et triste, mais quelque peu enrichissante aventure. Dussent l'art, le talent et la perfection y manquer, les efforts assidus que j'ai déployés pour écrire ce livre pourraient à la rigueur mériter votre mansuétude et votre bienveillance, votre indulgence et votre clémence.

Bonne lecture!

E. A.

Non nova, sed nove.

À mon père.

CHAPITRE I

La séparation

L'immense quartier de Mûrier ressemblait à un tas de pierres quelque peu élevé roulant lourdement tout au long de Tourelle, un bidonville. Tous deux étaient habités des pauvres de la capitale. Les maisons aux couleurs variées fatiguaient les regards des visiteurs curieux qui venaient souvent voir la misère vivante s'étaler ou rôder dans les rues ou se tapir au seuil des portes béantes du malheur. Les rues, à moitié asphaltées, souvent étroites, trouvaient péniblement leur chemin à travers les boîtes exiguës de béton armé et de bois pourris. À part les égouts découverts d'où émanaient des odeurs écœurantes qui infestaient chaque rue, chaque maison, chaque coin, les taudis surtout n'étaient épargnés ni de la chaleur torride et des poussières de l'été, ni des intempéries, ni des bourrasques et ni des tempêtes violentes de l'hiver. Le soleil brûlait les malheureux à point. Ils suffoquaient de chaleur lorsque juin s'annonçait. Et quand alors le vent soufflait, souvent les cyclones de poussières aveuglaient impassiblement les piétons et couvraient de leur épaisseur livide les toits du bidonville, gémissant sous leur attaque et entraient presque impunément pour salir les nattes, les quelques habits et les matelas entassés dans l'encoignure. Les pluies torrentielles des saisons froides ne les ménageaient pas non plus. Les nuages bas et lourds, comme la boîte de Pandore, avaient toujours de ces surprises qui marquent profondément la mémoire humaine de tristes souvenirs. On voyait ces habitations patauger dans la boue visqueuse, s'empêtrer dans des situations qui commençaient en automne et ne prenaient fin qu'avec le départ de l'hiver.

(Dieu où es-tu? . . . . Quand cesseront donc nos misères? . . . . Ne sommes-nous nés que pour souffrir et crever? . . . . Quelle vie de chien! . . .).

Ces bouts de phrases s'entendaient à longueur des journées. Les plaintes, les protestations et les colères incessantes montaient par vagues successives mais faibles, elles venaient mourir aux portes du ciel sourd.

Dans cette multitude misérable vivotait avec sa famille Michel Forestier, un planton malmené par les chefs de bureau et dédaigné par les éminents visiteurs en redingote et au chapeau melon. Au petit matin, il enfilait son pantalon et endossait l'unique veste qu'il avait achetée depuis une éternité et, rapide, il courait les rues pour aller accomplir sa modeste tâche: ouvrir les bureaux, épousseter les tables et les chaises, préparer le café-au-lait à son supérieur et recevoir parfois les messages téléphoniques. Quoiqu'il fît de son mieux pour plaire au chef de section, monsieur Laurent Roubaix qui dirigeait une des nombreuses petites succursales disséminées dans le pays et à l'étranger de Monsieur Paul Tardieu–on surnommait ce dernier le Président, vu sa richesse colossale et son influence politique indéniable–et pour mériter à coup sûr une légère augmentation promise souvent mais différée toujours, il ne réalisait jamais ses rêves: manger à satiété, lui et sa famille.

Il essayait alors de parler aux amis de son patron ou à un parent influent et parfois même, pendant ses jours de congé, il allait voir Mme Roubaix pour le même but. Les uns s'efforçaient de comprendre sa situation et d'autres compatissaient par charité chrétienne; et Michel maugréait contre eux qui l'entendaient dire: «La charité, je n'en veux pas. J'ai droit . . . . » Mais sa voix souvent s'estompait dans le désespoir et l'amertume.

Malgré le silence et les refus répétés provenant de M. Roubaix, il gagnait son travail souhaitant des lendemains meilleurs. Entre-temps, sa famille privée du nécessaire endurait une vie misérable dans ce quartier poussiéreux, boueux, empesté, dans cette boîte de béton minuscule, dénudée et imprégnée de malédictions.

Comment était-il donc englué dans cette exécrable misère? Pour son malheur et pour celui de sa famille, il tomba sur un haïssable, un fourbe commerçant, M. Mard, au corps gros comme un éléphant et au cœur noir comme la suie qui abusa de sa simplicité et de son honnêteté. Michel Forestier, grâce à son emploi précédent la guerre, avait mis de côté une respectable quantité d'argent. Après la guerre et en raison des situations difficiles insurmontables, il devint désœuvré pour une longue période de temps. En dépit de la désapprobation de sa femme et malgré son inexpérience de gestion commerciale mais convaincu par ce fieffé malin, il décida de se lancer dans une affaire privée qui serait son futur pactole: faire de l'importation et de l'exportation, domaine, lui dit-il, hautement lucratif. Mais le pernicieux roublard, le chien inhumain, le monstre hideux, M. Mard voulait user de son économie comme si elle lui appartenait et le poussa, à force d'exemples trompeurs, à acheter un camion qui pouvait à peine se tenir sur ses pneus. Ce qui fut fait. Le commerçant faussaire, utilisant alors des ruses ignobles, des méthodes louches, le scélérat menteur fit luire aux yeux de ce novice des mois et des années de vie luxueuse, alors que toute l'intention de ce putassier d'homme d'affaires était de lui subtiliser, à coups de mensonges et de prétextes, la bourse de cette famille désireuse d'améliorer sa situation financière. Son objectif fut atteint. Ainsi a-t-il fait fondre en moins d'un an toute l'économie que M. Forestier avait accumulée. Endetté à cause de plusieurs échecs et des dépenses exorbitantes, il se vit volé puis abandonné par cet homme exécrable. Sa situation financière s'empira de telle sorte qu'il fut obligé de vendre son maudit camion délabré. Il vivota par la suite misérablement du peu d'argent qui lui restait à cause de cette funeste mésaventure.» Homo homini lupus», (L'homme est un loup pour l'homme,) disaient les Romains. M. Mard était cet homme-là, un loup rapace, à la conscience corrompue par le diable. Peste soit de lui et de sa maudite cupidité et que le diable emporte aussi tous ses congénères!

La pauvreté poussa alors l'humble employé à vouloir se débarrasser de son fils Joseph. Pourtant il luttait continuellement en vue de nourrir les bouches affamées de sa petite famille: une femme abattue par le ménage, par son travail si peu rémunéré et par quatre enfants encore en bas âge. L'aîné avait à peine treize ans.

«Après tout, il sera mieux nourri au couvent» se dit-il, comme pour se disculper, regardant tristement son épouse qui se voyait arracher par le destin, un de ses enfants, encore tout vivant. «Oui, une bouche de moins» murmura-t-elle d'un ton amer.

Le trousseau de l'enfant était maigre: une malle sortie du grenier, écorchée et sale, suffisait amplement à contenir deux chandails, trois chemises, deux pantalons, deux essuie-mains, un savon, un peigne, une brosse à dents mais sans dentifrice, deux paires de chaussures, une paire de chaussons, quelques vieilles socquettes, le linge indispensable et deux draps etc. L'enfant embrassa rapidement sa mère, mais, malgré la solennité du moment, il ne put pleurer et il se vit, comme poussé par une force aveugle, emporté par la main. Il traîna alors ses souliers vers un but que son esprit ne pouvait deviner.

Tout le long de la route, Michel évitait les regards interrogateurs de son enfant. Il voulait avaler la distance pour arriver à sa destination le plus rapidement possible et pour ne pas avoir à engager des conversations pénibles aussi bien pour lui que pour son fils. Démunis, ils s'engouffrèrent dans un vieil autobus. Le père acheta une pâte cuite pétrie de serpolet à un vendeur ambulant et se la partagea avec son jeune compagnon de voyage. Tout en mangeant, ils regardaient tout autour d'eux. Les cris des vendeurs, le brouhaha de la foule, le klaxon des voitures amusaient le petit voyageur mais énervaient plutôt le père. Ce dernier cherchait des yeux une horloge. Le temps se prolongeait démesurément. Le petit voyageur, lui, convoitait des oublies. Mais il n'osait pas en demander à son papa. La galette était à la fois son repas et son dessert. L'attente à la station continua à s'étirer éternellement. «Ferme la fenêtre, dit-il au petit un peu énervé. Il va falloir arriver au couvent le plus tôt possible et ce chauffeur ne bouge pas.» «Au couvent? Quel couvent? S'enquit l'enfant.» «St. Jérémie, répondit son père» «St. Jérémie? Répéta, hébété, son compagnon de voyage»

L'enfant n'en avait pas entendu parler. Mais ces mots l'étourdirent un moment. La durée s'alourdit, le chauffeur et ses confrères bavardaient toujours en échangeant des anecdotes, tandis que le receveur, son adjoint aussi dans le recrutement des passagers, criait sans répit. «Vermont . . . . Allez hop . . . . L'on y va . . . . Allez hop . . . . Sur-le-champ . . . Allez hop.» Quant au père, il regardait anxieusement les quelques sièges qui demeuraient toujours vides malgré les appels répétés, la gesticulation accentuée et bizarre du pauvre clown. «Quand donc le chauffeur décidera-t-il de conduire, souffla-t-il impatient.» Enfin, la portière s'ouvrit: un déclic se fit entendre, le moteur gémit un moment, se tut, puis reprit; le bruit se propagea, s'amplifia en pétaradant. Le vrombissement mit un terme à une longue attente qui rongeait inlassablement les nerfs de Michel. L'omnibus démarra lentement pour s'être empêtré dans un fourmillement de voitures qui s'avançaient comme un troupeau de moutons écervelés, se frayant quand même un chemin et sortit de l'embouteillage après un long et martyrisant effort. Les passagers, comme le moteur, se détendirent et les langues se délièrent: certains parlaient du temps, de la nature; d'autres du bourg ou des événements en cours. Mais ces conversations frappaient vaguement l'oreille de l'employé angoissé.

Le bus emprunta l'autoroute St Charles. L'enfant regardait par la vitre. Les immeubles, les maisons, les arbres plantés le long des trottoirs, tout reculait et disparaissait comme raflé par la vitesse qui, après un long moment, l'étourdit et le livra au sommeil.

Le véhicule laissa loin derrière lui Beaulieu, la capitale. Sa forme ovale diminuait à mesure que le chauffeur abattait des kilomètres jusqu'à ce qu'elle devînt un amoncellement de pierres multiformes, une masse indistincte, puis un point qui disparut dans la mer. Les pentes et les montées raides se succédèrent et firent ahaner cette lourde voiture qui s'y agrippait non sans peine. De temps en temps, l'essoufflement du moteur secouait avec brutalité l'entassement humain. Enfin l'arrivée à Vermont, (c'était cinq heures de l'après-midi), la destination de Michel, éclaira le visage des passagers, et l'un après l'autre, ils dégringolèrent du bus, pâlis, courbaturés, mais visiblement satisfaits d'être sauvés des contraintes du long voyage.

Michel Forestier et son fils, restés seuls sur la place publique, cherchèrent des yeux le couvent St. Jérémie. Ils passèrent en revue les maisons à toiture de briques, les édifices, la cathédrale, les écoles mais ne rencontrèrent pas de couvent. Le père décida de se renseigner auprès des gens du bourg: «À un kilomètre d'ici, vous rencontrerez un sentier à gauche; suivez-le et vous y arriverez plus rapidement» lui expliqua poliment un Vermontais.

La malle d'un côté, son fils de l'autre, Michel sans mot dire s'engagea dans le chemin et disparut dans le sentier. Après un quart d'heure de marche, le duo misérable, parsemé de quelques feuilles mortes, émergea du bosquet.

Le couvent St Jérémie, imposant, se dresse devant les yeux brillants du père et ceux inquiets de l'enfant. L'énorme masse de pierres se dessine et montre ses volets. En face, les pierres s'élèvent à une vingtaine de mètres toutes parallèles. Les lignes noires courent d'un bout à l'autre longitudinalement et verticalement. La muraille est échancrée au côté nord comme au côté sud par deux portes laissant un peu deviner des espaces presque vides. Au milieu, vers le haut, perche un balcon. Le bâtiment de gauche qui montre une immense aile de construction moderne garde la porte fermée. Il est vraisemblablement destiné au logement des élèves. À droite, une grande église est desservie par un perron de plusieurs marches, dernièrement remodelé. Son clocher, aussi beau que ce lieu sacré, ne s'élève pas très haut, car visiblement il est plus vieux que les autres ailes du couvent. Plus tard, cette première prise de vue se révéla, au futur petit séminariste, partielle et incomplète.

Les voyageurs prirent le temps de se secouer, se passèrent la main sur la tête, chassant les feuilles traînantes sur les épaules, les bras, la poitrine, les jambes; et pour donner le coup de grâce à la saleté, ils agitèrent les pieds et tapotèrent leurs vieux souliers contre la terre. Ils se sentaient maintenant prêts à se faire annoncer. Une cloche criarde vibra à l'intérieur. Puis un silence. Soudain Michel entendit des pas s'avancer puis s'approcher de la porte et un barreau de fer trembler et glisser dans des anneaux. Elle s'entrouvrit; un prêtre, sans doute le portier, tout menu, septuagénaire leva la tête en demandant:

- Que désirez-vous, Monsieur? lui dit-il d'une voix faible, mais pleine d'affection.
- Je voudrais voir le Père Supérieur, lui répondit l'inconnu, sur un ton réservé.

Le prêtre passa la tête dans l'entrebâillement de la porte et aperçut son jeune compagnon. Il comprit l'objectif de sa visite.

- Vous voyez la porte là-bas monsieur, lui dit-il, en montrant du doigt la porte fermée de l'autre bâtiment, vous ferez mieux de m'y attendre; le temps de faire le tour et j'y serai.

Michel, accompagné de son fils, se dirigea au lieu indiqué et y attendit de nouveau. Le visage ratatiné du prêtre reparut. Le portier les introduisit dans la salle d'attente. Un moment après, le Père Supérieur, un homme élancé à la barbe de charbon un peu ébouriffée, fit appeler le visiteur. Ce dernier, accompagné de son enfant se précipita vers son bureau, salua respectueusement, entra et s'assit sur le rebord du fauteuil. Il s'efforça, en s'agitant, d'expliquer ses misères, ses tentatives d'améliorer sa situation financière, ses prises avec des difficultés, ses échecs. De son côté, l'enfant, coi, admirait l'attitude théâtrale et la volubilité douce et persuasive de son papa. La situation de la famille, l'état de l'enfant poussèrent père Madet à se montrer compréhensif et compatissant. Il accompagna les Forestier jusqu'à la salle d'attente. Son regard tomba sur la piteuse malle que l'enfant, par honte, y avait laissée.

- Tu seras sage, n'est-ce pas? conseilla–t-il au nouveau venu. Puis il prit congé de l'homme et revint à son bureau.

Michel s'accroupit et enlaça son fils. De ses yeux minuscules et brillants, il l'examina voulant sans doute sonder sa pensée et saisir au vif ses sentiments; mais il se heurta à une muraille terrible en rencontrant des regards sibyllins et un visage calme qui semblait aussi immobile que le marbre. L'odieuse mort était-elle déjà entrée en lui? Cette sérénité apparente étouffait-elle un volcan de vagues sentiments prêts à l'éruption? Le père intrigué ne pouvait pénétrer dans les méandres de cette âme enfantine. Alors la joie qui l'avait tout à l'heure animé se transforma en inquiétude et bientôt en angoisse qui ne tarda pas à lui monter à la gorge. Il se demandait les yeux voilés de larmes si le fait de le livrer à l'Église n'était pas un acte d'abandon, de démission devant la lutte, ou alors c'était justement une manière parmi d'autres de conjurer le sort qui s'était acharné sur lui. Incapable de pouvoir élucider le dilemme dans lequel cet être innocent l'avait précipité, il brisa le lourd silence qui ajoutait une note accablante à la scène, car le temps de se séparer était arrivé.

- Fiston, je reviendrai te voir, ne t'en fais pas, lui dit-il, en tapotant son épaule et souriant malgré lui.

Ils s'embrassèrent, puis il partagea avec son fils le peu d'argent qui lui restait:

- Tu m'écriras n'est-ce pas? Tu m'écriras, insista-t-il.

L'enfant hocha la tête en signe de consentement, ce qui ranima la charpente décharnée de l'humble employé. Ce dernier se redressa, recula, gagna la sortie et l'enfant vit se refermer sur le visage mi-éclairé, mi-tourmenté de son père les battants de la porte comme ceux d'un caveau.

À peine ses yeux s'embuaient-ils qu'il entendit son nom murmuré. C'était le menu portier. Joseph, les souliers malmenés, les bas troués et rabougris, le court pantalon froissé et décoloré, la chemise usée et mince, le visage pâle et tendu, cette loque humaine se remua, la piteuse malle à la main et emboîta le pas au religieux qui le devançait en trottinant légèrement dans les couloirs. Ils débouchèrent par une basse mais large porte sur un dortoir immense. Les lits, le chevet contre le mur, secondés de tabourets, à droite comme à gauche, s'alignaient jusqu'au fond de la vaste salle laissant un passage libre pour permettre le déplacement des postulants. Toujours derrière le prêtre à la tête chenue, la nouvelle recrue jetait ses regards sur ces lits multicolores mais proprement arrangés. Le vieux, quant à lui, cherchait un sommier libre pour l'enfant. Il en trouva un dans une salle contiguë, le garnit d'un matelas, d'une couverture et d'un oreiller:

– Voilà enfin ton lit, lui confia ce serviable prêtre d'un ton altier. Une fois que tu auras mis en ordre tes affaires, tu passeras voir au premier étage ton surveillant père Allégret.

Après le départ du serviteur de Dieu, l'enfant ouvrit sa malle, en sortit le peigne, la brosse à dents, le savon qui lui servait aussi de dentifrice et les fourra dans le tabouret sur lequel il étendit longitudinalement un essuie-mains. Les savates, les souliers empaquetés disparurent sous le lit ainsi que la malle. La nouvelle recrue, ne voulant laisser sur lui aucune trace du voyage, retira la malle, choisit ce qu'il aimait, se nettoya, se lava, changea de pantalon, endossa aussi son chandail et donna rapidement quelques coups de peigne à ses cheveux. Puis il décida de quitter cet immense dortoir qui lui montra son épouvantable solitude.

Le ciel était noirâtre, la maison silencieuse. Les postulants sans conteste se confinaient encore dans la salle d'étude. À sa gauche, Joseph rencontra un vieil escalier de bois qui le projeta dans le couloir du premier étage. Il s'avança en contenant son souffle, examina les portes qui étaient toutes fermées.–Il apprit plus tard que c'étaient les cellules des prêtres–Il n'y rencontra personne. Il continua son chemin et tourna à droite. Sur chaque porte, un carton rectangulaire de couleur blanc sale attira son attention. Il s'en approcha et voulut l'examiner. Il y lut: À la chapelle; occupé; revient dans un moment; hors de la Maison; .... il remarqua aussi une ficelle attachée au carton annonciateur par un bout et, par l'autre, à un clou pouvant s'enfoncer dans des ouvertures minuscules pratiquées devant chaque bout de phrase. Les clous avaient variablement trouvé leur place dans ces petits trous. L'un marquait la ferveur du résident, l'autre sa réclusion, l'autre son retour immédiat ou bien son absence.

Soudain, un claquement de porte et la précipitation de pas secouent le découvreur de cette incursion illicite et de cette curiosité injustifiée. Ce bruit le décide enfin d'aller se présenter au père Allégret. Il fait un coude, et voit un flot de lumière couler d'une porte. Chancelant et le pas hésitant, il frise le mur jusqu'à l'embouchure de la salle et s'effraie en remarquant le surveillant trôner sur une estrade, le visage osseux, des lunettes sombres cachant ses regards, s'appuyant des coudes sur un bureau immense, les mains portant un livre que ses yeux noirs parcourent, la silhouette immobile et les traits tirés. Sa brève apparition dans le flot de lumière, comme un aimant le fer, attire l'attention du père Allégret. Le nouveau venu s'approche de l'estrade en lui remettant le billet d'admission. Au même moment une vague de murmure s'élève, s'amplifie et couvre l'indistinct «Bonsoir» que la bouche timide de l'enfant bégaie.

– Du calme! Ordonne brutalement le surveillant.

Le murmure, comme un reflux, se retire jusqu'au fond de la salle et s'évanouit dans le silence. Les têtes se baissent et sombrent dans leurs occupations scolaires.

– Ton nom? interroge l'inquisiteur.
– Joseph Forestier, lui dit-il en murmurant toujours.

Après avoir en vain cherché son nom dans la liste, le pion fait une grimace qui enlaidit son visage à barbiche et, du doigt, lui indique un siège libre. Il lui dit de l'occuper et qu'il lui expliquera, le moment opportun, les règles de la Maison.

Le nouveau venu marche péniblement au milieu de la salle, assailli des deux côtés par les lames des regards curieux des élèves qui examinent tantôt sa figure ronde, ses petits yeux, tantôt son chandail légèrement rongé, son pantalon touchant à peine ses chevilles, jusqu'à ses bas et souliers usés. Inondé par les regards humiliants, il ne sait comment se cramponner au radeau en glissant son derrière sur le banc qui l'attend: «sauvé» se dit-il tout bas dans un soupir à peine contenu. C'était son premier contact avec son nouveau monde.

Une cloche vibra dans l'air. Les postulants ranimés rangèrent leurs livres, cette fois dans un silence sans pareil, se dirigèrent confusément d'abord vers la porte; puis les rangs prirent forme et descendirent les escaliers dont une partie était en béton, l'autre en bois. Joseph, perdu parmi les élèves, se vit desservir dans une vieille salle, traversée de longues tables plus vieilles encore, semées d'assiettes déformées, en aluminium, noircies par l'usage. La nouvelle recrue plantée dans l'étroite allée du réfectoire ne savait où s'asseoir pour remplir son ventre creux. Il décida cependant d'attendre que les élèves s'installent pour occuper une place disponible. Mais le flot des affamés le poussa jusqu'au fond de la salle décrépie et il se vit entouré de quelques visages impressionnants. Dans cette pagaille vespérale, quelques assiettes tombèrent et roulèrent sous les tables. Les cris alors s'élevèrent.

- Nom de Dieu! Silence, hurla le surveillant à tue-tête, exigeant l'ordre et le calme.

À peine la prière fut-elle récitée que les casseroles de soupe commencèrent à sillonner les tables pourries et décolorées. La soupe avalée, le plat de résistance arriva, il entendit de tous côtés un «ah!» de satisfaction ahurissant. Les premiers servis firent fête car ce dernier visiblement leur chatouillait exceptionnellement le palais et l'estomac. Ce jour-là, les spaghettis bouillis, saupoudrés de fromage râpé, paraissaient royalement préparés. Ce repas excita certains postulants. Les plats se firent arracher, s'envolèrent par-dessus les têtes affolées et se déversèrent parfois quand un maladroit s'y jetait dessus. Le nouveau venu, étonné, suivait des yeux, les regards éblouis des convives, le mouvement des bras et des doigts imbriqués poursuivant follement l'acrobatie diabolique des plats surplombant les cous tendus et les têtes surélevées. Dans ce brouhaha et ce tohu-bohu aux scènes rocambolesques, il réussit à remplir son ventre de cette nourriture jamais encore goûtée.

Étourdi et comme frappé par les scènes et les évènements successifs, nouveaux et bizarres, il ne s'aperçut pas comment cette première rencontre prit fin. Joseph, dans son lit, les passa en revue sans pouvoir les pénétrer: un départ brutal, un voyage angoissant, une pénible séparation, un accueil humiliant et un dîner étrange. Ces images traversaient son esprit au moment où le sommeil, à l'image de la mort, l'emmena dans le dédale de son néant effrayant et noir.

CHAPITRE II

Un milieu étrange

Le lendemain matin, très tôt, quelques applaudissements résonnèrent dans le dortoir rapidement illuminé par père Allégret:

- Benedicāmus Dómino.
- Deo Grātias, répondirent en chorus quelques bouches en bâillant.

Le nouveau postulant, endormi à poings fermés, assimila d'abord ces bruits dans ses rêves. Dans les moments de semi-inconscience et dans une vision dantesque, ces éclats et cette première action de grâce dégénérèrent en coups secs qu'on lui assenait, suivis de brouillaminis et de babillages plus proches du sarcasme que de la prière. Les éclats se répétèrent, les secousses s'ensuivirent. Joseph se réveilla alors, la tête encore lourde de sommeil. Il vit certains postulants, l'essuie-mains autour du cou, le savon, le dentifrice et la brosse à dents à la main, circuler dans les étroits passages qu'avaient laissés les lits; qui allait aux lavabos, qui en revenait, et d'autres déjà habillés gagnaient la porte pour disparaître dans la cour, encore envahie de ténèbres. Toujours perdu, il quitta son lit et fit de son mieux pour rattraper les autres.

La nouvelle recrue sortit enfin du dortoir, emprunta l'allée qui se présenta, émergea d'une porte et se vit dans une cour silencieuse agrandie par l'obscurité. Par moments, des pas s'entrechoquaient. La cour pullulait de fantômes mouvants. Tout à coup, le carillon aigu se répandit partout. Sous l'effet du sommeil, les vagues presque chancelantes des postulants se murent vers un endroit encore inconnu de Joseph. La petite chapelle, réservée aux postulants, les attendait. La plupart s'affalèrent sur les bancs. Quant au père Allégret, il quitta son troupeau, se dirigea vers l'unique marche de l'autel et s'agenouilla sur le prie-Dieu marron. Les premiers instants se passèrent silencieux. La tête posée entre les mains aux doigts longs et décharnés, les yeux clos qui l'aidaient à se concentrer sur la méditation sur laquelle il avait travaillé la veille, le serviteur divin, pour mieux préparer ses ouailles à la parole de Dieu, prolongea un court moment son silence. Quand il se sentit prêt à délivrer son message matinal il commença son prêche quelque peu déçu:

– Certains osent s'éloigner du Christ comme Judas . . . Abominable est le péché . . . Oui ça s'agrippe au cœur comme le serpent qui s'enroule autour du corps de sa victime, le serre et le resserre jusqu'à l'étouffement, ainsi fait de l'âme l'ignoble péché. Comme le serpent envenime et tue le corps, le péché, lui, noircit l'âme . . . Il est certain que Judas en embrassant son Maître . . . vendit aussi . . . . »

Les mots, les phrases que le prêtre s'efforçait de chercher, de composer et les images, les exemples qu'il s'ingéniait à inventer et à trouver réchauffaient l'âme de certains postulants mais touchaient à peine l'oreille de certains d'autres. Durant le flot des phrases que le prédicateur débitait, soudain un bruit sec vint l'interrompre. Le choc et le rire étouffé se mêlèrent étrangement et arrêtèrent le débit du fervent prêtre. Il continua néanmoins son histoire lentement et même quelquefois retint sa voix, puis content d'avoir trouvé l'ignoble image de serpent dont le symbole le fascinait, il la reprit soudain sur un ton plus dur, crispant les doigts, remuant de tout son corps dans l'espoir d'inspirer plus de peur aux élèves. Quant à ces derniers, nombreux, ramollis encore sous l'assoupissement, ils goûtèrent avec délice dans le semi-noir les derniers instants du sommeil; mais de temps à autre, les bribes de phrases les réveillaient quand même en sursaut.

Les mêmes vagues un peu moins engourdies, cette fois-ci prirent le chemin de l'église pour la célébration de la messe. Non satisfaits de la courte halte à la chapelle, les mêmes paresseux parachevèrent leur doux sommeil sur les bancs tout en murmurant les prières habituelles en dodelinant de la tête au bercement de certains cantiques à la mélodie douce et reposante. La messe terminée, le flot des élèves rampa vers l'étude et assaillit lourdement les escaliers qui les projetèrent dans la salle où notre petit voyageur a eu son premier contact avec son nouveau monde.

Sans livre ni cahier et comme hébété, il se trouva dans le rôle de spectateur. Il vit les élèves ouvrir leur pupitre et en sortir les leurs. Le bruit se mit petit à petit à mourir. Le travail matinal occupa les esprits des élèves qui devaient se préparer aux différents cours de la journée. Lui, la tête encore lourde et un peu honteux de lui-même, il promenait ses regards sur les postulants courbés studieusement sur leurs livres ou leurs cahiers ouverts. Vingt minutes plus tard, le son cristallin de la petite cloche se fit entendre et le bruit des pupitres, des livres et des cahiers se propagea de nouveau, les rangs se formèrent et le ventre creux, la bande affamée dégringola d'autres escaliers intérieurs qui la menèrent au réfectoire. Là, les mêmes tables et les mêmes assiettes défilèrent devant les yeux de Joseph. Le thé chaud, se mouvant dans des casseroles de soupe à fond noir qui se trimbalaient sur les tables, se servit dans des assiettes graisseuses. Il vit des œillets d'huile danser sur la surface du liquide rouge. Après s'être bourré de pain, il s'y plongea comme les autres et avala ses cuillerées de thé qui parfois dégoulinait du coin de sa bouche.

Comme la volaille de la ménagerie, vite, les élèves sortirent de la salle à manger pour une brève récréation; mais la cloche les rappela à l'ordre. Ils se rangèrent et se dirigèrent vers leur classe respective. Père Allégret s'approcha du nouveau venu et l'envoya à la librairie du couvent pour qu'il se procure des livres et tout le matériel scolaire, ce qu'il fit et puis il se vit fourrer dans une classe de quarante élèves.

Le lendemain matin, Joseph était moins engourdi. Au premier cri du surveillant, il ouvrit les yeux, les écarquilla et suivit les gestes et les mouvements de ses condisciples. Il se rafraîchit le visage, se frotta les yeux, les oreilles puis se précipita près de son lit pour l'arranger, s'habilla et sortit à temps du dortoir. Certains élèves allaient et venaient déjà dans la cour noire. La nouvelle recrue sut maintenant que la même chapelle l'attendait et qu'il devait prêter l'oreille tant bien que mal à la courte méditation soigneusement articulée par le guide qui donnait une grande importance à la portée de cette brève prière. Elle devait selon lui marquer la journée des futurs prêtres.

La Maison St Jérémie s'étend sur un vaste espace. Les blocs s'unissent par des couloirs; celui de gauche est récemment construit pour libérer le bâtiment à tuiles, vu le nombre des postulants qui allait augmentant. Quand on entre à l'intérieur de l'ancienne aile, des colonnes, espacées également, se rangent aux trois côtés de la cour et soutiennent les cellules des prêtres dont une fenêtre aux volets de bois laisse pénétrer l'air et la lumière. À leur pied, des colonnes voient circuler un couloir qui sert d'abri aux piétons les jours pluvieux. L'hiver enfermait les élèves dans les salles de classe où certains jeux: dominos, échecs, ou autres occupaient leur esprit, mais les jours ensoleillés, les cris et les chahuts se répercutaient partout dans la cour entourée de colonnes. Souvent donc cette cour s'animait à l'heure de la récréation de midi. La balle à charge (appelée aussi ballon militaire) était le jeu préféré des responsables de la questure.

Le ballon sillonne la cour comme un projectile et tente fiévreusement d'assiéger l'ennemi le plus étroitement possible, de le coincer et de le prendre d'assaut. Il bouscule parfois le craintif le cognant à la tête. Si l'ennemi se révèle habile et téméraire, le ballon explose contre sa solide poitrine ou bien il est maîtrisé dans l'air, dans les paumes gluantes de l'adversaire. Le plus lâche invente tous les subterfuges pour éviter la balle qui siffle en lui frisant le visage. Essoufflés, rougis, moites, les petits sportifs se lavent rapidement, la cloche les rappelant à la discipline, sous l'œil vigilant et la silhouette dure du surveillant. Sans ces récréations, ces cris, cette expansion et cette pagaille, tout serait apaisement, silence, mort. D'ailleurs, ce désordre est vite réprimé par les coups secs de l'airain renforcés par le roulement du sifflet du pion.

Les postulants une fois dans leur classe, père Allégret se retirait dans sa cellule quand il n'avait pas de cours à donner. Il enseignait le français et le latin. Avant de s'enfermer dans sa chambre, il plaçait le clou minuscule dans l'ouverture qui lui convenait et fermait souvent la porte au nez du couloir. Sa chambre comprenait un lit grinçant, au coin, un lavabo puis une table sans couverture mais envahie de livres et de cahiers et enfin une chaise chancelante. Lecture, préparation et corrections rongeaient tous ses moments libres et parfois même, empiétaient sur une bonne partie de la nuit. Durant l'hiver, sa seule source de chaleur, à la différence de certains prêtres, provenait de cette énergie consommée par le travail. Le froid restait ainsi aux confins de la porte et de la fenêtre. Ce maigrelet défiait les plus durs mois de l'année en n'y pensant pas.

De nouveau les élèves et le surveillant se rencontraient dans la salle d'étude, les premiers à se creuser la tête et le second à surveiller comme un loup qui épie de loin la paissance du troupeau. La salle d'étude sombrait dans le silence morne. Chaque fois que l'épieur avait la tête plongée dans ses livres, le nouveau venu se rappelait sa première entrevue avec père Allégret. Un quart d'heure avant le dîner, le pion suspendait le travail et se préparait à dicter ses ordres: ce jour-là il devait nommer les équipes de travail.

– Vous devez dorénavant, vous-mêmes vous occuper de la Maison: le balayage, la vaisselle, le jardinage etc. . . . sont des activités quotidiennes. À la récréation du matin et du midi, ces travaux doivent s'exécuter minutieusement, patiemment. Pas de prétextes ni d'escapades.

Une liste couvrit son visage, il la parcourut. «Ce mois Pierre Cartier, continua-t-il, sera responsable du balayage, Dominique Landreux, de la vaisselle . . . » Le jardinage fut du sort d'Yves Dumoulin; Jean Meunier s'occuperait de la cuisine, Claude Portal de la sacristie . . .

Ces susnommés étaient les organisateurs d'équipes. Chacun devait engager un certain nombre de postulants pour venir à bout des travaux à exécuter durant la semaine.

Les ordres dictés, le surveillant descendit les marches et fit signe aux élèves de se ranger. Au réfectoire, les équipes étaient presque formées. Celle de Jean Meunier prit en charge les plats, les assiettes, les casseroles, tout ce qui nécessitait sa présence à la cuisine, soit avant soit durant les repas. Gauche ou habile, elle manipulait ces ustensiles glissants; aussi de petits incidents, inévitablement, se produisaient-ils. Alors les accidentés poussaient des cris; tantôt c'était la table qui se salissait, tantôt c'était l'habit d'une pauvre victime qui plongeait dans un plat ou une casserole. Le dîner terminé, les élèves quittaient la salle à manger pour aller respirer un air plus frais, plus pur. Mais dehors, près du réfectoire, tabliers serrant le corps entier, bras et mains plongés dans l'évier, l'équipe de Landreux s'acharnait déjà à décrotter les assiettes et les casseroles. Ecumante et grasse, l'eau sale de l'évier engloutissait le cuivre, l'aluminium, le verre de différentes grandeurs. L'odeur du rance mêlée à celle des cochons, des vaches, des chèvres et des poules qui vivaient en bonne intelligence sous la salle à manger des postulants achevait la pestilence et la crasse dans lesquelles se vautraient ces pauvres êtres. Les serviettes, gluantes et noires, dont se servaient les coéquipiers de Landreux, avaient une odeur sans nom, mais propre à vous soulever le cœur. Après les avoir étendues sur une corde du bout des doigts, ils se précipitaient vers la cour, arrêtée par un haut grillage, à la lisière d'une mystérieuse vallée. La récréation ne durait pas longtemps; après laquelle, une demi-heure était consacrée à la lecture personnelle, moment propice au rêve. Puis les postulants s'engouffraient dans le dortoir et ronflaient jusqu'au petit matin.

Le père Allégret reprenait de sa voix aiguë sa formule magique:

– Benedicāmus Dómino

Joseph, suivant l'instinct grégaire, prononçait comme il le pouvait le Deo Grātias que beaucoup d'élèves répétaient comme le refrain d'une vieille chanson dont la résonance se répercutait quotidiennement dans le vaste dortoir. L'effervescence des uns, la nonchalance des autres attiraient tour à tour l'enthousiasme et la colère du surveillant. Les retardataires étaient toujours réprimandés, malmenés et pourchassés jusqu'au milieu de la cour noire.

Les bancs de la chapelle se remplissaient dans la semi-obscurité pour la méditation matinale. Des sans-gêne l'interrompaient en ouvrant et fermant la porte de la maison de Dieu pour venir s'affaler sur les bancs oubliés par la faible lumière de l'autel.

Si l'on demandait aux postulants le sujet sur lequel le surveillant brodait ses phrases, un bon nombre d'entre eux seraient incapables de le savoir, plusieurs en donneraient quelques bribes de phrases et peu pourraient en raconter l'histoire et tirer la leçon visée par le moralisateur. La clochette tintait légèrement. Les postulants se levaient et la tête baissée s'acheminaient vers l'église. Les paresseuses matinées ne se dégourdissaient qu'à la fin de la messe où les têtes des petits séminaristes s'allégeaient à force de prières et de cantiques. Elles étaient prêtes maintenant à résorber les diverses leçons de la journée. Père Allégret, comme d'habitude, accompagnait ses ouailles au réfectoire. Les mêmes assiettes, les mêmes casseroles à demi-nettoyées circulaient sur les longues tables de bois. Les équipes vaquaient à leurs occupations ordinaires et se dépêchaient pour s'éloigner de ces lieux peu agréables dont les odeurs se répandaient partout surtout qu'elles se voyaient emportées par celles de la ménagerie du sous-sol où le foin pisseux, la crotte envahissante arrêtaient quelquefois l'appétit du pire glouton. Sortir du réfectoire était pour les postulants un acte de sauvetage qui les projetait dans la cour rafraîchie par l'air venant de la vallée susurrante.

Les semaines continuaient amenant et ramenant les élèves d'une salle à l'autre. Père Allégret revoyait certains postulants en leur faisant ânonner les verbes et les déclinaisons latines:

– Toi là-bas Yves le passé simple de «amo».

Yves répondait mécaniquement: amāvi, amāvisti, amāvit, amāvimus, amāvistis, amāvērunt

– Et toi là-bas, reprenait sa voix impérieuse, comme on sait, certains verbes ont des impératifs qui font exception. Quels sont-ils?

Un élève débitait: Dic, dūc, fac, fer.

– Bien! Excellent! Pierre, quel est le supin de «ferre»
– Lātum, Père.

Les mois passaient et voyaient Joseph et ses condisciples améliorer leurs connaissances à force d'un travail acharné.

Les dominus, les dies, les fortis et tous les verbes étaient passés en revue. Les élèves jonglaient magistralement avec les conjugaisons et les déclinaisons. Après ces exercices oraux, les étudiants s'attaquaient à la version. Des textes simples faisaient leur joie, parfois d'autres plus difficiles brouillaient l'esprit des petits exégètes qui finissaient souvent par demander l'aide de leur instructeur. Ce dernier démêlait les longues phrases en localisant les verbes, dépistant les différents sujets, trouvant les accusatifs, distinguant les ablatifs des datifs suivis de leurs adjectifs, joignant les génitifs aux substantifs séparant les subordonnées des principales, et de tout ce méli-mélo périodique, il sortait une traduction intelligente qui ébahissait les esprits juvéniles.

La petite cloche libérait les élèves des contraintes des classes et les dispersait dans la cour mais les travaux manuels les renvoyaient dans les couloirs, la chapelle, les potagers, les jardins et la grande église qui les retenaient jusqu'à la fin de la récréation de midi. L'après-midi le poids s'allégeait, la longue recréation de midi les voyait tantôt jouer au ballon chasseur, au basket-ball et tantôt au ping-pong et au volley. La cloche accrochée au milieu de la cour, près de la porte d'entrée qui donnait accès aux différentes salles de la Maison, réglementait la vie des postulants dont l'âme était suspendue à sa voix cristalline, échappée une vingtaine de fois quotidiennement. C'est par son son d'airain qu'elle les appelait à la chapelle, aux différentes classes, aux récréations, aux repas, à l'étude, à la prière du soir, à la lecture personnelle; c'est elle qui les réveillait, les couchait, nourrissait leur corps et formait leur esprit; c'est elle qui façonnait leur âme dans sa diversité, c'est elle qui imposait l'ordre aux postulants avec l'aide de la voix et du sifflet bruyant du pion qui s'ensuivait chaque fois que la cloche s'adonnait à sa mission disciplinaire.

Les semaines, les mois et les saisons recommençaient avec le même rituel: les Deo Grātias, les rompez-les rangs, la messe, les coups de poing contre le bureau, les roulements du sifflet, les versions, les thèmes, les maths, la grammaire, l'histoire . . . tout se déroulait au sein du couvent entouré des murs plus hauts et plus longs que ceux de la Chine.

Quelques années passèrent, Joseph n'avait plus rien à découvrir. Sa vie serait devenue monotone, machinale sans les nouveaux mondes que sa fraîche et avide imagination explorait à l'orée d'un livre. Son esprit chevauchait dans les buissons, sur le cheval blanc ou le cheval vair qui tour à tour l'amusait ou l'excitait en le promenant au bord des rivières, dans les marais, dans les champs ou alors dans les vastes forêts noires ou brumeuses, derrière les collines sans fin. Souvent, son âme luttait contre les méchants, puis habitait des châteaux féériques, causant avec les maîtres du logis, écoutant des airs doux, dansant au bras de la châtelaine et prenant part au banquet copieux ou elle se perdait dans un taudis près d'une vieille femme, en pleine campagne, prête à la dévorer. Les contes entretenaient son imagination. La délectation était à son comble quand ce lecteur assidu reprenait la même histoire, s'arrêtant délicieusement aux passages palpitants, en devinant ses étapes suivantes mais en en reculant incessamment la fin; de cette façon il éternisait l'envoûtement de ces histoires sur son jeune esprit. Ce dernier participait, en quelque sorte, à la création des évènements, des personnages bons ou méchants, bénissant les uns et maudissant les autres. Ainsi le conte devenait-il le sien et cet amoureux de livres, exalté, l'emportait parfois dans le monde de ses rêves nocturnes.

Le rêve, si long fût-il, ne tardait pas à s'effacer à la lumière du jour. Le séminariste malgré lui se revoyait mélancolique dans ce couvent, fermé presque de toutes parts, ne pouvant en sortir que par les jeux, les études, la lecture, la musique et quelquefois par de courtes promenades dans les alentours.

CHAPITRE III

Activités et projets

Joseph recevait de temps à autres des lettres de son père qui lui demandait des nouvelles un peu égayantes. C'était pour lui une occasion de revoir pendant quelques maigres minutes le visage des êtres qu'il avait malgré lui quittés. Le courrier quoique distant marquait aussi une halte dans sa vie besogneuse qui rongeait ses temps libres. Déjà la classe de troisième l'occupait énormément à côté des multiples travaux manuels que le père Germain, nouveau surveillant, imposait aux élèves qui en vain rouspétaient. Père Germain était un entrepreneur. Il cherchait toujours des idées nouvelles pour occuper ses ouailles. Le balayage, la vaisselle quoique quotidienne ne satisfaisaient pas ses préoccupations, ne répondaient pas suffisamment à ses aspirations. Il voulait quelque chose de grand, quelque projet qui restât éternellement au couvent; ces mesquines besognes domestiques: le jardinage, la vaisselle, la lingerie ou autres, lui répugnaient, mais n'ayant pas d'autres aspirations, il se résignait à envoyer des groupes d'élèves aux différentes occupations. La classe à peine terminée, il s'ingéniait à trouver des salles non balayées, des couloirs oubliés pour envoyer des équipes munies de balais, de chiffons, de seaux d'eau pour faire miroiter les dalles des différentes salles que le surveillant croyait négligées. Pour mieux manipuler ces équipes de travail et en user et abuser à volonté quelque fût le jour ou le temps, il pensa à un procédé machiavélique: le lavage de cerveau. «Puisque les équipes existent, se disait-il, pourquoi ne pas les organiser plus efficacement, plus disciplinairement! Nommer un chef, un sous-chef, inventer des lois, des règles, créer des idéaux, imposer des principes. Ainsi pourrais-je aisément demander l'exécution de mes ordres». L'idée de mener la division des moyens à sa fantaisie le remplit d'orgueil. L'année suivante on lui confierait celle des grands et s'il menait à bien ses rêves d'avenir on le baptiserait de conducteur d'hommes, d'initiateur de projets, de créateur d'idées. Alors pendant les élections, l'accès aux postes-clés lui serait aisé et le généralat, dans le futur lointain acquis. Aussitôt père Germain se retira dans sa chambre et commença l'échafaudage de son glorieux avenir. «Une idée, sans la pratique, se dit-il, s'évanouira avec le temps et la pratique crée une habitude qui enracinera l'idée dans l'esprit. Un homme conditionné est pareil à un robot. Dès que le mot magique est soufflé, tout le système nerveux et cérébral livre son énergie à son manipulateur. Mais il faut, se dit-il en continuant sa pensée, délivrer le message avec des coups de semonces. Avec le martelage d'idées et leur monotonie répétitive à des moments fixes de la journée, je polarise leurs esprits animaux et peux aisément exploiter au maximum leurs mouvements et leurs passions.»

La cloche au son cristallin le rendit à lui-même. Il regarda l'heure. C'était midi. Les élèves de leur classe se rendaient à la salle d'étude pour déposer leurs livres. Père Germain se sentit pris de court, il se précipita vers l'estrade. Tous les postulants l'attendaient déjà. Le surveillant promena du haut de son bureau son regard triomphant sur ces êtres ignorants de ce qu'il mijotait. Il sourit un moment et descendit les quelques marches qui le séparaient du plancher avec pose et majesté puis leur donna l'ordre de s'avancer vers le réfectoire. L'équipe chargée de la cuisine mit le couvert, apporta les plats et servit tous les élèves. Les pommes de terre purées, les courgettes farcies se vidaient dans les assiettes. Les mains armées de fourchettes s'y plongeaient, morcelaient ces dernières et bouchées par bouchées tout se vidait. Une orange lancée d'un panier tenu par un postulant arrosait de son jus le repas cimenté dans l'estomac. La prière de remerciement récitée, les internes prirent le chemin de la cour.

Le volley-ball d'un côté et le ballon militaire de l'autre égayèrent les sportifs durant une heure. Yves, Pierre, Jean et Joseph chacun se mêlait à une de ces équipes et passait le temps agréablement tandis que d'autres élèves nonchalants par deux ou trois bavardaient, riaient et se livraient aux jeux de mains. Malgré les avertissements du surveillant, ils ne cessaient d'en abuser et continuaient à en pratiquer les gestes même durant les récréations du soir. Ce qui rendait suspects tous ces jeux auxquels ils se livraient.

Père Germain ce soir-là retiré dans sa chambre se mit à édifier son projet. «Il y aura, se dit-il, une dizaine d'équipes, chacune comprendra sept élèves. L'un sera nommé chef, un autre sous-chef, et les autres de simples combattants. Le chef et le sous-chef auront un mandat d'un mois, au bout duquel ils seront évalués et au cas nécessaire d'autres seront nommés à la tête de l'équipe. Ainsi au bout d'un an tous ceux qui veulent travailler dur seront nommés à l'un de ces deux postes.»

Le surveillant était satisfait de ce premier arrangement, une formidable première structuration. «Un excellent premier pas, se félicita-t-il.» Il sourit un moment à cette scène grandiose de dix bataillons, à la tête de chacun deux responsables les regards rivés sur lui, attendant l'ordre de leur chef de division. Son sourire s'élargit, ses yeux brillèrent et ses solides mains tapotèrent l'une contre l'autre. «Et maintenant attaquons-nous aux idées.»

La cloche sonna de nouveau et le rappela à son devoir. Le pion devança cette fois ses élèves et les conduisit à la cour. La récréation de quatre heures était généralement calme. Deux postulants de l'équipe responsable de la cuisine portaient un gros panier rempli de morceaux de pain et le plaçait sur le petit perron intérieur, près du clocher disciplinaire, l'alter ego du surveillant. C'était l'heure du goûter. Les élèves s'y agglutinaient et en choisissaient un pain rond un peu doré et y mordaient avec appétit jusqu'à satisfaire leur faim de loup. Entre-temps, père Germain circulait dans la cour et dispensait ses remarques et ses avertissements à ceux qu'il croyait enfreindre les règles établies. Pendant l'étude du soir, le pion voulait souffler un mot sur son projet mais se retint difficilement de peur de dévoiler intempestivement le secret d'une étude encore à l'état embryonnaire.» Ce sera, pensa-t-il, la semaine prochaine et il laissa les postulants se débattre dans leurs travaux quotidiens.

Mais une semaine plus tard, l'atmosphère de la maison se transforma complètement. Père Germain, absorbé par ses préoccupations immédiates, avait complètement oublié que les grands auraient dans une quinzaine de jours leur fête de Huit Décembre. Monseigneur Lattra, un éminent archevêque, dit-on, et d'autres personnalités ecclésiastiques et politiques y seraient invités. Au lieu de parachever son empire moral, il se vit attribuer le rôle de présider aux préparatifs de la fête et d'assurer en outre le nettoyage du couvent tout entier. Il expédia à droite et à gauche les quelques équipes dont il disposait. Quotidiennement et à chaque récréation quelle que fut la météo, tous les postulants étaient supposés occuper leur champ de bataille et se livrer à laver les carreaux du couloir, à essuyer les vitres, à arracher les plantes mortes, à élaguer les arbustes et certaines des fleurs sans compter la corvée la plus crasseuse, la vaisselle. Yves et Jean se virent fourrés dans l'équipe des balayeurs. Pierre prit la charge de la vaisselle et Joseph se trouva parmi les jardiniers. La Maison St Jérémie se transforma en un grand chantier. Jean avec quelques copains commencèrent à nettoyer les bancs de la grande église, à essuyer le plancher. Joseph, la pelle à la main, aidé d'autres postulants, armés de fourches, de pioches et de serpes, sua énormément à arranger le premier coin du jardin. L'église et le jardin étaient adjacents. Durant les longues récréations, certains se retrouvaient pour reprendre un souffle. Jean, parfois, disparaissait dans la sacristie avant de rejoindre ses amis, le visage rose. Yves maudissait silencieusement les poussières étouffantes et Joseph regardait ses mains égratignées dues au manche de bois qu'elles maniaient si gauchement. De temps à autre, la petite porte de fer du fond du jardin qui donnait sur la rue s'ouvrait lentement et laissait passer un prêtre fuyant les regards curieux et perplexes des jeunes postulants.

Les jours passaient. Quant aux petits ouvriers tout en changeant de travaux, ils se dirigeaient résignés à leur champ de travail. Jean, une fois au jardin, regardait souvent cette porte de fer aux promesses et aux joies cachées. Elle le tentait énormément, il voulait comme un oiseau ouvrir sa cage et s'envoler vers des rivages plus heureux. Il confia à ses amis pendant une de leur réunion qu'il aimerait s'échapper pour quelque moment. «La fin de la semaine, leur dit-il,» sans attendre de réponse de ses confidents. Il voulait savoir, puisque les sorties étaient presque inexistantes, ce qu'il rencontrerait, quelle aventure il vivrait, et s'il était capable de répéter ses fugues. Au moment où il rêvassait, la porte gémit sur ses gonds et laissa entrer père Fromage accompagné d'une élégante dame. Les regards des petits ouvriers furent enchantés. Rarement une telle silhouette frappait leurs yeux et leur imagination. «Déjà! s'écria Yves éberlué, les visiteurs ne sont censés venir que dimanche, ce n'est que lundi aujourd'hui, que se passe-t-il donc?».

D'ailleurs tous ceux qui jouirent de cet éblouissant et étrange spectacle se posaient la même question.

La cloche dissipa leur stupéfaction. Ils rentrèrent à leur cour et de là, à l'étude pour accomplir leurs devoirs scolaires. Père Germain était toujours là à contrôler de ses regards inquisiteurs les élèves qui vaquaient à leur devoir de latin, de français, de maths. Ses regards croisèrent soudain ceux de Jean dont le visage rougit. Mais le surveillant ne broncha pas et se recueillit pour travailler à son tour. Il était apparemment toujours absorbé par son projet.

Le lendemain, alors que les postulants allaient respectivement de leur classe à leur chantier, lui se retira dans sa cellule pour donner la dernière touche à l'élaboration de son système. Le soir, il prit les quinze dernières minutes pour expliquer à sa division son plan.

«Désormais, notre vie changera de rythmes et d'esprit, je sais que les jours restants de cette semaine sont toujours consacrés au nettoyage de la maison et que les semaines à venir seront plus épuisantes encore après le départ des invités, mais cela n'empêche pas de transformer les équipes existantes en des troupes dynamiques, animées d'un esprit combatif, obéissant, résigné jusqu'au sacrifice, car c'est dans l'abdication de soi que réside la grandeur, c'est dans le sacrifice que s'épanouit l'âme chrétienne. «Être prompt à l'appel c'est l'ultime but du futur prêtre.» Père Germain fit une courte pause puis continua sa péroraison. «Comme il est impensable qu'un soldat conteste les ordres de son capitaine, de même un subalterne se doit d'éviter de discuter ceux de son chef.»

Certains mégalomanes sentirent leur poitrine se gonfler de courage, leurs regards se durcir et leur front se rider. Le souffle de la grandeur effleura un moment leur visage juvénile.

«Il y aura donc, continua-t-il, dix équipes, chacune comprendra sept élèves et chaque groupe choisira une devise qu'il respectera à la lettre.»

Les petites têtes des postulants se creusaient pour trouver des mots, des phrases sonnantes mais leurs regards se perdaient dans le vide. Soudain la voix du pion vint à la rescousse.

«Par exemple, leur dit-il, une équipe aura comme devise d'être toujours au service du prochain, une autre promettra d'être toujours obéissante ou audacieuse, et ainsi de suite. Alors je vous laisse la liberté de choisir, si possible, vos chefs, vos sous-chefs, vos partenaires ainsi que vos devises. Je vous en parlerai donc après les festivités de Huit Décembre.»

La salle d'étude se remua, rangea les quelques livres, traînant sur les pupitres et se mit en rangs pour aller au réfectoire. Le dîner était bouillonnant. Les discussions s'étaient animées, les trames, les coalitions déjà se formaient et une fois dans la cour, les élèves se dispersèrent en groupuscules.

Les amis de Joseph se réunirent près de la grille de la mystérieuse vallée. Ils écoutaient religieusement les bruits doux et susurrants qui en émanaient et de temps en temps parlaient de cette nouvelle idée lancée par le surveillant. Pierre en était emballé, il se voyait déjà chef de groupe; mais Joseph, fou de la nature, voulait explorer cette vallée, y rester, caresser l'eau courante, respirer cet air frais au sein de cette verdure touffue. Au son de la cloche, il se refugia dans ses romans, havre de son âme tourmentée.

Le lendemain, les classes et les travaux immanquablement reprirent. Jean se rendit à l'église pour en continuer le nettoyage, Joseph au jardin, Pierre à la cuisine et le chantier reprit son brouhaha avec des dizaines d'ouvriers répandus aux quatre coins du couvent. Le soir quand les amis se réunirent près de la grille regardant l'obscurité de la vallée, ils se rendirent compte que Jean n'était pas présent au réfectoire et qu'il avait disparu après l'étude du soir. «Où est-il parti?» se demanda Pierre. Joseph n'avait pas de réponse, ni Yves non plus. Inquiets ils continuèrent quand même à épiloguer sur les intentions de leur pion qui était résolu de créer ces unités paramilitaires. Quelques minutes avant la fin de la dernière récréation de la journée, Jean se faufila et puis courut vers eux.

«Où diable étais-tu?» lui demanda Joseph.

«Chut, plus tard, plus tard» dit-il tremblotant et s'essuyant le visage mouillé.

Jean ne souffla mot de l'aventure qu'il avait faite à ses risques et périls. Il voulait d'ailleurs bisser sa fugue au profit des travaux et si besoin est de l'obscurité, car il avait gardé un plaisir diabolique de cette escapade mirobolante et troublante à la fois.

La cérémonie de Huit Décembre fut marquée de faste. Les dignitaires, les parents d'élèves, les verres de vin, les discours se déroulèrent devant les yeux éblouis de la division des moyens. C'était une fête de sons, de couleurs et de voix humaines; ces scènes fantastiques se passaient une fois l'an.

Une fois ces voix anéanties, ces couleurs et ces sons disparus, les élèves reprirent le ton habituel du couvent: cours et travaux manuels intensifs.

Pas plus tard d'une semaine, Père Germain revint à la charge pendant l'étude du soir. Les postulants étaient très attentifs:

– Une fois que les équipes dont je vous ai parlé seront formées, le matin, avant les cours comme le soir à leur fin, elles se rangeront rapidement devant le petit perron intérieur et crieront aux nues et la tête haute leur devise choisie au chef qui leur fera face et cela d'une voix claire et sur un ton dynamique. Cette cérémonie se déroulera quotidiennement qu'il plût ou qu'il fît une chaleur d'enfer. Dès demain d'ailleurs je nommerai, moi-même, les chefs qui, à leur tour, choisiront leurs hommes.»

Les élèves descendirent exaltés au réfectoire. Une semaine plus tard dix postulants mirent sur pied des équipes égales. Le matin, le lion se présenta devant les élèves et leur dit de se ranger, la tête raide et droite faisant face aux chefs, puis ordonna à ces derniers de clamer à haute voix le mot «toujours» et les petits soldats de chaque rangée allaient dire sur un même ton leur devise, en un seul vocable. Alors on entendit pétarader des mots comme; prêt, fidèle, serviable, docile, audacieux, infatigable etc.... Père Germain voulait en somme recréer la scène des gladiateurs qui venaient rendre respect et hommage devant la loge impériale en disant: «Ave Caesar, morituri te salutant.» Salut César, ceux qui vont mourir te saluent. L'orgueil qui remplissait l'âme de l'empereur romain aux cris des combattants gonflait aussi la poitrine de ce créateur d'équipes.

Père Germain cherchait maintenant un projet à exécuter une fois qu'il avait aiguisé son arme. Car tous les jours les équipes au lieu indiqué lançaient comme des projectiles les vocables retenus.

Au mot «toujours» du chef du groupe lancé à la face des petits mercenaires, une rafale de mots détonnaient dans le ciel à l'oreille attentive du stratège.

Soudain une idée fantastique frappa son esprit toujours à l'affût de nouveautés. Il arrangea une entrevue avec le nouveau Père Supérieur.

– Ça ne vous coûtera pas un sous, Révérend Père

- De quoi parlez-vous? lui dit-il en l'interrompant.

Père Germain, surexcité par sa nouvelle idée, anticipait, se confondait.

- La grotte, cher Père, ne vous en ai-je pas parlé?
- Mais de quelle grotte s'agit-il?

Déjà père Germain voyait la grotte devant ses yeux, la statue de la Sainte Vierge avec les mains jointes, érigée et entourée de lampes multicolores et entendait même les prières murmurées et les cantiques lancés dans l'obscurité du ciel.

- Ça ne prendra pas plus de trois mois, elle sera prête au mois de mai, ne sommes-nous pas en février?
- Oui début février, rétorqua-t-il. Mais voyons père Germain reprenez vos esprits et expliquez-moi clairement votre pensée

Père Germain s'assit confortablement dans le fauteuil, respira un moment, son visage se détendit. Il articula plus clairement alors sa pensée.

- J'ai un excellent projet, Cher Supérieur. Le voici: depuis des années, nous célébrons la fête de la Conception et organisons annuellement non sans problème des excursions à la statue de la Sainte Vierge. Ne peut-on pas construire dans la Maison même, devant la grande église, une grotte consacrée à notre Mère céleste?
- Mais père Germain il nous faut des ouvriers et puis ce n'est pas un projet de quelques jours.
- Ça ne vous coûtera pas un sous, Révérend Père. Oui je le sais. Ne sommes nous pas en février? nous avons trois mois pour la construire
- Et les ouvriers? où les trouver? comment les payer?
- Ne vous en faites pas. Comptez sur moi. J'ai une armée de travailleurs on ne peut plus dociles et les pierres sont dans la nature. Nous avons uniquement besoin d'un maçon. Est-ce trop demander?

Le Père Supérieur sourit à cette belle idée.

- Donnez-moi quelques jours, je vais conférer avec d'autres prêtres et étudier les lieux. Mais le temps, père Germain, où le trouverez-vous?
- Je suspendrai pour un trimestre tous les jeux et nous ferons la récolte des pierres. Quelque deux heures par jour et si besoin est les après-midi de dimanche.
- Dimanche! Mais ne rencontreront-ils pas les gens du bourg
- J'essaierai de les surveiller de près, même s'ils sont disséminés un peu partout. Vous n'aurez pas de souci de ce côté-là.
- Bon! On verra.

Père Germain prit congé de son Supérieur, le visage épanoui. Avant même d'avoir le feu vert, à la fin de l'étude du soir, il annonça aux jeunes séminaristes son fameux projet. Les élèves étaient au début surpris et récalcitrants mais se rappelant leur devise et leur rabâchage quotidien devant leur chef d'équipe se calmèrent et se résignèrent à leur sort, à vouloir être:

- Toujours ! . . . Prêts!
- Toujours! . . . Dociles!
- Toujours! . . . Infatigables!
- Toujours! . . . Serviables!
- Toujours! . . . Souriants!
- Toujours! . . . Humbles!
- Toujours! . . . Actifs!

Etc. . . .

Ces vocables et bien d'autres redoublèrent de résonance pendant la récréation du matin, du midi et du soir. Père Germain, après avoir obtenu l'approbation de son Supérieur à la réalisation du projet, envoya le dimanche suivant des troupes à la recherche des rares pierres noires, trouées de tous côtés qui souvent égratignaient et même coupaient profondément les petites mains des postulants. Mais la joie du père Germain grandissait au fur et à mesure que les pierres s'élevaient devant la grande église.

Jean, profitant de ces sorties organisées par le surveillant, disparaissait quand il le pouvait car il en avait pris le goût après avoir découvert pour son bonheur la porte de fer du fond du jardin. Ces escapades étaient sa seule panacée pour exorciser ses troubles inexplicables.

- Florence, ma chère brunette, se répétait-il, tes yeux pétillants et tes cheveux noirs me noient dans un indicible plaisir.
- Mais comment oses-tu déserter le couvent?
- Rien ne peut m'arrêter si j'en ai l'occasion. Déjà on y est enfermé. On a à peine le temps de respirer. C'est avec toi que je vais respirer l'air frais de la campagne. C'est avec toi que je jouis du soleil, de l'ombre, de la pluie, du vent, ma chère brunette, ô Florence, dès le premier jour tu m'as donné la joie d'espérer en quelque chose de plus beau dans la vie

Cet adolescent, de nature, était fait pour plaire aux filles, bâti de telle sorte qu'il pourrait faire tomber, avec douceur, les plus belles femmes. Il avait toujours les regards lointains, le cœur palpitant au seul doux son qu'il entendait: note de musique, chant d'oiseau, froufrou des feuilles d'arbre. Et les meilleures notes qui frappaient son oreille et faisaient battre son cœur étaient la voix douce de sa bien-aimée.

- Répète-moi donc tes doux mots qui me laissent éveillé la nuit et me font rêvasser le jour.
- Tu es en retard, Jean, va maintenant, va où tes amis cherchent des pierres. Nous avons encore toute la vie devant nous, pars! tu vas te faire prendre.
- Non, répète-les moi encore une fois.
- Oui! tu es mon ange, Jean, mon adorable ange.

Florence caressait les mains et le visage de son compagnon.

- Quand reviendras-tu me voir? lui demanda-t-elle anxieuse
- Ah! si je le savais, chère amie, lui dit-il en embrassant fiévreusement ses mains potelées.

Il n'osait pas encore toucher ses lèvres de vin de peur de s'enivrer sempiternellement. Puis il disparut pour rejoindre les autres postulants qui continuaient assidûment à trouver des pierres noires de grandeur raisonnable pour parachever la grotte plantée devant l'église.

À la satisfaction du père Germain, au fil des semaines, l'œuvre fut menée à bien. La statue de la Sainte Vierge brillait le soir sous les lampes admirablement plantées dans les trous noirs que les pierres pourvoyaient. On dirait des topazes ou des turquoises incrustées dans la couronne de la Reine des cieux et de la terre. Le dernier dimanche de mai, tous les prêtres de la région, toutes les religieuses vinrent réciter leur rosaire. Et depuis, tous les soirs avant de se coucher, les postulants, le chapelet à la main, à genoux, murmuraient leurs aves et leurs paters durant presque une heure. Père Germain était au comble de sa joie: il avait contribué à la sanctification du lieu. Mais les postulants voyaient irrémédiablement leurs heures de prière augmenter indéfiniment et celles de loisir diminuer, l'espace de joie se rétrécir comme peau de chagrin. Pas plus tard d'un mois, les franciscaines prièrent père Germain de leur offrir ses services bénévoles et ceux de son armée. Il céda aux insistances de ses consœurs et leur promit les pierres après la période des examens de fin d'année.

Entre-temps le pion redoublait ses efforts pour ranimer ses élèves essoufflés en les amenant devant le petit perron et leur faisant répéter les principes fondamentaux de la vie silencieuse, résignée et active.

CHAPITRE IV

Autorité et cruauté

Les saisons se succédèrent et les jeunes postulants se débattaient toujours dans ce monde étroit et écrasant: dureté du jardinage, pestilence de la vaisselle, vagues poussiéreuses, construction, maçonnerie, tout les avait pétris dans une vie aussi pénible que déprimante. Les surveillants changeaient mais le rythme de la Maison restait le même.

Maintes fois Joseph avait voulu manifester son mécontentement mais il préférait patienter, et exécuter des ordres, parfois inexplicables, pour éviter une confrontation avec son nouveau surveillant:

- Balayer les corridors, c'est balayer durant la récréation entière et s'il le faut durant la récréation suivante. Je ne permets pas de négligence, de bavardage ni même de murmure. Le silence de la Maison est aussi sacré que la prière récitée à la chapelle . . . . «Rompez les rangs», tonnait sa voix impérieuse

De colère, la charpente du père Gaston tremblait comme une feuille sèche d'automne. Ses yeux exorbités lançaient des feux infernaux. Qui pouvait le braver?

Comme des prisonniers abattus, les rangs silencieusement se disloquèrent et se mirent à leur travail respectif, la colère du pion résonnant terriblement dans les oreilles des élèves, habitués à la soumission.

- Le surveillant est dans tous ses droits, approuva Pierre Cartier.

Le grogneur avala le commentaire défiant de son camarade de classe et se mit à balayer étouffant sa réaction. Plus les jours passaient, plus père Gaston devenait autoritaire. Le contestataire se demandait si ce nouveau surveillant n'était pas parfois à la merci de son autorité même, si elle n'était pas devenue une sorte de manie, une sorte de pouvoir despotique, du plaisir néfaste de malmener des subalternes. Pour ses élèves, son autorité était devenue un fléau, l'ire céleste s'exerçant sévèrement sur eux.

Un jour–c'était l'année de Seconde–les jeux, durant la récréation de midi, étaient tous azimuts l'enthousiasme emportait les petites âmes innocentes dans une sorte d'extase; les corps sautillaient comme un ressort et s'élançaient dans l'air; les bras s'étendaient, se contractaient, se prolongeaient de nouveau, et parfois les poings donnaient des coups secs au ballon semant le désordre et l'embarras d'un côté, l'enthousiasme et les cris de triomphe de l'autre. Le rire succédait au silence d'un laps de temps, réjouissait les cœurs de ces jeunes sportifs, tout abandonnés à la joie que leur procurait le ballon se déplaçant, affolé, d'un camp à l'autre.

Père Gaston soudain fait irruption:

- Êtes-vous sourds? (il prononçait ce mot comme s'il se raclait la gorge) N'avez-vous pas entendu le sifflet? N'existerais-je plus? Puisque que vous aimez tant le sport, vous allez marcher au pas comme une troupe de soldats tout autour de la cour jusqu'à ce que je vous dise «assez».

Les postulants se mettent alors en rangs et commencent à marcher au pas. Une, deux, trois, quatre fois les élèves font le tour de la cour. Le père Gaston comme un général qui, debout sur une colline, suit les manœuvres et les opérations de ses unités, surveille de loin, l'œil sévère, la marche militaire de ses bataillons déjà éreintés par le volley-ball et les gouttes de pluie qui commencent à tomber. Les coups secs qui cognent contre le béton, la régularité des mouvements, le silence des mercenaires remplissent d'orgueil cette âme folle d'ordre, de discipline et d'autorité. Il exerce tout son despotisme sur ses postulants devenus déjà de simples robots au fil des années.

– C'est le huitième tour! se dit Joseph. Quand sa manie sera-t-elle satisfaite? grogna tout bas son âme rebelle.

Soudain la voix du général se fit entendre.

– Au premier coup de sifflet, ordonne-t-il, vous arrêtez la marche; au second, vous courez pour former les rangs devant le perron où je suis; au troisième, tous vous devez être alignés, ayant gardé la distance nécessaire les uns des autres. Si ce n'est pas parfait, on recommence.
– Rrrrrrut . . . le sifflet déchire les oreilles attentives des soldats. L'unité se désagrège, et comme une armée en retraite poursuivie de bombes, court affolée.
– Rrrrrrut . . . reprend le roulement du détestable objet vibrant.

À peine les rangées se sont-elles formées que le troisième coup résonne dans l'air.

Toutes ces acrobaties, toutes ces courses affolées, tous les efforts des pauvres postulants ne satisfont pas le chef suprême. Il demande plus d'efforts, plus d'énergie, plus de rapidité. Il fronce les sourcils, se mord les lèvres et chahute:

– Ça ne me plaît point!

Les élèves consternés se regardent. Bien qu'ils sachent qu'ils vont reprendre leur course insensée, ils attendent l'ordre.

– Allez! On recommence! Il y a encore des retardataires, dit-il, tout en suivant des yeux la horde des condamnés qui forment pour la énième fois leur rang.

Les sifflets, les courses se succèdent pour la satisfaction complète du Général, le bourreau.

– Sont-ce des manœuvres militaires? Sont-ce des mercenaires qui se préparent à écorcher, à décapiter, à mutiler des ennemis? Ou bien sont-ce des meurtriers qui purgent d'horribles crimes? dit le mécontent à la récréation de quatre heures, tout en mordant dans son pain chaud mais sec.

Pierre catégorique rejette les arguments de son ami.

– Pour savoir commander il faut savoir obéir, lui dit-il d'un ton sentencieux.
– Peut-on concevoir une telle éducation, lui réplique son interlocuteur irrité? à ton avis, éduquer veut-il dire écraser, mater? D'une part on ne peut pénétrer certains groupes qui deviennent de plus en plus clos, qu'on taxe d'amitié particulière, et le cercle de communication par conséquent se rétrécit indécrottablement; l'on vous fuit ou l'on vous en exclut pour des raisons encore ignorées; d'autre part on ne vous laisse pas jouir de peu de jeux qui vous restent dans ce cahot, sans oublier les multiples travaux dont on vous harcèle et les mille projets que les bons pères s'ingénient à trouver pour remplir efficacement nos temps libres.

Comme déçu de tout ce qui l'entoure, Joseph exprime sa frustration à la face de son ami:

– Tu sais, Pierre, toute l'atmosphère devient insupportable, je vais, un jour, me plaindre auprès de la Direction.

Cette décision n'abandonna pas l'esprit du grognard. C'était presque une obsession. Elle le poursuivait jour et nuit mais il n'avait pas suffisamment le courage d'aller relater les faits au père Janin, ce Supérieur presque «perpétuel» du séminaire, ayant succédé aux pères Madet et Hardi dans les élections précédentes.

Le Père Supérieur, d'ailleurs, pendant toute la semaine semblait perplexe et nerveux; il sillonnait les couloirs, entrait dans toutes les salles du couvent, questionnait certains ouvriers et postulants mais apparemment les réponses ne le satisfaisaient pas. Père Gaston de son côté multipliait ses efforts pour cerner le problème qui bouleversait les prêtres de St Jérémie. Alors les réunions de haut niveau eurent lieu;

les prêtres immédiatement concernés discutaient de cet inadmissible crime perpétré par un ouvrier, pourtant embauché par pitié. Une fois au courant de la foulée de la disparition du marmiton, père Gaston essaya d'en déceler clairement les raisons. Vers la fin de l'étude du soir, rempli d'indignation mêlée de colère, il suspendit le cours des travaux scolaires des postulants qui traînaient encore à mettre les dernières touches à leurs écrits et leur annonça d'un ton amer la fugue inopinée du garçon cuisiner en empochant mille francs de la caisse du couvent et leur promit de satisfaire leur curiosité en leur fournissant toutes les informations dont il disposerait à l'avenir.

Les bons pères étaient sûrs que le marmiton avait disparu du couvent dans une nuit sans lune après avoir délesté le père économe d'une bonne quantité d'argent. Ils décidèrent presque à l'unanimité d'informer la police de Vermont et de lui demander de dépêcher des détectives le plutôt possible pour arrêter le voleur qui, croyait-il, récidiverait et deviendrait par conséquent un danger public.

- M. Charbon, lui dit poliment père Janin, Thomas, le marmiton, si vous ne l'arrêtez pas d'ici quelques jours, il dévalisera tous les gens et de Vermont, il ira à Beaulieu et de là au monde entier. Il deviendra un voleur international. Il faut le faire arrêter avant qu'il ne commette de tels crimes.
- Révérend Père, lui répondit respectueusement l'agent secret, notre officier est tout à fait d'accord avec vous, il ne faut pas laisser ce vautour endurcir ses ailes en s'acharnant sur nos respectables citoyens qui ne cessent de nous alerter contre ces voyous affamés; on les réprimera et Thomas en sera l'exemple criant.

La chasse à l'homme commença. Les coups de fil se multipliaient dans les préfectures de police. Les agents, photo en main, frappaient à toutes les portes, arrêtaient les voitures, cherchaient dans les bosquets avoisinants mais les résultats de recherche se soldaient par un échec. Les bons pères, de leur côté, suivaient de près les mouvements de la police. Les nouvelles s'infiltraient au compte–gouttes au sein du couvent, que père Gaston et les surveillants d'autres divisions, recueillaient activement et dont ils communiquaient la partie intéressante à leurs élèves respectifs.

– Le marmiton Thomas est introuvable à Vermont, dit le pion un soir aux élèves. Les recherches se concentrent maintenant sur Beaulieu.

Les séminaristes eux aussi suivaient avec curiosité les péripéties de cette recherche qui semblait inextricable comme dans des romans noirs. C'était pour eux un passe-temps. Ils s'essayaient durant leurs recréations à démêler les fils de cette histoire policière.

– les agents sont-ils allés à son village? hasarda Pierre à ses amis. C'est un endroit naturel où il pourrait se rendre.
– Qui sait, dit Joseph, il est probablement hors du pays.
– Pourquoi ne dis-tu pas qu'il s'amuse à dépenser sa fortune dans la capitale qu'il n'a sans doute jamais visitée, dit Jean en s'esclaffant.
– En tout cas où qu'il soit présentement, c'est une honte de dépenser l'argent d'autrui, remarque amèrement Pierre.
– Pour se défouler, il avait sans doute recours à cet argent dont la privation l'avait certainement torturé, lui rétorqua Yves.
– En effet, renchérit ironiquement Jean, ce n'est pas de pain seul que vit l'homme, il a sans conteste de multiples besoins qu'il cherche à satisfaire.

Cet incident, anodin pour certains prêtres, grave pour d'autres, a été l'occasion de discussions animées dans l'administration du père Janin. Ce dernier attendait impatiemment le dénouement de ce problème pour en tirer gloire et estime pour ses honnêtes efforts à faire localiser le malfaiteur.

Pas plus tard d'une semaine, l'officier de Vermont contacta le Supérieur et lui donna la bonne nouvelle: l'arrestation du voleur.

Père Janin jubila et après avoir eu la confirmation de l'arrestation de l'auteur du délit, il réunit le lendemain ses collaborateurs. Il leur communiqua le résultat des recherches policières en disant que Thomas était dans de bonnes mains et que les agents l'amèneraient au couvent.

– Au couvent! Pourquoi donc au couvent? s'inquiétait père Luc.
– Le Père Supérieur a sans doute ses raisons, lui répondit un zélé.

- En effet, dit père Janin, je ne cherche pas la gloire mais je veux que Thomas soit un exemple vivant aux postulants.

Les prêtres écoutaient avec respect leur Supérieur mais ne devinaient pas ce qu'il leur cachait. À la surprise de tous il leur annonça son plan.

- J'ai décidé de faire venir le vilain au couvent pour qu'on lui inflige une punition et une bonne correction en présence des élèves qui sauront que le vol est un crime et qu'il devra l'expier
- C'est absurde, c'est surtout inhumain, murmura père Luc, rempli d'indignation.

Après avoir décidé du temps et du lieu, il congédia les prêtres et les surveillants dont certains enthousiastes ont vu dans cette punition un viatique et une panacée pour les âmes avilies.

Père Gaston attendait impatiemment l'étude du soir pour annoncer la décision du Père Supérieur:

- Je vous annonce la fin de la randonnée de Thomas. Il est arrêté et bientôt vous le verrez de vos propres yeux ici même. Demain à la récréation de midi les travaux manuels seront suspendus, vous vous rendrez à l'extérieur, devant le portail du couvent. On a une surprise pour vous. C'est tout pour ce soir.

Un certain apaisement s'établit dans les divisions quand les pions annoncèrent chacun à sa manière le dénouement de l'histoire.

Le lendemain, les prêtres, après avoir bien mangé et bien bu, se plantèrent sur le grand perron de l'extérieur et s'alignèrent derrière leur patron. Les élèves quant à eux firent un demi-cercle, en dehors du couvent, laissant la route dégagée par ordre de leur pion. Toutes les divisions et tous les prêtres étaient là à attendre l'arrivée de Thomas.

- Que diable faisons-nous ici? Se demandaient certains.

Soudain tous les regards se dirigent vers l'autre extrémité de la route. Des jeeps roulent lentement. Au fur et à mesure que les voitures de police s'approchent, les postulants voient des soldats armés devancer une voiture noire qu'une troisième jeep suit. Le convoi s'arrête devant le perron de l'ancienne église. Les postulants sont abasourdis devant ce déploiement de force. À quoi servira-t-il donc? De la voiture noire descend un officier, jeune, à la carrure forte et d'une force titanesque, s'avance avec dignité vers le Père Supérieur et le salue dignement. Puis de la dernière jeep descendent plusieurs soldats. Ils traînent Thomas de son cachot, les mains liées et le poussent brutalement au milieu de l'arène de fortune. Ayant quitté son toril, notre taureau attend sa punition. Les prêtres attendent impatiemment cette fête brutale et tragique. Les gardiens lient Thomas contre un poteau pour lui infliger son châtiment. Le petit groupe de soldats s'approche du voleur par vagues successives et lui assène des coups foudroyants. Thomas gémit, sanglote, se repent et supplie les soldats de cesser de le torturer.

- Je rendrai cet argent, leur dit-il, mais au nom de Dieu arrêtez, cessez de frapper.

Mais les coups redoublèrent, le nez brisé saigne effroyablement.

- Je rendrai l'argent, répète-t-il. Assez! Assez!

Son œil gauche gonfle horriblement et les soldats se relaient deux par deux pour reposer leurs mains et leurs bras. Mais ils ne cessent de se ruer sur leur proie.

- Quelle cruauté inadmissible, se dit père Luc, tétanisé, en quittant les lieux.

Les séminaristes, grands et petits, la colère dans l'âme, ferment les yeux pour éviter de voir ces horreurs. Thomas, quant à lui, ne pouvant résister aux coups violents qui s'abattent sur sa tête, son épaule et son flanc, hasarde malgré lui, pour éloigner de lui ses tortionnaires, des coups de pieds aux soldats qui prennent plaisir à éprouver leur force contre leur frère humain. À la vue de cette rébellion le costaud officier, descend du perron, s'avance vers le voleur, ordonne à ses soldats de lui lier les pieds aussi au poteau, puis s'approche lentement de sa curée pour l'estocade. Il le harcèle de gifles de ses mains lourdes et immenses. Thomas n'arrive plus à tenir haut la tête. On le laisse quelque moment encore contre sa croix pour que son image se grave dans la mémoire fraîche des postulants. Ces derniers rebroussent chemin et rentrent dans leur classe respective, le cœur brisé, dégoutés de cette cruauté animale.

La récréation suivante était chaude.

- En effet, chers amis, quelle agréable surprise! dit soudain Jean.
- Il y a de quoi se révolter. Frapper, torturer un jeune homme, scène orchestrée par le Supérieur du couvent parce qu'il a volé de l'argent! Méritait-il une telle souffrance, une telle humiliation? se dit Joseph tout bas! Mais Pierre, nos prêtres ne pouvaient-ils pas pardonner?
- Je ne sais quoi dire, ami.
- Pourquoi ce silence? Pourquoi ne condamnes-tu pas le crime que les prêtres ont perpétré.? Le pardon n'est-il pas aussi une vertu chrétienne? Ne purifie-t-il pas nos âmes, à nous tous, pécheurs et vertueux? Ces prêtres ne sont-ils pas supposés être différents des gens du monde? plus sublimes qu'eux? plus miséricordieux, du moins plus compréhensifs et compatissants? Veulent-ils s'approcher effectivement de Dieu ou s'en éloigner? ou bien Dieu n'est pour eux qu'une entité vide et ne cherchent que satisfaire leurs instincts animaux?

Toutes ces angoissantes questions rôdaient dans l'esprit des séminaristes sans qu'ils puissent y trouver de réponses.

Quelques jours plus tard les élèves oublièrent cette sale opération et vaquèrent, après tout, à leurs travaux manuels et à leurs occupations scolaires.

Les têtes s'échauffaient pendant l'étude du soir. C'était un champ de bataille, c'était l'arène où les devoirs de maths, de latin, de français et d'autres s'épuisaient souvent devant la volonté tenace, l'intelligence aiguisée, les nerfs tendus des mathématiciens, exégètes et auteurs en herbe. Il était un plaisir pour certains de tracer des cercles, des triangles ou des trapèzes parfois imbriqués les uns dans les autres, de déchiffrer confrontant ces figures complexes aux théories déjà apprises, aux explications fournies par les professeurs pour venir à bout de ce monde souvent hermétique, parfois révélateur de voies, de solutions claires et triomphantes. Pour d'autres, il était une joie d'accompagner César dans les campagnes de Gaule, témoins de ses défaites devant la témérité des gaulois et aussi de ses succès éclatants sur Vercingétorix même. Certains s'enivraient, s'enthousiasmaient en écoutant les fameux discours de Cicéron ou de Caton, la sagesse de Sénèque ou en secondant Enée dans ses aventures. Pour d'autres encore, il était un plaisir indicible de pénétrer dans les forêts, de parcourir les champs, de nager dans les rivières, de forcer des châteaux-forts en explorant leurs souvenirs et leurs rêves abracadabrants, ou bien de parler d'amour, de volonté, de psychologie, de pensée, d'harmonie, avec Ronsard, Corneille, Racine, Pascal; de discuter logique, idées avec Montesquieu, Voltaire, les encyclopédistes, . . . Tous les soirs, la bataille reprenait de plus belle mais la victoire n'était pas toujours certaine. Vainqueurs et vaincus, une fois les armes déposées, quittaient les rêves que leur tête, pour un moment, avait créés et revenaient à leur étroit monde endurci d'autorité, de sévérité et d'incompréhension.

Un jour, le bruit courut que le surveillant des minimes, père Dupont, punit un élève de sa division d'une manière cruelle: Il l'avait défendu de déjeuner et de dîner parce qu'il lui avait désobéi. Les grands ne croyaient pas leurs oreilles: «Horreur! Cruauté!» Se disaient les élèves entre eux d'une voix indignée: laisser un enfant de dix ans sans nourriture, l'en priver pour une question de désobéissance, un enfant de dix ans! Visiblement l'internat n'est plus ce qu'il devrait être. C'est une sorte de camp de concentration.» Le mécontentement se généralisa. Alain Piroux, élève de Première, maigrelet, rougeaud qui prenait légèrement de son pied gauche, normalement discipliné, se révolta. Il décida d'aller voir le Supérieur avant le dîner même. Il entra dans son bureau après s'être fait annoncer. Le Père était assis, les yeux dans un livre ouvert. La calotte de chair brillait sous la lampe. Cette couronne de calvitie, comme une érosion, semblait grignoter patiemment mais opiniâtrement les alentours. C'était un homme de cinquante cinq ans; les cheveux rares et grisonnants, les tempes enfoncées, le visage allongé, osseux et pâle, dénotaient une inanition reculée dans le temps. Provenant d'une campagne nordique, père Janin appartenait à une famille nécessiteuse que les guerres du début du siècle avaient durement éprouvée. Piroux le regarda un moment. Le Supérieur ne bougeait pas, il continuait même à lire. Le silence prolongé était sur le point de décontenancer le mécontent. Etait-ce une tactique? Le silence s'alourdit, la tête du vieux ne bougeait pas encore; ses yeux continuaient sournoisement à parcourir les lignes noires. Alain allait crouler quand le père Janin le regarda en le toisant.

– À ton service, monsieur Piroux, lui dit-il, soudain, en se levant.

C'était la première fois qu'Alain regardait de face son Père Supérieur. D'où lui venait cette force? Le visage osseux s'agrandit démesurément à ses regards: un front large et des sourcils épais, des yeux aux orbites profondes, des joues creuses laissant voir les os proéminents de la face, un nez grand et déformé, des dents espacées et sales dans une bouche immense et un menton comme une pelle portant une touffe de poils laissés volontairement pour ajouter plus de poids à son autorité. (décidément tout le monde en était atteint mais il en était aussi haï.)

– Pè . . . Père . . . Dupont . . . bégaya-t-il.
– Et alors? Et après? cria-t-il l'interrompant, tout en avançant son énorme tête.

Les mots qui sortaient de cette bouche caverneuse étaient difficilement malaxés. Ils étaient mâchés, broyés et indistincts. Car lourde, père Janin n'arrivait pas à bouger sa mâchoire inférieure. Ce défaut l'avait sans doute torturé et rendu insociable. Son neveu, également séminariste et appelé paradoxalement «Ledoux», était son inimitable sosie. Il n'y avait que l'âge qui les différenciait.

– Il a mis l'enfant vingt-quatre heures en quarantaine; ni pain, ni eau, continua Alain Piroux en tremblant.
– Qui dort dîne, répondit-il, narquois, ne le sais-tu pas? L'ordre c'est l'ordre, la discipline c'est la discipline, l'autorité c'est l'autorité. Entendu? . . . Monsieur Piroux.

La platitude de ses arguments redondants, son opiniâtreté, son impassibilité étaient à l'image même de la région d'où il venait: des landes à perte de vue plantées de quelques collines arides.

Traînant son pied gauche, Piroux se précipita au réfectoire:

– Aussi inflexible qu'un cadavre, souffla-t-il au premier attroupement.

L'atmosphère pendant le dîner était tendue. La lecture d'une histoire sainte n'apaisa pas la colère contenue des séminaristes indignés; et, le reste de la nuit passa nerveusement. Les humanistes ne voulaient pas envenimer davantage l'atmosphère car le Huit Décembre approchait. La Direction attendait d'eux une soumission totale. «Obéir à ses supérieurs, leur répétait-elle, c'est obéir à la volonté divine». L'affaire fut donc oubliée.

CHAPITRE V

Formation et festivités monacales

Le Huit Décembre, la fête de l'Immaculée Conception était l'occasion d'une cérémonie grandiose. Ce jour-là, les élèves de Seconde portaient la soutane. Quelques semaines auparavant, ces derniers entraient en retraite. La consolidation de l'enseignement moral et religieux commençait dès leur premier jour de réclusion. Les humanistes étaient avides de connaissances et attendaient impatiemment les prêtres qualifiés, pour la plupart des théologiens ou professeurs de moral ou de philosophie scolastique, exerçant leur profession dans les grands séminaires.

Le premier jour de réclusion était capital. Le théologien aborda le problème de la pureté:

«Le péché originel! L'homme en est marqué éternellement. Plus nous prenons conscience de sa gravité, de son impact sur notre vie spirituelle, plus nous nous approchons du Rédempteur. Le vrai chrétien est celui qui a toujours sur la conscience le péché qu'ont commis nos parents Adam et Ève. Nous avons autant de responsabilité qu'eux. Leur péché c'est notre péché, leur condamnation c'est notre condamnation . . . Et le Christ est venu pour nous en sauver.» Le théologien, enthousiaste, essayait d'expliquer ensuite la nature du péché à ses jeunes auditeurs. Il multipliait les exemples et citait les Pères de l'Église.

Jean Meunier croyant poser une question pertinente interrompit le conférencier en disant:

- Certains disent que le péché originel est un mythe, est-ce vrai? Et que toute cette histoire d'Adam et Ève est due à une fantasmagorie imaginaire. Quelle en est la réalité?
- Comment oses-tu prononcer ces mécréantes paroles, mon fils? d'où as-tu l'audace de me les débiter? Es-tu incrédule, mécréant, ne respectes-tu pas les Ecritures Saintes, l'ancien et le nouveau testament? Tu seras damné pour ces mots injurieux Tu dois obéir aveuglement à l'enseignement de l'Église, notre mère, sinon les diables de l'enfer t'attendront après la mort.

Le conférencier à la barbe blanche gesticulait, écarquillait les yeux, lançait des postillons comme s'il combattait l'Abominable en personne. Il donna mille exemples, rappela, de nouveau, les citations des Grands Pères de l'Eglise pour convaincre son auditoire de la véracité de la création et du péché originel. Les postulants sortirent de grands pécheurs de cette conférence tant le théologien les impressionna.

Le jour suivant était consacré aux références que le professeur leur avait indiquées. Les méditations, les lectures se succédèrent. Les élèves s'enfermaient dans la chapelle et se confessaient. Ils cherchaient au fin fond de leur conscience les moindres entraves, les moindres mots indécents, les moindres cruautés et venaient, honteux, tremblants, implorer le pardon au représentant de Dieu puis ils communiaient, délivrés, avec joie, des fautes commises.

La seconde leçon n'était pas moins importante. Il s'agissait des vertus chrétiennes: l'entraide, l'amour du prochain, en somme la charité chrétienne, le sacrifice, le vœu de pauvreté. Le père conférencier insistait que ces vertus enseignées par le fils de Dieu devraient nous, hommes et femmes de l'Église, préoccuper tout le temps et en premier lieu. Il énuméra, à juste titre, les noms des congrégations au service des pauvres, des abandonnés et de tous ceux qui se voient, de par le monde, rabroués par les systèmes politiques injustes, cruels ou par le destin aveugle:

- Si nous sommes dans ce monde, affirmait-il, c'est pour pratiquer toutes les vertus que l'Église nous enseigne. Nous ne pouvons pas être insensibles aux souffrances des gens. Si nous vivons avec sincérité les paroles du Seigneur, nous pourrons sauver le monde.

Cet idéalisme et cet altruisme emportèrent l'enthousiasme de tout son auditoire et le galvanisèrent.

Les leçons suivantes dépassaient la précédente par leur endoctrinement. C'était presque un lavage de cerveau. Le nom de Dieu était constamment prononcé par la bouche d'un nouveau conférencier; «La présence de Dieu parmi nous est incontestable, disait-il, il nous voit partout où nous sommes. Son œil qui poursuivait Caïn nous poursuit également. Cet œil est intransigeant et accable de son Ire toute âme qui l'abandonne, toute âme qui se révolte. Moïse, dans le désert . . . » Le père rappela à la mémoire des jeunes esprits l'histoire des Juifs en plein désert égyptien, la colère de l'élu de Yahvé contre certains mécréants et la malédiction à leur encontre pour avoir adoré d'autres dieux que Lui. Les exemples bibliques étaient interminables. Le conférencier en avait fait une source de preuves pour emporter l'adhésion de ses jeunes esprits.

La conférence terminée, Pierre Cartier enthousiaste, applaudit presque inconsciemment bien que les postulants ne fussent pas, à l'accoutumée, censés manifester ni leur désapprobation, ni leur adhésion; car la conférence était une sorte de leçon, matière substantielle où ils puiseraient leurs sujets de méditation silencieuse et individuelle. Pierre même s'était plus tard demandé comment il s'était hasardé à le faire. C'était, en vérité, plus fort que lui. Mais l'idée de porter bientôt son nouvel habit noir lui fit oublier cette gaffe innocente.

D'ailleurs, le tailleur du séminaire, aidé d'autres ouvriers, était ces jours-là sur ses dents. Maigre, petit, portant des lunettes rondes et blanches, il faisait courir, armé de son dé ratatiné, tout le long de l'étoffe, sa mince aiguille rapide. Il confectionnait les soutanes de couleur noire aux nouveaux aspirants à la prêtrise. Quand l'une était prête il faisait appeler de la retraite le client pour qu'il l'essayât. Ce dernier changeait complètement dans ce sac noir, égayé par un faux-col blanc, mais qui, incommode, lui torturait inévitablement le menton. La bande des quatre: Joseph, Jean, Yves, Pierre et tous les autres éprouvaient une certaine joie en quittant le compartiment où depuis quelques jours déjà ils s'étaient emmurés. L'essayage était, en quelque sorte, un genre de récréation. Ce long costume de charbon, les petits boutons dégringolant du cou jusqu'aux orteils, les larges manches et les profondes poches leur étaient une nouveauté. Certains, gauches, voulaient leur soutane suffisamment courte pour ne pas y monter dessus; d'autres plus sveltes, élégants, la voulaient aussi longue que possible pour y évoluer à leur aise, comme des danseurs de ballet. Les moments qu'ils passaient chez le tailleur étaient leur seule fugue; car les contraignantes conférences, les longues méditations, les conseils, les commandements résonnaient terriblement dans les esprits juvéniles. Tout se déversait sur eux à longueur des jours; car la retraite, selon les bons pères, était l'occasion idéale d'inoculer définitivement dans leur tête tout ce qui était enseigné les années précédentes. Les postulants, à bout de forces, attendaient la dernière conférence: l'incarnation du péché. La sexualité était un sujet tabou. Personne durant l'heure de catéchisme ou de morale n'osait aborder ce qui était la source du mal.

«Le corps est le temple de Dieu! Malheur à celui qui le souille! Malheur à celui qui le livre à Satan, malheur! . . . malheur! . . . »

Le martèlement commença, les têtes des postulants s'alourdirent.

«La femme est le péché incarné, c'est l'Abhorré même. Rappelez-vous les tentations de Saint Antoine. La femme seule peut vous séparer du Christ; notre but donc est de la combattre, de la condamner sans répit. Oubliez la femme, considérez-la comme inexistante, repoussez-la, maudissez-la, bannissez-la de votre vie . . . Votre corps doit être le tabernacle où Dieu viendra prendre son repos . . . »

Plus le sujet était alléchant, plus le conférencier intarissable. Les prêtres et les élèves s'accordaient de l'importance du sujet, de la réussite du cours. Cette conférence était plus longue que les précédentes. En quelque façon, c'était le couronnement même de tous les sermons prononcés jusqu'à ce jour.

Après la retraite, le Père Supérieur, la première semaine de décembre, voulut converser avec les séminaristes, qui se préparaient à porter la soutane et sonder leurs intentions. Dominique, Yves, Pierre et Claude devaient le voir le premier jour. Père Janin engageait les conversations diverses, posait des questions, anticipait parfois sur les réponses. Les devinait-il ou s'appuyait-il sur une source d'information? Joseph, Jean et Yves eurent la même impression. Par ailleurs, il était capable de leur relater certains faits, certains changements parvenus dans leur conduite, certaines conversations qu'ils avaient eux-mêmes oubliées. Il avait dit à Yves et à Joseph qu'ils avaient, une nuit, pillé un oranger et que Jean avait vidé une bouteille de vin à la sacristie. Ils se demandèrent comment le Père Supérieur avait pu être au courant des faits et recueillir certains propos. Y avait-il des espions? Des prêtres-espions?

L'entrevue terminée, les postulants sortaient, surpris, du bureau du père Janin, très souvent en transpirant pour avoir parfois entendu des faits très intimes.

Enfin, le jour solennel arriva. Le père Janin avait invité Monseigneur Lattra, l'incontournable vénérable archevêque sexagénaire pour qu'il présidât la cérémonie. Ce dernier était trapu, au tronc solide planté d'une forte tête couronnée de cheveux blancs qui servaient de repoussoir au gros visage campagnard, hâlé par le soleil. Les parents, aussi, y étaient invités. C'était une des rares occasions où des religieuses, des femmes, des jeunes filles allaient circuler dans certains couloirs du couvent. L'immense église ouvrit son portail pour accueillir les fidèles venus de partout. L'autel du milieu portait à droite et à gauche, entourant le tabernacle, quatre candélabres de huit bougies électriques, espacés de corbeilles de lilas et d'œillets, prolongées de roses et d'hyacinthes venant toucher à droite et à gauche le piédestal de deux anges portant eux aussi des candélabres éblouissants. Les petits autels aussi s'illuminaient de mille lumières. Six autres lustres, suspendus aux différentes voûtes étoilées, rivalisaient d'éclat avec leurs concurrents.

Tous les postulants, les parents, les autres fidèles occupaient les bancs. À la tribune, la chorale qui s'était préparée des jours entiers attendait l'entrée à l'église des enfants de chœur, des nouveaux soldats du Christ et de l'archevêque, assisté de quelques prêtres pour lancer au ciel et avec triomphe, ses remarquables cantiques. D'emblée, l'harmonium mugit, les trompettes éclatèrent et l'on entendit la chorale entonner en claironnant dans l'espace illuminé un chant triomphal: «Fille de Sion, réjouis-toi . . . » Les enfants de chœur, tout blancs, les mains jointes, glissaient religieusement sur le tapis rouge qui couvrait toute cette étroite allée. Derrière eux, en civil, leur soutane pliée soigneusement sur leurs bras, les nouveaux engagés, suivis des prêtres en chasuble blanche et enfin de Monseigneur Lattra, couronné de mitre et armé de sa crosse, tous avançaient saintement sur ce tapis écarlate qui les conduisit jusqu'à l'autel illuminé de mille lumières. (La messe solennelle rehaussée de musique grégorienne impressionne toujours les fidèles. Elle a ses cantiques, ses gestes, ses cérémonies, en un mot, un cachet envoûtant tout particulier).

L'imposant archevêque tournait vers l'assistance pour moduler de sa voix grave mais riche les harmonieuses prières latines:

«Dominus vobiscum», et la chorale répondait de plus belle. «Et cum spiritu tuo».

– Oremus . . . Gaudebo in Domino . . . . et exultabit . . . quia induit me . . . . ,

Après le chant de la chorale, l'honorable officiant continua sa prière suivante qui convenait à cette occasion.

– Oremus . . . . Deus, qui per Immaculátam Virginis conceptiónem dignum Fílio tuo habitaculum præparasti . . . . ejus intercessióne ad te pervenire concédas. Per eumdem Christum Dominum nostrum . . . .

Et la chorale de répondre avec éclat:

– Amen

Sa voix romaine voguait voluptueusement dans les airs. De la tribune, les cantiques aux mélodies célestes envahissaient alors l'espace sacré. Tantôt les altos et les sopranos surprenaient les fidèles dans une extase indescriptible, le cœur de ces derniers se suspendant aux lèvres des chanteurs, vibrant aux trémolos et sautillant comme un oiseau au son des notes magiques, et tantôt, entraînés pas la chorale tout entière, ils entrevoyaient aux portes du ciel les anges trompeter triomphalement leur Alléluia éternel.

Avant la lecture sainte, le vénérable officiant couronné de sa mitre incrustée de diamants, armé de la crosse couleur d'or et l'embonpoint le précédant un peu, s'approcha des nouveaux soldats du Christ pour leur donner sa bénédiction. La promesse faite devant Dieu, l'archevêque et les fidèles, ils entrèrent un moment à la sacristie, puis en sortirent tout noirs et se rangèrent près des enfants de chœur; le noir et le blanc contrastant donnèrent plus d'effet, plus de splendeur au service divin.

De nouveau les notes grégoriennes, enivrées d'encens, s'envolèrent allégrement dans les voûtes étoilées de la grande église. Le «Pater

Noster» et «L'Agnus Dei» se suivirent, ravirent les fervents fidèles et les rapprochèrent davantage de Dieu et de son Fils dans la sainte communion. Quelle heureuse rencontre! L'inestimable célébrant lança enfin l'«Ite, missa est» de sa voix chaude et captivante. Elle descendit d'abord grave, se modula, se prolongea un moment, s'éleva légèrement, aiguë, toujours allègre et majestueuse, puis redescendit envoûtante et plus mélodieuse encore. Le «Deo grātias» de la chorale acheva le charme qui s'était saisi des âmes ferventes.

La joie se répandit dans les cœurs. Le fleuve humain suivit le cortège et se dirigea au salon d'honneur. Les félicitations plurent, le vin ce jour-là coula à flots, les caramels, les bonbons, les gâteaux et toutes sortes de sucreries fondirent dans les bouches. De temps en temps un éclair frappait les regards. L'album de famille allait s'enrichir de nouvelles photos. Embarrassé Jean, en buvant son verre, le versa sur la robe de sa cousine. De joie, il rougit puis pâlit à sa vue. Ils ne s'étaient rencontrés depuis déjà plusieurs années. Elle était devenue une belle jeune fille. Dans son embarras, il oublia de s'en excuser. Yves de son côté, suivait l'ombre de son père. Bien que tout Val-des-neiges, son village, fût venu le féliciter, les mots de remerciements avaient peine à sortir de sa bouche; mais le clou de la cérémonie fut Dominique. Il se pavanait dans le salon, souriait à chaque déclic, embrassait parents, amis et autres, jubilait quand quelqu'un le trouvait charmant, le blond de ses cheveux, la blancheur de son visage, créant un effet admirable avec son nouveau costume, couleur de nuit, tandis que Pierre et Joseph causaient avec affection avec leurs parents respectifs.

À peine le petit déjeuner était-il terminé que ces vagues humaines inondèrent l'auditorium. Pierre Cartier, au nom de ses condisciples, devait prononcer son discours. Une fois qu'il se planta sur les planches du théâtre, le flux et le reflux des applaudissements le confondirent; lui qui l'avait préparé à la perfection se sentit paralysé devant ces centaines de gens qui lançaient des regards, pareils aux traits empoisonnés. Après un effort, il débita l'entête de son discours:

«Béatitude, Révérends Pères, Mesdames et Messieurs:

C'est avec une grande joie qu'aujourd'hui je m'adresse à vous. La cérémonie à laquelle vous venez d'assister marque une nouvelle orientation de notre vie. Faut-il mentionner . . . . (Il essayait de réciter par cœur la suite de la phrase pour ne pas donner aux auditeurs l'humiliante impression d'un écolier qui ânonne sa leçon apprise la veille) Faut-il mentionner les efforts que les responsables ont fournis en vue de former les âmes juvéniles? Faut-il dénier les sacrifices qu'ils ont acceptés pour l'amour de notre salut . . . Faut-il . . . soudain dans sa troisième tentative, Pierre eut un trou de mémoire, brouilla les lignes, le discours s'obscurcit et ne vit que des taches noires sur un fond blanc. Il avait beau écarquiller les yeux, il ne pouvait localiser le troisième «faut-il». Il avait d'ailleurs le pressentiment qu'il allait se noyer dans ses redondantes périodes. L'auditoire impatient se remua, bruyant. Pierre passa à pieds joints quelques lignes et chercha à se cramponner à un autre paragraphe, n'importe lequel pourvu qu'il ne sombrât pas dans le silence embarrassant «Certains croient que la grâce n'est donnée qu'à ceux qui le méritent. Erreur! Toute personne croyante qui . . . » Le public se calma et Pierre acheva enfin son allocution tout tremblant. Les applaudissements, quand même, le couvrirent de nouveau, puis dans leur reflux, le ramenèrent à la chaise qu'il avait pour ce but quittée.

À cette occasion les élèves de rhétorique avaient monté une pièce de théâtre intitulée «la servante de Dieu: où le Diable et la Sainte Vierge s'arrachaient une pauvre petite innocente, vivant dans une famille pauvre. Le premier voulait l'émanciper, l'éloigner des contraintes de la religion pour lui donner la possibilité de vivre sa vie, l'autre, par contre, la retenait sous sa tutelle et l'encourageait à mener une vie démunie, ascétique, misérable, loin des nourritures et des gloires terrestres pour récompenser après sa mort son âme de sainte dans l'auréole d'une vie céleste où elle goûterait aux joies divines qui éblouiraient les yeux, charmeraient l'oreille de toute personne consacrant sa vie et sa fortune à Dieu, à l'Église et à ses ministres divins. Le diable empaqueté d'habit noir et enveloppé d'une pèlerine aux couleurs rouges vivantes des feux infernaux l'incitait à jouir de ses seize printemps avant de se voir assise, dans le coin de sa demeure, auprès du feu, toute vieille, dévidant et filant, à deux pas du tombeau, regrettant sa fraîche beauté et son inestimable jeunesse. Mais l'Abhorré faisait retraite devant l'attaque de la Reine des cieux qui promettait à cette âme déchirée, mais enchaînée par des siècles d'habitudes, des lendemains meilleurs, des lendemains qui ne viendraient qu'après la traversée du fleuve de la mort.

- ce sera trop tard! trop tard! soufflait l'infatigable Instigateur.
- Ne perds pas la vie éternelle pour quelques minutes de joie terrestre, rétorquait l'Immaculée.

– La vie est courte!
– Gagne plutôt l'éternité !
– Promesses fallacieuses, fallacieuses, fallacieuses . . . .

Mais, envoyé du ciel au milieu du tonnerre et des éclairs, habilement préparés sur la scène, l'ange Gabriel abattit d'une estocade le Vilain. Ce dernier tomba si brutalement sur le plancher au milieu de formidables jeux de lumière que les spectateurs, comme la jeune héroïne, tremblèrent de peur. Mais l'Abominable inlassable répétait la mort dans l'âme:

– Pauvre fille! c'est un mirage, oui, c'est un mirage.

Les rideaux tombèrent sur la mort effroyable du Satan à la satisfaction générale des spectateurs. Les applaudissements tonnèrent dans l'immense auditorium.

Monseigneur Lattra, rempli d'orgueil, trônait dans son fauteuil écarlate et promenait ses regards pour montrer sa joie de voir cette Sainte Maison produire une volée de futurs prêtres à la rescousse des malades, des déshérités et des abandonnés. À la fin de la pièce théâtrale, il s'avança majestueusement vers le podium, au milieu d'une vague d'applaudissements, pour délivrer son discours de clôture; c'était un discours que les bons pères attendaient avec intérêt. En fait, pendant une quinzaine de minutes, il impressionna tous les assistants fervents quand il compara, le prêtre, l'homme de Dieu, dans ce monde aux multiples tentations, à un bateau en difficultés voguant sur une mer houleuse. Cette image venait souvent précédée ou suivie d'autres images encore plus éloquentes et de leçons de morale remarquables. Il emporta sans réserve l'admiration totale de cette foule hypnotisée. C'était un vrai bain céleste.

D'ailleurs les congrégations, disséminées à travers le pays, profitaient de toute occasion pour avoir l'honneur de l'inviter à leurs cérémonies religieuses ou scolaires vu sa vaste culture et ses amitiés dans les milieux politiques. Quand il parlait de ses affaires courantes ou de la situation mondiale, lorsqu'il se lançait dans la philosophie ou la pédagogie, son entourage l'écoutait, argumentait parfois mais il le quittait toujours satisfait. Malheureusement l'honorable archevêque était fort peu disponible. Ses occupations le portaient loin. Si l'un de ses visiteurs lui demandait où il partait, son secrétaire lui répondait à la hâte: «Il a rendez-vous avec le secrétaire d'état»; «le ministère de tel pays l'a invité pour une conférence»; «le roi d'un pays ami voudrait le consulter sur une question épineuse.»

Ses nombreux voyages à l'étranger lui donnaient un halo de grandeur et de prestige. C'est pourquoi quand il regagnait sa résidence, certaines personnes religieuses ou laïques couraient pour se délecter des réunions d'érudits. Avant de commencer à parler, il se recueillait, regardait chacun de ses visiteurs puis baissait la tête en murmurant: «L'éducation dans certaines écoles et ailleurs fait fi de la conviction personnelle et du respect de la vérité. Elle se base sur l'apparence des choses. C'est ainsi que l'intérêt de l'individu, du groupe, de la secte prévaut sur celui de l'homme générique, du pays dans son ensemble, de la patrie dans son unicité. Si l'éducation continue de ce train, si pour l'individu rien n'existe que ses seuls intérêts et que le groupe ou la secte ne cherche que les siens: richesse et pouvoir, la lutte devient alors la matrice de toutes les choses horribles; car chacun va imposer aux autres les apparences qui lui sont utiles à un moment donné.»

- Mais ne faut-il pas, objecta une directrice d'école, partir du microcosme au macrocosme? Chercher ses propres intérêts, ceux de sa communauté et ipso facto réaliser ceux du pays dans son ensemble?
- Si le pays est fragmenté comme le nôtre, ton principe ne fait que le démanteler davantage. Notre pays donne l'apparence d'une mosaïque; au fond l'unité y manque parce que l'essence des choses varie avec chaque communauté, chaque secte. Le Bien, la Justice, la Vérité, le Droit et autres doivent être la base sur laquelle devrait se reposer notre patrie; car ce sont ces idéaux-là qui consolident l'union entre les différentes communautés qui ne sont, soit dit entre nous, qu'un chaos embarrassant. La diversité mal orchestrée engendre la discorde. En revanche ces idéaux favorisent l'union qui permet aux gens de vivre dans l'harmonie en faisant disparaître les contours escarpés des communautés hostiles. C'est donc à partir de l'unité harmonieuse que cette diversité trouvera sa raison d'être; sinon les communautés seront condamnées à s'ignorer, à se haïr, à se battre et à s'égorger. Et la théocratie, nourrie dans certaines sectes religieuses, renforcée par la politique, une combinaison très dangereuse, ne sera qu'une variante du

> fascisme, du fanatisme et de l'intolérance, défauts capitaux qui détruiront notre pays. On devrait plutôt y promouvoir la méritocratie»

La discussion se prolongeait quand les participants éclairés voulaient faire la part du réalisme et de l'idéalisme dans la recherche de la solution des problèmes qui se posent à l'homme face à sa condition, à sa communauté, à sa nation. Même s'ils n'arrivaient pas à s'accommoder d'une définition ou d'une solution commune, ces intellectuels se dispersaient tard dans la nuit, satisfaits de leur soirée académique.

Monseigneur Lattra ne donnait pas de l'importance uniquement à son esprit, mais il essayait aussi de donner un beau moulage à son corps. C'est pourquoi il s'adonnait aux exercices physiques pour faire disparaître son embonpoint. Il prenait aussi soin de ses costumes, car à l'étranger, il portait l'habit des clergymen et parfois il se comportait en homme du monde. Ses voyages se prolongeaient sur des mois et parfois se limitaient à quelques jours; mais son secrétaire ne soufflait mot sur l'itinéraire de ses déplacements. Quand il rentrait, il accueillait d'éminents visiteurs dans sa résidence de Vermont ou bien il allait lui-même voir des personnes haut placées, et peut-être leur rendre compte de son voyage. Sa vie paraissait fascinante à bon nombre de personnes: des invitations au quartier Ste Honorine, des cérémonies de toutes sortes, multiples voyages, fréquentations du milieu bourgeois. En effet partout il était bien accueilli; mais c'était surtout chez lui qu'il prenait plaisir à bavarder avec ses vieux amis, discuter, parler de philosophie, de sociologie et de politique chaque fois que l'occasion s'y prêtait.

«Chez les anciens Grecs, dit-il une fois durant une soirée, la beauté physique était le symbole de la beauté morale parce que toutes deux se rattachaient à une perfection venant des dieux; l'être et le paraître ne faisant qu'un».

Chacun essayait de donner dans un long discours une interprétation à cette conception; pour les uns, le corps était le symbole de l'attraction, réservoir de sensations qu'il fallait exploiter au grand maximum; pour les autres, il représentait la force physique qu'il ne fallait jamais négliger quand la nécessité de son usage s'imposait; pour d'autres, il était indiscutablement une preuve ontologique de l'existence de Dieu. L'utilité du corps dans la société absorbait la réflexion des intellectuels et les rivait à la psychanalyse, à la psycho-sociologie, à la socio-physiologie et même à la métaphysique.

Parfois pendant la discussion, le téléphone sonnait et l'honorable archevêque prenait congé de ses académiciens et allait visiter l'inconnu qui l'avait appelé. Souvent il ne rentrait pas le soir même, il disparaissait une semaine puis revenait chez lui fatigué et s'enfermait dans sa résidence pour quelques jours.

Si Monseigneur se piquait de philosophie, il avait aussi le flair du commerce. Il investissait toute sa richesse dans des édifices à Beaulieu. Il possédait, pour décupler sa richesse, une dizaine d'immeubles dans la rue Laroche et Ste Catherine où les garçonnières abondaient et même il contribuait à certaines campagnes électorales qui lui apportaient beaucoup d'influence locale et nationale.

«L'état, demanda-t-il, un soir, à ses compagnons de pensée, est-il ce que les citoyens font de lui? Ou au contraire, les citoyens sont ce que l'état fait d'eux? Qui modifie le caractère de l'autre? Qui façonne l'autre, de l'état ou du citoyen? N'est-ce pas en fin de compte une sorte de symbiose où tout individu, épris de bien, de droit, de justice et de vérité s'ingénie à mettre sur pied un état idéal afin que ce dernier, à son tour, éduque les citoyens, tous les citoyens sans exception en les plaçant sur le chemin des idéaux nobles?». L'adage «la société mérite sa classe politique» n'est-il pas, au fond, juste?

Au fur et à mesure que le prélat s'animait dans les discussions, des questions pertinentes surgissaient.

- Croyez-vous, Eminence, qu'il faut moraliser la politique ou politiser la morale? l'interrogea une fois Père Luc, grand admirateur de l'archevêque.

À la suite de telles idées, se développait toute une discussion qui s'achevait souvent dans le désaccord. Mais cet exercice intellectuel dans le fastueux salon de sa résidence ou dans celui de ses amis de Vermont et de Beaulieu consolidait les connaissances et formait l'esprit de ses interlocuteurs.

C'est pour cette raison, tout le long des années successives, que les pères Madet, Hardi, Janin et surtout père Luc aimaient sa compagnie et l'invitaient presque toujours à St Jérémie. Il était l'objet d'un grand respect. Les jours ensoleillés ou pluvieux, le parasol ou le parapluie était toujours là pour protéger son Éminence des assauts de la nature.

Chaque fois que St Jérémie voulait se faire honorer, les responsables invitaient Monseigneur Lattra. La fête de l'Immaculée et la cérémonie des nouveaux soutanés étaient, par exemple, l'occasion par excellence d'avoir parmi eux cette encyclopédie vivante.

CHAPITRE VI

Une bouffée d'air frais

Le lendemain, l'enivrement de la fête se volatilisa. Les postulants entrèrent de nouveau dans l'engrenage de la discipline. Dans la dureté du temps, de la pluie et du vent, les travaux manuels devenaient une corvée. La vaisselle, le balayage, le travail des champs reprirent avec plus d'intensité. Fouettés par la pluie, flagellés par le vent, grands et petits s'occupaient de leurs travaux quotidiens. Certains, grippés, s'abritaient au dortoir ou à l'infirmerie et s'alitaient étonnamment des jours entiers.

Quand le ciel était serein, Jean se refugiait parfois contre la grille et regardait la vallée mystérieuse dont la profondeur lui procurait étrangement un indicible plaisir. Il y plongeait ses regards et en voulait parcourir les lieux les plus dangereux comme les plus tranquilles, les plus obscurs comme les plus éclairés en emportant tous ses sentiments heureux, toutes ses émotions troublantes qui tantôt le jetaient dans de tristesses profondes et tantôt dans une sérénité d'âme inégalable. Il sentait un vide qu'il voulait remplir, il voulait le peupler d'êtres selon son cœur. Il se sentit délicieusement volé par une créature dont il effleura furtivement le visage, toucha à peine les cheveux, susurra tendrement des mots doux à l'oreille. Il sentit le désir immense de l'emporter avec lui au fond de la vallée, lui faire gravir les sentiers, parcourir le gué et goûter un moment les joies des amants retrouvés.

Il eut l'impression de l'appeler avec attendrissement, de lui tenir la main, de s'asseoir près d'elle à l'ombre des arbres, d'admirer ses yeux pétillants de bonheur, de l'enlacer dans ses moments de volupté et de marcher tout au long de la rivière qui reflétait dans sa violence comme dans son calme les états d'âme où sa chère créature plongeait si délicieusement son cœur sensible. Ces courts moments de rêve que Jean arrachait à ses récréations du soir le tenaient dans certain état de langueur dont la sérénité lui procurait un plaisir si étrange qu'il voulait éterniser en en multipliant l'expérience. Il attendait impatiemment des jours plus beaux, un ciel plus serein et une atmosphère plus clémente. La soutane ne le dérangeait dans ce cas en aucune façon.

Le mois de mai éclaira enfin le visage du ciel, ainsi que celui de tous les habitants du couvent. Pour les uns, les rares promenades allaient commencer et pour les autres les rêves se réaliser. Le mois de Marie était le meilleur de tous et particulièrement cette année, vu les sorties tolérées, et les élections monacales allant tambour battant dans les couloirs de la Maison-mère. Chaque classe pouvait donc organiser son pèlerinage au sanctuaire de la Sainte Vierge, situé à une vingtaine de kilomètres du couvent, comme chaque prêtre, avant l'issue du vote trisannuel, pouvait penser à son poste de choix.

De son côté, la classe des humanités se prépara à trouver un jour convenable. Ils étaient fatigués des devoirs et des examens. Ils voulurent que ce jour devînt une sorte de libération des contraintes scolaires. «Convenable» pour la plupart voulait donc dire éviter un test. Ils firent de manière à choisir le jour de la composition latine qui habituellement tapait sur les nerfs. Yves, malgré son amour pour le latin, se fit déléguer en catimini auprès du Père Supérieur qui, miraculeusement, avait accepté que le mercredi suivant serait leur tour. La veille du départ comme prévu, Yves et Jean gagnèrent la cellule du surveillant pour le mettre au courant de leur décision. Tempétueuse fut sa colère:

– Comment! Le jour de la composition. Jamais!

Après avoir crié, il reprit son travail de corrections.

– Mais mon père, argumenta Jean, on a l'approbation du Père Supérieur.
– Jamais, vous dis-je, s'il le savait d'ailleurs il le refuserait.

Jean pensant à ses rêves souhaitait de tout son cœur qu'au moins pour une fois le ciel répondît à ses plus chères prières. Père Gaston, lui, déposa négligemment le stylo rouge sur les feuilles de devoir, silencieux.

– Mais c'est le mois de Marie, fit Yves en joignant ses mains.

Jean priait toujours l'implacable ciel.

– Pas question! Hurla le pion. Sa voix caverneuse terrifia les quêteurs. Vous savez mieux que moi que ce mercredi et tous les mercredis sont consacrés aux compositions. Demain, que je sache, c'est une version latine. Pas question, vous dis-je, pas question!

Le surveillant se leva brutalement. Les deux amis comprirent ce qu'il entendait par là et rebroussèrent chemin, bredouilles. Le lendemain c'était un jour chaud. Les nouveaux soutanés avaient à affronter l'invincible, à vaincre l'invaincu.

– Peine perdue! quand je dis non, c'est non. Les dissuada-t-il en les enjoignant à lui obéir.

À la seule intervention simple du surveillant auprès de la Direction, cette dernière se ravisa immédiatement et approuva la décision sage de ce dévoué. Cela n'a pu étonner les insurgés vu l'esprit régnant au couvent. Ainsi l'invaincu se révéla invincible. Les humanistes, incompris, leur innocent complot avorté, transpirèrent plus de deux heures sur un long texte de Sénèque.

Joseph étouffait. Depuis ce refus catégorique, il sentait l'atmosphère monacale peser terriblement sur lui: Vie ascétique, travaux éreintants, discipline draconienne. Sa nature expansive voulait de l'espace, une bouffée d'air vivifiant: sortir, voir d'autres mondes, errer dans la campagne, mener une vie normale.

Mais le pion, pour que les séminaristes accomplissent leur vœu, leur choisit enfin le jour du pèlerinage.

Comme une volée d'oiseaux avides de liberté, la plupart des élèves, le jour désigné, s'évadent de la porte cochère et s'enfoncent dans la verdure du bois. La fraîcheur du petit matin fait épanouir leur corps et leur âme. (Ils recherchaient avec avidité ce bain de nature.) Ils empruntent une pente qui les mène à travers buissons et arbres jusqu'au fond de la mystérieuse vallée. Les clapotis de la rivière, reposants et suaves, leur caressent agréablement l'oreille. Sautillant sur les pierres, éclaboussant les petits pèlerins, la rivière écumante chante son éternelle chanson préludant le soleil qui va incessamment pointer derrière les montagnes. La montée se révèle pénible. Les sapins, en grandes masses, escaladent auprès de leurs rivaux humains et arrivent comme eux, disséminés, au sommet de la montagne, puis dégringolent sur l'autre versant rares et espacés, tandis que les pèlerins, harassés, font halte, tout éblouis et enveloppés des premiers rayons solaires.

Joseph tourne la tête et remarque, à son étonnement, le couvent qui, bâti sur la colline et surplombant la vallée susurrante qu'il vient de traverser, baigne dans le soleil matinal. La verdure foisonnante enveloppe, serrée et grimpante, le vieux bâtiment de gauche et ambitieuse, aspire à couvrir les murs élevés de la nouvelle construction, à droite. Il aperçoit le réfectoire puis l'étable de dessous qui semble lui envoyer le mugissement des vaches, le grognement des cochons jusqu'aux caquetages des poules, mêlés aux odeurs propres à chacun d'eux. Plus à gauche encore, la route du bourg émerge de l'autre côté de la colline et rampe, lente mais infatigable aux flancs des montagnes déchirées.

Au signal donné, la marche reprit. À mesure que le peloton, sous le regard vigilant de son capitaine, avalait les kilomètres, le soleil de mai dardait ses rayons qui se faisaient de plus en plus sentir. À onze heures, les pèlerins arrivèrent au sanctuaire de la Sainte Vierge. La messe ne tarda pas à commencer. Des milliers de gens priaient, chantaient. L'officiant bénissait cette imposante masse de fidèles qui étaient venus des quatre coins du pays pour vénérer la Mère de Dieu. La communion était générale et fervente. La messe terminée, les fidèles montèrent l'escalier en colimaçon pour être plus près de la Reine des cieux. Les bouches se fermaient et les mains se joignaient. L'heure des promesses et des doléances sonna.

Une large tranche de pain, farcie généreusement de pommes de terre et d'œufs bouillis, parsemés de sel et arrosés d'huile, l'ensemble formait, en un riche sandwich, le plat de résistance des visiteurs du sanctuaire. Puis, Yves Dumoulin leur distribua des pommes succulentes. Ce banquet rétablit les forces épuisées par la longue marche de toute la matinée. Tous les pèlerins se reposèrent pendant plus d'une heure et se régalèrent du merveilleux climat printanier.

Au retour, d'un commun accord, ils changèrent d' itinéraire. Ils devaient emprunter la route asphaltée, plus commode et, pour gagner du temps, ils s'engageraient quelquefois dans des sentiers.

Sur le rythme de «Malbrough s'en va t'en guerre» les pas résonnaient sur le goudron, puis les bouches lançaient au ciel le claironnant refrain:

> «Mironton, Mironton, Mirontaine . . . .
>
> Malbrough s'en va t'en guerre
> Ne sait quand reviendra»

Les routiers étaient prêts à vider leur sac à chansons: «Un kilomètre à pied,» «Napoléon avait cinq cents soldats . . . » «Mon père ainsi qu'ma mère . . . » Tout fut débité. Ils s'égosillèrent même. Les chansons et la longue marche au soleil annihilèrent la force des promeneurs. Après une dernière halte à la fontaine Bellevie, à un coude du chemin, vers le bas, Vermont au moment crépusculaire parut spectaculaire aux regards de certains pèlerins.

La route principale, après un virage, s'avance du côté nord mais, dans sa course, elle rencontre un vieil escalier aux marches légères qu'elle coupe en deux puis poursuit triomphalement son chemin. Ensuite elle bifurque à droite en pente douce, descend à gauche après une longue course, disparaissant un moment mais reparaissant plus bas, ronde et immense sur la place publique, va, ainsi, serpentant jusqu'aux pieds de la colline, aux confins mêmes de la mer lointaine. De ce côté de la route, parmi les maisons assaillies de verdure, une église, vieille et rabougrie, montre humblement son clocher timide, tandis que la cathédrale sa voisine, jeune et éclatante, lance fièrement le sien vers le ciel défiant, sans peur, les forces obscures et maléfiques. Plus bas, des écoles se disputent les jeunes du bourg: Ste. Rita, des jeunes filles, St. François des garçons et St. Bonaventure. Celle-ci dispense aux élèves de plus en plus nombreux un enseignement laïc imbu d'idées libérales, auquel jeunes filles et jeunes gens, côte à côte, viennent s'abreuver à longues gorgées. Joseph, heureux, y entrevoit une nouvelle abbaye de Thélème. En revanche, celles-là sont imprégnées d'esprit religieux au caractère médiéval taxé d'obscurantisme par les éclairés du bourg. De l'autre côté, les maisons plus nombreuses encore, entourées de vergers ou de parterres, se poussent par endroits, tandis que des immeubles de plusieurs étages, plantés tout le long de la route, jonchent fièrement les rues de Vermont. Par ailleurs, les boutiques, les magasins et les bureaux se serrent et parfois s'entassent pour offrir leurs services, souvent coûteux, aux ménagères, aux jeunes coquettes et aux clients de toutes sortes.

Sur tout ce tableau, le soleil couchant, prêt à s'immerger dans la mer molle, tendre et réchauffée par l'haleine printanière du disque d'or, se mire encore, tout à la fois, dans les vitraux de la cathédrale, les vitres des immeubles et les cotonneuses nues du ciel.

Joseph détache enfin son regard émerveillé de cette vue pittoresque et reprend avec ses amis le sentier de droite où, à son aval, il s'est, il y a quelques années, engagé avec son père.

CHAPITRE VII

Élections monacales

Cette promenade laissa une profonde marque dans l'âme de la bande des quatre. Mais seul Jean, infatigable rêveur, comptait multiplier ses sorties pour satisfaire ses obscurs désirs qui, au clair de lune, par flots successifs, submergeaient son esprit au point de l'obnubiler. Quand il ne pouvait contenir cette force aveugle qui montait des profondeurs de ses entrailles, il allait se refugier tantôt auprès de ses amis, tantôt auprès de sa chère vallée. Là il méditait et laissait sa pensée voguer dans ses méandres à la recherche de sa sylphide. La fraîcheur printanière venue de la rivière susurrante effleurait son front moite, saisissait son cœur d'un désir voluptueux, emportant son âme avide d'amour dans les recoins les plus cachés de cette lénifiante nature. L'adolescent voulait se passionner d'un être doux, aux cheveux longs, au front aimable, aux yeux immenses et noirs, mais le monde où il vivait ne lui offrait que ce qui lui répugnait. La grille seule contre laquelle chaque soir il appuyait la tête nourrissait son âme de plaisirs dont aucune force ne pouvait régler le flot . . . Jean cherchait des moyens diaboliques pour réaliser ses rêves. Il avait besoin de réconfort, car la peine ne le quittait ni de jour ni de nuit. Une certaine fièvre s'était emparée de lui. Elle le torturait dans les plus calmes nuits vermontaises.

«Il faut que je parte, se disait-il, ce lieu continue à peser sur mon cœur. La paix, ma paix est ailleurs; la consolation, ma consolation est au-delà de ces hauts murs qui me séparent du monde.»

Le désir de franchir la ligne de démarcation rongeait ses nerfs. Sortir, rencontrer, communiquer, désirer, caresser, aimer, c'était toute son âme, c'était tout son corps qui le projetait au-delà des limites imposées par de drôles de règles. Les enfreindre, les briser, les annihiler voilà ce que l'amoureux rêvait de faire. Le monde des adultes matait le sien, l'enchaînait d'ordres, de règles, de pensums. Pour en sortir il lui fallait une audace herculéenne.

Au milieu de ses affreux moments, soudain la porte du jardin éclaira son esprit. «C'est de là que va venir mon salut» pensa-t-il. Il fit secrètement part de son projet à ses amis qui en redoutaient les conséquences. Ils ne l'en dissuadèrent pas, mais ils ne l'encouragèrent pas non plus de peur qu'il ne se voie dans d'étranges galères. De son côté, Jean se soûla à l'idée de prendre le large quand l'occasion se présenterait.

Durant les travaux quotidiens il épiait tous les mouvements des prêtres et des postulants pour détecter le moment opportun et s'esquiver de la petite porte du jardin. Il cherchait même les travaux de jardinage qui le rapprocheraient davantage de ses desseins. Plus les jours passaient, plus son désir de s'enfuir s'exacerbait. Il commença avant de dormir d'établir des plans méticuleux, de décider de l'heure, de la minute et même de la seconde pour ne rien laisser au hasard et de cette manière éviter de tomber sous les griffes de son surveillant qui était toujours aux aguets.

Mais la monotonie de la vie monacale le rendait apathique et l'empêchait de mettre son projet à exécution, surtout que le père Gaston multipliait ses visites surprises aux champs des travaux, d'autant plus que le temps des élections générales approchait à grands pas.

– En effet, dit père Gaston, durant les dernières minutes de l'étude du soir, bientôt les délégués de chaque pays où la congrégation dirige un couvent ou un établissement scolaire ou universitaire se présenteront à la Maison-mère comme ils le font périodiquement pour réorganiser l'institution, les groupes de travail en vue qu'ils soient plus efficaces «ad majorem Dei gloriam» (pour une plus grande gloire de Dieu) et cela dans la prière et la méditation.

Les postulants prêtaient une oreille attentive aux explications du pion.

– N'oubliez pas, enchaîna-t-il, généralement les réunions se font à huis clos.

Puis il donna trois coups secs à la sonnette pour qu'ils se préparent à descendre au réfectoire.

Jean, Yves, Joseph et Pierre se rendirent après le dîner à la lisière de la cour pour discuter du nouvel événement en perspective. Jean était plus intéressé à la réalisation de son projet qu'à l'arrivée des délégués. Il continua à penser à son escapade pleine de promesses mais hérissée de difficultés aussi. Car la porte du jardin était souvent fermée, les rapporteurs secrets et le pion vigilant. Ses condisciples Abel et Dominique énervaient fatalement le rêveur pendant sa tentative d'évasion.

– Que diable viennent-ils faire dans les recoins de la Maison. Sont-ils là pour m'épier? Sans eux, je serais maintenant dans les rues de Vermont rencontrant les douces figures des écolières du bourg, murmurait-il amèrement. Demain pendant la récréation de midi, se promit-il, je filerai à l'anglaise sinon ce sera durant les élections monacales où les esprits seront confus et pris par le va-et-vient, les discours, les conférences des éminents délégués.

Yves fit irruption dans la questure.

– Devinez quoi? Dit-il à ses amis, le souffle coupé. Le premier convoi des délégués va bientôt arriver.

Jean se dit «maintenant ou jamais, car les esprits sont brouillés.»

Quand il se sentit donc prêt à prendre le large, il ouvrit lestement la porte et se mit à vagabonder. Il prit le chemin des écoles avoisinantes et passa près du portail de St. Bonaventure, fit quelques tours et revint rapidement au bercail. Cette courte fugue diurne, sans précédent, remplit de joie cette âme assoiffée de liberté et la libéra d'un poids encombrant. Mais cet insatisfait multiplia ses fugues éclair et chaque fois qu'il en revenait, il paraissait plus calme mais plus enthousiaste. Il commença à mieux étudier, à travailler plus dur aux travaux manuels, à gambader plus gaiment dans la cour de récréation. Ses amis, qui, bouleversés il y a quelques semaines, s'inquiétaient de ses étranges comportements, le trouvaient actif, dynamique et jovial. Quelque chose s'était opéré en lui. Ils cherchèrent à deviner le secret de cette métamorphose, Jean n'en soufflait mot. Il les laissait livrés à leurs propres jeux.

- Mais quoi, Jean, lui dit Yves pendant la récréation du soir, tu ne nous diras pas ce qui te procure tant de joie.
- Les sorties, oui, les sorties, petit bêta. J'ai découvert ce monde clandestin que les bons pères nous empêchent de connaître et de pénétrer. Ce monde pour moi, c'est Florence.
- Mais qu'est-ce que tu nous chantes. Qui? Florence?
- Eh! camarades, enchaîna Pierre, il est bien calé en géographie, ce Janot Lapin. Laissons-le se promener et se pavaner dans ses rues, ses musées et ses jardins.

Jean fit la moue et déguerpit à l'autre bout de la cour, extasié.

Plus père Gaston parlait des prêtres délégués, moins Jean s'intéressait aux jeux politiques des bons pères. Il voulait uniquement revoir le visage de Florence qui l'avait maintes fois vu flâner dans les rues. Ses courtes apparitions dans les alentours des écoles, ses grimaces, ses gestes avaient attiré son attention, elle s'était une fois approchée de lui, le sourire aux lèvres et lui avait dit quelques mots que son esprit désordonné n'a pu enregistrer.

- Ces réunions monacales porteront nécessairement des changements dans notre vie, expliquait le surveillant.

Promptement Jean se secoua à la vibration sonore de sa voix qui résonna si brutalement dans sa tête.

Mais le rêveur sombra de nouveau dans sa vision paradisiaque, se rappelant la courte conversation avec Florence.

- Tiens! tu as peu de livres, hasarda le fugitif
- Que fais-tu ici, tout seul, lui demanda l'adolescente.
- Rien.
- Comment rien?

– J'aime le soleil printanier. C'est si beau!
– Tu sors souvent seul
– Oh non! sauf quand je peux.

Les coups secs de la sonnette secouèrent de nouveau l'incorrigible rêveur.

«La prochaine fois je vous nommerai les pays d'où viendront les délégués avec d'amples explications sur la mission à accomplir» continua le prêtre.

«Et moi très bientôt, pensa l'aventurier, je resterai avec elle plus longtemps, la prochaine fois».

Père Gaston se félicita d'avoir à faire preuve de son habilité d'organiser les salles de réunion. Il fit appel aux divers groupes pour transporter tables et chaises aux multiples salles rendues disponibles pour cette occasion. Le pion ne laissa aucun postulant en repos. Les salles parfois immenses se laissaient frotter, laver. Le plancher, les murs, les fenêtres, tout brillait. Une fois nettoyées, elles se laissaient garnir de chaises, de longues tables couvertes soigneusement de draps blancs pour permettre aux participants d'y placer leurs cahiers de note. Les postulants apportaient aussi des pots d'eau, des verres et même des vases pour y planter des fleurs le temps opportun.

Comme un paon, père Gaston, la tête haute, les mains derrière le dos, le sourire égayant son visage, se pavanait dans ces salles que ses élèves avaient si soigneusement arrangées. L'enthousiasme de vivre un nouvel épisode de la vie monacale et celui de voir enfin venir les invités eurent raison de toutes les fatigues que les circonstances avaient causées à ces séminaristes.

Le couvent St Jérémie assistait normalement tous les trois ans à un spectaculaire remue-ménage. En effet des changements survenaient souvent dans les cadres de l'administration de tous les couvents attachés à la Maison-mère. Les postulants voyaient fin mai, lors des réunions trisannuelles, des prêtres venir de partout à Vermont pour savoir où et comment ils passeraient leurs années futures. Ces élections étaient tant pour les postulants que pour les révérends pères un mot magique qui pouvait en une semaine basculer la vie de ces derniers et porter quelques modifications à l'allure et à l'esprit de la vie monacale.

Les quatre amis après leur sortie au sanctuaire de la Vierge attendaient impatiemment cet évènement qui devenait de plus en plus excitant. Le trente mai–c'était un dimanche–des prêtres affluèrent au couvent: les uns d'Australie, d'Amérique, d'autres du Canada ou même des pays asiatiques. En les voyant passer, les postulants essayaient de deviner leur nom.

- C'est père Junot! Dit Yves subitement, en s'approchant du perron.
- Non! C'est père Belfroi, répliqua Jean, un peu bouleversé à cause du souvenir qu'il gardait toujours de son cousin Mathieu

Ses autres amis remarquèrent vaguement son trouble.

- Où est père Madet? Demanda Joseph vivement ému. Je ne l'ai pas encore vu, continua-t-il les regards lointains. Il cherchait visiblement un souvenir.
- En effet on parle beaucoup de lui, enchaîna Yves en baissant sa voix.
- On parle aussi du père Boisvert. Il pourrait devenir notre nouveau Supérieur. Mais père Janin perdra-t-il, cette fois, son poste? Questionna Yves.
- Je crois, lui répondit Pierre, que notre actuel Supérieur est inamovible.

Les délégués se multipliaient. Les pères Justinien, Junot, Chantier et d'autres arrivèrent dimanche soir. Ceux qui venaient d'Amérique ou de l'Extrême Orient n'arrivèrent qu'à une heure tardive de la nuit. Père Luc les recevait cordialement et leur indiquait les cellules disponibles.

Le lendemain, les postulants rencontrèrent partout de nouveaux visages: dans les couloirs, les cours de récréation, la bibliothèque, dans certaines salles réservées aux apartés. Ils passaient murmurant ou grognant, visage doux ou menaçant. C'était surtout un groupe de deux et de trois. Tous se préparaient à dire pendant les différentes séances ce qui leur tenait à cœur.

- Il y a plus de vingt-cinq délégués, dit secrètement Pierre à ses amis.

Ces conciliabules, ces visages expressifs, ces yeux parfois hagards montraient une atmosphère mystérieuse interdite à la curiosité des postulants qui, de leur côté, n'étaient pas sans désir de pénétrer ce monde, hermétiquement fermé. C'était Jean qui avait la démangeaison de forcer leur château-fort et de déceler leur monde ésotérique.

Par ailleurs, les groupes se formaient: Pères Junot, Leblanc, Boisvert, Belfroi, Leclerc et plusieurs autres se préparaient à l'attaque, mus par différentes motivations. Les autres pères Lasalle, Madet et Hardi, avec quelques amis étaient venus, s'ils le pouvaient, voter consciencieusement. Tandis que pères, Janin, Laval, Chantier et leurs sympathisants Fromage, Carton préparaient leur seconde victoire. D'autres groupes s'y préparaient aussi. L'on arrangea la salle de réunion dans le vieux bâtiment, une vaste salle au plafond surélevé et pratiquée d'un œil-de-bœuf et d'un genre de hublot. Jean habitué aux espiègleries s'esquiva un jour et se vit sur un escalier de bois derrière un hublot fermé. Il n'osait pas le toucher de crainte de produire de traîtres bruits. Il avait l'art de concilier le courage et la couardise. Il se camoufla donc un long moment puis tendit le cou et vit une trentaine de prêtres assis tout autour d'une chaîne de petites tables en train de parler, discuter, gesticuler, se lever soudain, puis s'asseoir épuisés. Mais il n'entendait rien, il ne comprenait rien, il se sentait seulement transpirer de peur. Cependant il remarqua d'étranges visages, non ceux de prêtres mais ceux, pour la plupart, de querelleurs. Il ne put capter à travers cet écran silencieux que de vagues images de ce monde de Ku Klux Klan en habit noir.

La séance terminée, les délégués sortirent de la salle de réunion et essayèrent d'élargir leur champ d'action: intimider ou promettre, voilà la tactique que certains emploieraient. Cette arme à double tranchant était manipulée, souvent, avec une extrême dextérité par les politiciens noirs. Père Leblanc aborda son confrère père Fromage qui était le trésorier de la congrégation à un moment donné sous la houlette de l'actuel Père Supérieur.

- Cette fois-ci, lui dit-il, je parlerai si tu n'abandonnes pas la clique du père Janin.
- Pourquoi viens-tu me rappeler ces choses? Tu ne sais donc pas pardonner? Tu ne sais donc pas oublier?

- La coquette somme te jouera un mauvais tour si tu ne votes pas pour moi.
- Tu essaies de me faire chanter? Lui dit père Fromage, le front bas.
- Et toi, tu n'as pas honte d'avoir détourné vingt mille francs pour les donner à une dame, presque courtisane?
- Non! Elle ne l'était pas, lui répondit père Fromage tout pâle.
- Mais c'était bien la nuit que tu visitais Mme Cholade?

Père Leblanc baissait le diapason quand il voyait un séminariste ou un prêtre passer soudain, sans manquer de les regarder dans les yeux et de leur sourire gentiment.

- Écoute! Si tu sais garder ce secret je te promets ma voix.
- Sinon . . . . reprit Leblanc, en agitant son index au nez de sa proie. Mais il ne continua pas sa phrase assassine. L'épée de Damoclès n'était pas plus menaçante que cette dénonciation ébranlée par ce Machiavel sur la vie entière de son confrère.

Le lendemain, la réunion reprit. Cette fois-ci Jean les avait devancés et légèrement ouvert le hublot pour prendre d'assaut cette forteresse où les héros nouaient et dénouaient des destinées. Ils y entrèrent un à un. Père Janin, père Madet et tous les autres pères occupèrent leur place habituelle. Père Belfroi prit le premier la parole:

- je voudrais savoir sur quelle base vous vendez des terrains offerts par les fidèles et ce que vous faites de l'argent encaissé.

Père Carton répondit à l'interrogateur:

- si nous vendons des terrains obtenus bénévolement, c'est que nous en sentons la nécessité.
- Nous entretenons la Maison et aussi envoyons une part de la somme à certaines écoles et institutions disséminées de par le monde, enchaîna père Chantier.
- Comment se fait-il qu'il y ait, chaque année, déficit de dix, de vingt, de trente mille francs.

À ce moment, Père Leblanc dévisagea sa curée, père Fromage, qui baissa les yeux, tout honteux.

- Ces chiffres ne sont pas exacts, corrigea père Carton.
- Y aurait-il d'autres fuites d'argent, reprit père Belfroi plus farouche. Je ne sais d'ailleurs comment ces sommes d'argent disparaissent de la banque?
- Est-ce un détournement d'argent, questionna subitement père Luc, éberlué?
- L'histoire se répète elle-même, lança un prêtre du fond de la salle.
- On ne peut accuser personne, attaqua tout à coup père Janin en prenant la défense de l'un des trésoriers.

Jean, tapi dans l'obscurité de l'escalier presque inaccessible, était brutalement frappé par des mots étranges: Banque, détournement d'argent, terrains offerts . . . Ces choses le dépassaient.

Les voix s'élevaient, certains documents volaient, des chaises accidentellement tombaient, ce qui créait une atmosphère bien étrange aux yeux de Jean pour une réunion de prêtres venus nommer des supérieurs, des préfets, des directeurs, des trésoriers et d'autres aux postes-clés de la congrégation. Sans se perdre dans ses réflexions, il s'enfuit comme un lièvre avant même que la réunion prît fin.

Père Leclerc qui se présentait aux élections pour devenir le Père Principal de la congrégation ne laissait échapper aucune opportunité pour gagner suffisamment de voix. À l'un s'il votait en sa faveur il promettait une préfecture, à l'autre la direction d'une école dans un pays de son choix, à un troisième, il assurerait une bourse pour qu'il continuât ses recherches dans la branche qu'il désirait. Il promettait monts et merveilles uniquement pour prendre sa revanche. Il se rappela soudain son humiliant échec:

- Cette fois je vais me venger, si je suis élu.

Il voulut oublier qu'il avait même pleuré à la suite de son cuisant échec.

«Non! Non!» Se disait-il, ce n'était que de la fatigue.

Jean, de son côté, ne savait quoi dire à ses amis quand ces derniers l'interrogeaient:

- Que font ces vénérables prêtres? De quoi parlent-ils? Prient-ils? Méditent-ils?

Lui, le découvreur, n'était pas capable de raconter ce qu'il avait vu et entendu dans ces fameuses réunions. Il attendait que le talisman se défît pour pouvoir débiter à ses camarades ses surprenantes découvertes. Mais ce sort venait-il de ces réunions ou de la peur que le surveillant lui inspirait quand leurs yeux se croisaient? Jean préférait se taire. Il voulait assister au déroulement des élections.

Le dernier jour, il vit de nouveau l'immense salle se remplir. Il guettait père Janin, père Fromage, père Belfroi. Mais il oublia dans quelle situation il les avait laissés. Il fit appel à sa mémoire. Il revit alors les images qui l'avaient rendu stupéfait. Il se souvint distinctement des conversations animées entre les différents prêtres sans pouvoir se rappeler leur nom. Assis dans l'obscurité, il volait dans les fumées de ces réunions.

Soudain un cri l'arrache à ce rêve. Il écarquille les yeux et voit père Leblanc étrangler père Fromage; père Junot donner un coup de pied au père Carton; et des gifles par-ci et des coups de poing par–là, et des chapeaux et des bérets et des feuilles et des faux-cols de s'envoler. Des chaises tombent. Des tables se bousculent. Père Belfroi monte sur sa chaise puis s'élève sur la table claironnant de sa voix exécrable: «À moi, les traîtres!» Il passe par dessus père Madet, enjambe père Justinien un moment culbuté et coince père Laval le rouant de coups.

Au milieu de cette pagaille tumultueuse, père Luc et père Madet regardent cette tragi-comédie se dérouler au couvent même. Jean, mi-enthousiaste, mi-déçu, n'avait pas la force de détacher ses regards de cette indescriptible scène. Il voit père Boisvert déprimé, la tête entre les mains, s'étendre pas terre, père Leclerc, les cheveux ébouriffés, sécher ses yeux mouillés.

Au moment où Jean, le Prométhée, rêvassait, les élections avaient eu lieu. Des revirements inattendus firent perdre la bataille au clan qui était venu guerroyer. Père Leclerc perdit à une seule voix son poste tant attendu et désiré. La vengeance que les mécontents cherchaient vola au gré des caprices. Les élections faites, venaient maintenant les nominations vengeresses et l'exil. La haine exacerbée allait éloigner les indésirables. Père Junot fut nommé en Afrique, père Boisvert en Asie Mineure, père Belfroi au Pakistan, père Leclerc à Chicoutimi. Et si l'équipe victorieuse le pouvait, elle en enverrait quelques uns en Sibérie. D'ailleurs tous les autres avaient obtenu ce que les vainqueurs leur avaient promis.

Quelques jours plus tard, Jean, profondément choqué de ce qu'il avait vu et entendu, raconta à ses amis d'une précision remarquable tous les détails de ces réunions plus proches du mythe que de la réalité.

– Allons donc! Jean, lui lança Pierre énervé, tu viens nous raconter les épisodes de tes cauchemars. Des prêtres agir de la sorte! Jamais!

Les autres le regardèrent un moment, les yeux tout ronds, sans pouvoir le démentir. Les pages des Jérémiades monacales continuaient lamentablement à se tourner.

CHAPITRE VIII

Confrontation

Depuis déjà longtemps l'épidémie des amitiés particulières exaspérait Joseph, car il se heurtait souvent aux groupes tellement clos qu'il était incapable de les démanteler. Il en était souvent catégoriquement rejeté. Mais cet état de choses ne tarda pas à lui sembler suspect. Il en fit part à Jean qui n'était pas ignorant de cette situation saugrenue. Par ailleurs, l'entrevue qu'ils eurent avec le Père Supérieur les tracassait aussi. Comment père Janin, qu'ils rencontraient rarement, était-il au courant des petits secrets? Par quelles filières arrivait-il à découvrir le fin fond de leur âme, certaines de leurs inconduites? Y aurait-il, au couvent, des agents à la solde de la Direction? Y aurait-il des rapporteurs, yeux et oreilles du Père Supérieur, qui épieraient et capteraient tout mouvement et toute conversation?

Ces conversations se déroulaient habituellement après le dîner, quand, les mains dans les larges manches, les séminaristes faisaient les cent pas dans la cour semi-éclairée.

Un jour, à la récréation de dix heures, Yves accourut vers ses amis, mais apparemment troublé.

- Horreur! Honte impardonnable! Cria-t-il soudain. Je ne peux croire mes yeux. Non! je ne vous dirai pas! C'est la fin du monde.

- Quoi donc? Interrogea Pierre. Qu'est-ce qui te rend si indigné?
- Il y a de quoi, Pierre! Il vaut mieux ne pas en parler. J'espère seulement que c'est la folie d'un moment. Sinon . . . C'est l'enfer.
- Il est fou de garder secrètes des choses, si elles sont ignobles. Il est de l'intérêt de tous de dévoiler ce qui t'a, à ce point, révolté.
- Phili . . . Philippe . . . Bégaya-t-il, la nuit . . .
- Sois plus explicite, bon sang! cria Joseph.
- Dans le lit . . . ensemble . . . avec Éric . . . sous la couverture, murmura-t-il.
- Quoi donc? fit Pierre, choqué.
- La nuit, continua-t-il, j'ai eu un cauchemar, je me suis réveillé pour aller me laver le visage. C'est à ce moment que j'ai vu les deux enlacés qui . . . Oh! Évitez-moi cette horrible scène . . .! Je n'en peux plus.
- Énormité! Quel scandale! proféra le grogneur, tout bas.
- Il vaut mieux être un défroqué, lança Jean, que vivre parmi les pervertis.
- Calmez-vous, leur conseilla Pierre. Ne vous faites pas au moins entendre pour l'amour du ciel!

Plus tard ils surent que Philippe, Éric et d'autres se livraient à ces ignominies depuis quelques années. De surcroît, tracées au crayon et annotées de commentaires scabreux, des silhouettes de femmes nues et des couples faisant l'amour étaient trouvés dans les cartables d'autres séminaristes en Rhétorique. Voilà ce que causent la ségrégation, le cloisonnement et la frustration. L'amitié sacrée, à cause de l'enfermement et de l'anathème jeté sur la femme, s'est dépravée et a dégénéré en homosexualité.

- Est-ce le but de l'Eglise de peupler de pédérastes et de pédophiles ses paroisses, ses écoles et ses couvents? Se demanda, une fois, Joseph.

Jean, à son tour, révéla à ses amis que père Belfroi avait abusé, durant des mois, du corps faible et innocent de son très jeune cousin Mathieu, l'année de son arrivée au couvent et à la suite de cet incident ce dernier traumatisé quitta le couvent.

- Le cochon! Se dit amèrement Joseph. Heureusement qu'il n'est plus au couvent. On a honte d'en parler.
- Visiblement, renchérit Yves, ces groupes clos infestent la maison de désaxés et de déséquilibrés.
- Faut-il que je rabâche? Enchaîna Pierre. Mais taisez-vous, donc ! Bonté divine!
- Que voulez-vous? Dit Jean, ils vivent dans un lieu fermé sans presque aucune ouverture sur le monde.
- Et leur vœu de pureté, de chasteté donc? S'exclame le grogneur écœuré. Ne sont-ce que des mots vides?
- Ce n'est pas à nous de les juger, lui répondit Pierre en étouffant sa voix.

Une semaine plus tard (mais cette histoire alors ébranla toute la Maison) le bruit courut que Monseigneur Lattra, lui-même, était arrêté pour contrebande. Ce bruit se confirma. L'Archevêque était impliqué dans une bande de faux-monnayeurs et faisait la java une bonne partie de l'année dans les plus fameuses îles du monde.

- C'est dans les cachots, rugit l'enragé dégoûté, qu'il va s'adonner à ses honteuses activités.
- Mais, après tout, Joseph, l'homme est faible, lui dit Pierre sans élever la voix.
- Ici, les postulants se comportent d'une manière indécente et pervertie, là c'est l'Archevêque qui s'entoure de filles. Voilà bien des preuves, Pierre, pour te rendre compte de la corruption du lieu?
- C'est la faiblesse humaine, ami! répéta-t-il. Personne n'est parfait.
- Est-ce que tu plaisantes, Pierre? Et d'un autre côté, l'hypocrisie étouffe l'âme de nos responsables;

Joseph transpirait en discutant.

- Faiblesse humaine! Voyons, insista Pierre.

Cet inébranlable reprenait les thèmes longuement expliqués par les conférenciers.

- Le fameux dignitaire exploite l'habit religieux pour mener la vie d'un libertin. Et c'est un exemple parmi cent. Comment admets-tu ces agissements?
- C'est la faiblesse humaine dont parle l'Église, voyons, chers amis! D'ailleurs on n'a pas à juger les autres. Si l'on est un vrai chrétien on doit se taire et agir selon ce que l'on nous enseigne.
- Faiblesse humaine! Faiblesse humaine! C'est plutôt une expression on ne peut plus accommodante, une sorte d'opium, oui, une sorte d'opium que les gens d'Église font ingurgiter au pauvre peuple. Il est triste de le dire, Pierre, que c'est bel et bien l'autre face de l'hypocrisie. Ce sont eux, hélas!–et ils sont nombreux ceux-là-qui enlaidissent le christianisme, lui répondit le querelleur sur un ton bas et lourd d'amertume, profondément dégoûté.

Ces scandales successifs avaient terriblement secoué la conscience de la Direction qui décida par la suite pour apaiser les esprits échauffés de se montrer plus conciliante. La discipline militaire et la vie renfermée et ascétique cédèrent légèrement le pas à une attitude plus compréhensive. Les sorties se multiplièrent; mais le contact avec les gens du bourg proposé par certains prêtres ne gagna pas l'adhésion de l'administration bien que les gens éclairés eussent lutté avec conviction; car la légion des prêtres arriérés, convaincus de la nécessité d'une vie dure qui résumait pour eux la vraie vie monacale l'emportèrent sur les progressistes

- Plusieurs postulants et peut-être même certains prêtres, avait osé dire père Luc au Supérieur, puent dans cette atmosphère moisie. Ça sent en effet la corruption.»

C'était une intervention énergique qui avait incliné la balance vers une attitude plus flexible.

L'atmosphère alors se détendit. Les surveillants ne refusaient plus arbitrairement les sorties à la campagne. La colonne multicolore, parsemée de quelques corbeaux noirs évolua alors vers la fontaine Bellevie. Le climat était doux, le vent leur caressait le visage. Les postulants goûtèrent avec innocence ce que Dieu avait prodigué à tout le monde: la verdure de la foisonnante nature, la fraîcheur du vent et de l'eau, la lumière dorée du soleil et la splendeur des scènes de campagne. Au retour ils rencontrèrent des hommes revenant des champs, chantant allègrement les joies de la vie. Ils remarquèrent aussi des étudiants de leur âge, filles et garçons, la main dans la main, se promener ou assis à l'ombre d'un arbre se becqueter comme de tendres pigeons au milieu d'une nature épanouie de murmure, de parfum et de lumière.

Jean, lui, dévorait des yeux tous les lieux qu'il avait parcourus et se souvenait de chaque pas qu'il avait fait pour rencontrer Florence. Il la cherchait d'ailleurs près des écoles, derrière les maisons, dans les allées, près de l'église du bourg. Il voulait baigner dans ses immenses yeux noirs, lui caresser la main comme les jeunes de Vermont. Leur vue éveillait en lui des désirs ardents qu'il avait peur de voir échapper à son contrôle. Il voulait la revoir, rencontrer ses regards pour calmer ses transports qui lui brûlaient le cœur. Les sorties commençaient à devenir infernales tant il avait peur de rater de croiser les regards, même clandestinement, de sa chère amie. Il parlait à ses condisciples de ses rencontres avec Florence, de ses sentiments étranges qui le torturaient qu'il la vît ou non.

- Cette brunette, lui dit Pierre, va te faire échouer aux examens et si les bons pères t'attrapent en flagrant délit de conversation intime avec elle, ils te flanqueront à la porte.

Sa langueur était telle qu'il ne supportait plus personne, il traînait son chagrin jusque dans ses rêves nocturnes.

La période des examens allait commencer. Le travail battait son plein. Les cours furent suspendus pour permettre aux retardataires de se rattraper. Le livre de maths fut révisé grâce à Pierre doué en géométrie, en algèbre et en chimie et physique. Yves aida ses amis à réviser les textes les plus difficiles de Sénèque, de Catulle et de Virgile. Le désir de préparer les examens à la perfection les dévorait. De temps en temps, Jean, rêveur, demandait une pause. La discussion tombait naturellement sur des promenades, cette fois solidement incorporées au régime et sur la rencontre des étudiants flânant dans les champs, plus libres, plus heureux. La bande des quatre souhaita leur parler. Mais comment? La sortie étant de courte durée, les délateurs vigilants et le surveillant encore sévère.

- une fugue! Suggéra Jean. Il n'y a pas d'autres moyens, d'ailleurs.
- Tu es fou! Dit Pierre. Si l'on se fait prendre il n'y aura plus d'autres promenades.
- Ayez confiance en moi. Notre éternelle destination, c'est la fontaine Bellevie, continua Jean l'intrépide, nous quatre filons à l'anglaise, puis nous rejoindrons le groupe le plus proche.
- Est-ce possible? Interrogea Joseph.
- Essayons! Suggéra Yves.
- D'accord! Répondit son interlocuteur.
- Parfait! firent tous les quatre.

Le travail fut plus enthousiaste. Il restait, à vrai dire, certaines théories difficiles à assimiler, des périodes complexes remises à un autre jour. Mais les matières secondaires: histoire et géographie étaient plus aisées à préparer. Et même la discussion s'animait, quand le chapitre d'histoire les intéressait: l'économie au XIX siècle, l'industrialisation, le prolétariat. Cette discussion permettait le soulèvement des problèmes vitaux, mais sans pouvoir y apporter des solutions convaincantes. Pierre essayait de tout expliquer à ses amis.

La veille de l'examen, dimanche 16 juin, les inséparables étaient décidés d'exécuter leur projet. Le déjeuner fini, les promeneurs, par masses, s'engagèrent d'abord dans le chemin, puis en file indienne pénétrèrent dans le bois. Le surveillant comme d'habitude tantôt s'avançait, tantôt s'arrêtait pour regarder défiler devant lui la colonne mouvante. Soudain Yves aperçut dans le lointain un groupe de jeunes gens et de jeunes filles.

- Un bond dans le fossé et nous disparaîtrons, proposa Jean.

Pierre hésitant fit la sourde oreille. Se poussant du coude, Joseph et Yves, profitant de l'éloignement de pion, se jetèrent dans le premier fossé rencontré au bas du sentier. Jean, n'ayant pu sauter, se cacha derrière un rocher, suivi de Pierre, effrayé. De rares témoins remarquèrent la disparition de quelques élevés, sans en connaître la raison. La colonne des postulants disparut. Les quatre évadés, après un moment de repos, s'avancèrent mais encore impressionnés et troublés par cette inconcevable fugue. Tout en marchant, ils se demandaient comment ils se présenteraient et parleraient.

- Bonjour, chers pères! Lança malicieusement une voix fine.

Absorbés dans leur discussion, ils n'avaient pas remarqué que d'autres groupes étaient étendus près d'un autre rocher, non loin d'eux

- Bonjour, mais nous ne sommes pas encore prêtres, corrigea Joseph.
- Avez-vous perdu vos amis? Leur demanda un blondin.
- En réalité, ils nous ont devancés et nous allons les rejoindre, prétexta Jean.
- (Mensonge! Pensa Pierre.)
- Un jeune garçon se leva et tendit la main:
- Je m'appelle Jean-Jacques Bovin.

Les soutanés à leur tour se présentèrent, de même que les amis de Bovin. Inconsciemment tous s'assirent et une conversation s'engagea.

- Visiblement vous sortez rarement de ce cachot, commença insidieusement Marie-Claude, la voisine de Jean-Jacques c'est le règlement de la Maison. L'autorité le veut ainsi, dit poliment Pierre.
- Nous n'y pouvons rien, voyez-vous! commenta Yves en étendant largement les bras.
- Mais de cette façon vous vous coupez du monde, et le faisant, vous ne serez pas conscients des problèmes des gens, de leurs exigences vitales, reprit Marie-Claude.
- Nous apprenons les principes sur lesquels doit se mouler tout chrétien: nous le suivons d'ailleurs, pas à pas, de sa crèche à sa tombe, leur expliqua le séminariste idéal, Pierre.

Jean-Jacques intéressé prit part aux débats.

- Quels sont donc, cher frère, ces principes de vie, voyons!

Pierre, une fois engagé dans la conversation, voulut leur exposer ce que les bons pères lui avaient inoculé dans la tête.

- Par exemple, le corps étant le temple de Dieu, nous n'avons pas le droit de le souiller. L'institution du mariage seule permet l'accouplement et encore, selon certaines normes. rechercher le plaisir pour le plaisir, c'est une insulte à Dieu.
- Vous voulez dire, attaqua le jeune étudiant, qu'on n'a pas le droit de s'aimer, de s'embrasser et de s'accoupler avant le mariage.
- Absolument! fit catégoriquement Pierre. L'amitié suffit; il faut attendre la cérémonie religieuse pour le faire. Nous, par exemple, nous n'avons pas besoin d'amour humain.
- En effet, dit ironiquement Yves, l'amitié est compensatrice, n'est-ce pas Jean?

(On a vu, pensa ce dernier comme elle a dégénéré dans un milieu fermé) Jean lui sourit malgré lui. Puis il fronça les sourcils.

- Mais rétorqua Janine, une autre étudiante, quand on se caresse et que l'on s'embrasse on ne se fait pas de mal, mais au contraire . . . Elle regarda de ses yeux larmoyants son ami assis à sa droite.
- C'est un besoin naturel, appuya Marc, pourquoi réprimer la nature en nous? Pourquoi nous sevrer de la nourriture délicieuse de l'amour?
- Tout ce qui convient à la nature, reprit Janine, nous convient, n'est-ce pas Marc? Les doux rêves, les rendez-vous galants, les baisers, les caresses et autres actes extatiques sont inhérents à ce merveilleux sentiment. Il faut apporter à notre vie joies et plaisirs pour oublier toutes ses peines qui nous assaillent quotidiennement.

Jean ardemment acquiesça, ayant toujours à l'esprit sa bien-aimée, sa sylphide.

- Mais notre corps est le temple de Dieu, il ne faut pas le salir, sinon c'est un péché mortel, lança Pierre magistralement.
- Faut-il aimer Dieu et se haïr, se mortifier et se martyriser? Lui demanda simplement cette élégante créature.
- L'amour pour l'autre sexe et faire l'amour ne sont pas un péché du tout, dit à son tour Jean-Jacques, c'est plutôt rendre gloire à notre Mère, la Nature; en revanche si l'on réprime cette dernière

en nous, on commettra un crime impardonnable à son égard. Cette répression causera des perturbations psychologiques dévastatrices. Quand on s'embrasse, on jouit d'un sentiment ineffable, d'un plaisir physique immense et l'acte sexuel n'est que l'accomplissement, le couronnement de ce même amour; le corps, l'esprit et l'âme s'en enrichissent et s'épanouissent en se relaxant et votre Dieu, que je sache, n'est pas contre ces joies dont il nous a gratifiés.

- Oui, dit Joseph, mais il y a les conséquences de ces relations sexuelles. Non?
- Eh bien! Dit Janine, nous devons être responsables de nos actes, et nous ne pouvons l'être tant que l'on ne nous éclaire pas là-dessus.
- Vous voulez dire, intervint Yves, que la sexualité doit être enseignée?
- Evidemment! Tout ce qui la touche de près ou de loin: organes, plaisirs, maladies, implications morales, psychologiques et sociales, tout nous est fourni, peu s'en faut qu'on nous enseigne la meilleure manière dont il faut faire l'amour pour que nous réussissions notre vie sexuelle, continua-t-elle, rassurée.
- En effet, dit Jean-Jacques comme pour renforcer les convictions de sa camarade de classe, tout est enseigné dans notre école, St. Bonaventure, la sexualité est enseignée comme les autres matières. Jeunes gens et jeunes filles, côte à côte, nous étudions simplement, naturellement et nous nous préparons à toutes sortes de hasards et mieux, à une union presque harmonieusement parfaite.

De nouveau, l'image de l'abbaye de Thélème traversa l'esprit du rêveur aguerri. «Pourquoi donc cette ségrégation? Se dit-il tout bas. Quelle désastreuse expérience nous vivons au couvent.»

- Faire l'amour n'est donc pas un péché, questionna Yves?
- Absolument pas! Affirma Marc. Pécher c'est nuire à une personne, c'est l'exploiter, la maltraiter, la voler, l'humilier, la tuer. Le péché c'est la calomnie, c'est la jalousie, c'est le mensonge; le péché, c'est l'hypocrisie, c'est l'injustice, c'est l'intolérance. Dans tout acte, toute pensée, si l'on ment, si l'on trompe, si l'on nuit, on commet un péché.

– Le divorce, n'est-ce pas un mensonge à l'égard de l'amour, attaqua Pierre; et quand on trompe son conjoint ou sa conjointe ne commet-on pas de crime?
– Le mariage c'est un contrat social, plus exactement un accord humain non divin. Quand deux êtres se rendent compte qu'ils ne peuvent plus vivre ensemble, il leur vaut mieux se quitter. Le divorce n'est-ce pas un meilleur choix? L'on préfère mieux se séparer que se faire souffrir, se maltraiter, se mentir continuellement et même dans certains cas, commettre un crime?
– Mais dans le divorce, dit Joseph en s'animant, les enfants ne souffrent-ils donc pas?

La discussion, un instant, se suspendit.

– En effet! Reconnut l'étudiant de St. Bonaventure. Mais dans les deux cas: dans le divorce et dans le mariage malheureux, les enfants souffrent. C'est inéluctable.
– À mon avis, dit Marc, le mariage ne doit se conclure qu'après une profonde connaissance de l'un et de l'autre. Il faut se connaître et connaître profondément l'autre. «connais-toi toi-même» nous conseille Socrate. La personne doit savoir si elle est patiente, susceptible, égoïste, altruiste, tendre, romantique, indépendante, franche, chicanière, têtue, docile, querelleuse, autoritaire, faible, si elle accepte d'être guidée, protégée etc.... Il faut donc bien s'analyser, se découvrir, car c'est le caractère d'une personne qui, plus que l'amour et les autres points communs: les goûts, les affinités diverses ou autres, détermine le succès ou l'échec d'une vie commune. L'amour réunit deux êtres dans le mariage mais le caractère pourrait bien, malgré ce beau sentiment, les désunir.
– Pour cette même raison, enchaîne Jean-Jacques, enthousiaste, le mariage religieux conventionnel ne fonctionne, malheureusement, plus et le nombre des divorcés va augmentant. En revanche, le vrai mariage devrait offrir trois différents genres de contrat **: Le contrat conservateur**, **le contrat sophistiqué et le contrat libéral**.

Chacun d'eux a des caractéristiques spécifiques, différentes. Les conjoints doivent choisir l'un des trois, celui qui convient, exactement, à leur personnalité, à leur caractère, à leur conviction personnelle, à leur mode de vie, car les gens ne se ressemblent pas et ne se comportent pas dans l'union matrimoniale de la même manière. La vie commune étant délicate, difficile et compliquée, les nuances du contrat choisi (traditionnel, sophistiqué ou libéral) doivent refléter le caractère des conjoints.

Le contrat traditionnel, par exemple, consacre le statut de la famille patriarcale. L'épouse propose et l'époux dispose. La femme est uniquement la conseillère de l'homme, mais pas son esclave. Il la consulte, prend en considération ses souhaits comme ses angoisses, quand il va décider du sort de sa famille: avoir des enfants, leur type d'éducation, l'achat ou la vente d'une propriété, les vacances coûteuses etc. Mais en fin de compte, seulement après discussions, suggestions, délibérations d'une manière sérieuse, c'est lui qui tranche. Son épouse n'a pas le droit de veto. Elle doit se plier à sa volonté, sans rouspéter. Tout cela doit être expliqué aux conjoints avant qu'ils ne se marient.

Le second contrat, par contre, accorde à l'épouse les mêmes droits dont jouit l'époux. La femme a le droit de veto comme son mari quand un problème de taille se pose. Ils sont égaux à part entière. Les responsabilités et les privilèges domestiques, sociaux, économiques, financiers, éducatifs sont **également** partagés, distribués selon leur capacité, leurs obligations et leur désir et plaisir, c'est comme s'ils travaillaient dans un bureau où tout employé se voit confier des tâches dont il est personnellement responsable. Chacun doit y avoir son rôle précis. Chacun donc aura ses devoirs à accomplir sans intervention de la part de l'autre sauf dans les cas exceptionnels: maladie, voyage d'affaires ou autres obligations imprévues etc. . . . . Ils sont sur le même pied d'égalité dans la vie conjugale. Pour éviter tout malentendu, ils doivent s'accorder d'avance, avant de signer le contrat de mariage, sur tous les points qui les intéressent au plus haut degré, en ayant à l'esprit le bonheur du couple, de la famille non de l'individu. Pas de machisme, ni de servitude! Quand les deux conjoints sont à la hauteur de leurs responsabilités, il n'y aura ni chahuts, ni discussions, ni querelles, ni violences domestiques. Tant qu'ils sont donc conscients des règles du jeu de cette vie commune et qu'ils les respectent à la lettre, presque tous les problèmes maritaux du couple sophistiqué s'évaporeront.

Quant au troisième contrat, le contrat libéral, il ne diffère des deux précédents que par la durée de vie commune. Le couple du troisième contrat peut choisir l'un des deux modes de vie précédents, mais le mariage durera pour un temps court, limité. Dans les deux premiers contrats, le mariage est supposé durer toute la vie, tandis que le dernier est limité par le temps: **un contrat d'un an seulement**. Ce dernier peut être renouvelé ou annulé au gré des conjoints. Ce temps limité permet donc au mari et à la femme de mettre à l'épreuve leur liaison conjugale, leurs conditions et leur mode de vie commune. C'est une période d'essai; cette durée limitée de vie commune a donc valeur de test pour les conjoints. S'ils sont heureux de leur vie de couple et qu'ils sont convaincus du bienfait de leur choix, ils renouvellent volontiers, pour leur bonheur, le contrat mentionné pour une autre année jusqu'à ce qu'ils décident de rester définitivement ensemble, alors ils opteront, après de sérieuses réflexions, pour l'un des deux premiers contrats (traditionnel ou sophistiqué), mais au cas contraire, ils se séparent sans se causer de méchantes querelles, sans créer des problèmes financiers inextricables ou autres, ni vivre dans de profondes angoisses, ni s'entre-déchirer, ni s'entre-tuer pour une raison ou pour une autre. La violence domestique est définitivement éliminée de la vie de ce couple. Tout se règle à l'amiable parce que le couple sait d'avance ce qui l'attend. Ils sont conscients de ce qu'ils font et les termes de leur contrat sont clairs.

Tout cela, chers amis, devra être enseigné, au moment opportun, sur les bancs de l'école. C'est une manière intelligente d'aborder le mariage moderne pour éviter les malheurs familiaux qui sont si nombreux de nos jours. Et le bonheur ne réside que là où la raison et le cœur s'entendent presque parfaitement.

Reprenant la parole, Marc dit,

- La vie, d'ailleurs, est aussi douce qu'amère. Soyons réalistes. Le divorce, pour moi aussi, est un moindre mal. La société est là pour régulariser le mariage et au cas de divorce, imposer aux conjoints leur part de responsabilité;
- C'est pourquoi, dit Janine si l'on ne se fréquente pas, si l'on ne vit pas ensemble il sera pratiquement impossible de se découvrir, de se bien connaître, n'est-ce pas, Marc?
- Tout à fait! mon ange, lui répondit-il en souriant.

Jean, détendu à ces propos, se mourait de dire de si doux mots à Florence.

- Se découvrir, se connaître sans restriction, et s'aimer sur cette base tout en acceptant en même temps de souffrir, voilà une parfaite union, déclara Marie-Claude . . .

Jean-Jacques applaudit avec joie à l'intervention de son amie.

- Oh! Seigneur Jésus! C'est presque quatre heures, hurla Pierre, excusez-nous, chers amis, la discussion est intéressante mais nous devons rejoindre notre division.
- Le dernier dimanche de juin, toute la région va célébrer la fête des fleurs. Venez assister à ces festivités estivales, leur dit gentiment Jean-Jacques. Nous vous rencontrerons comme aujourd'hui ici même, et nous continuerons ainsi notre discussion.
- Non! Non! Ici c'est impossible; mais nous nous verrons à quelques centaines de mètres de la fontaine Bellevie. Et de là, nous partirons à la fête, lui répondit fiévreusement Jean.
- Sûr?
- En tout cas, attendez-nous vers deux heures de l'après-midi. Si l'on ne sort pas ce jour-là, eh bien! tant pis! dit hâtivement Yves.
- D'accord! Et au revoir, fit Jean-Jacques en acquiesçant.

Une fois loin de leur vue, les séminaristes se faufilèrent parmi les arbres et voulurent intégrer rapidement le groupe le plus proche quand le surveillant les surprit:

- d'où venez-vous donc? Leur demanda père Gaston en écarquillant les yeux? nous étions assis un peu loin, près d'un rocher, à bavarder ensemble, hasarda Joseph.
- J'en doute fort! Une fois rentrés, nous aurons en tout cas à en reparler, menaça le pion

Le remords commença à ronger la conscience de Pierre: «voilà un autre mensonge»!

Se dit-il.

La colonne, au coup de sifflet, s'ébranla vers le couvent. Dans le sentier, elle se désunit puis se reforma quand elle atteignit l'entrée de la Maison. Le reste du jour passa normalement. Mais les évadés attendaient le jugement. Ils ne purent fermer les yeux de la nuit.

En effet, le lendemain avant la première composition, le Père Supérieur les fit appeler à son bureau.

- Énormité! Énormité! Hurla le Père Supérieur, sorti de ses gonds.

Il fit quelques pas, puis il ajouta.

- Mais enfin vous faites des choses que je n'ose dire. C'est une conduite de mal élevés, voyons! Quelle Énormité! Que cela ne se répète plus! Les foudroya-t-il de sa menace. Écervelés, êtes-vous au moins prêts pour l'examen? Il continua à gesticuler et à pivoter nerveusement.
- Oui, mon père, chuchotèrent les quatre à la fois, tout en tremblant.
- Espérons! Fit le Supérieur, inquiet.

Mais il resta furieux de cette évasion incompréhensible. Puis il les congédia, brutalement, après avoir flanqué à chacun une gifle magistrale.

CHAPITRE IX

Désir de liberté

La semaine était dure. Les compositions se succédèrent. Les élèves en sortaient, la tête alourdie. Certains, rougis ou pâlis, accusaient le sort; d'autres, moins énervés, s'assuraient des réponses, en feuilletant des livres ou des cahiers de classe. Quand les examens prirent fin, tous les élèves étaient à plat. Ils voulaient respirer de la verdure, boire du vent, toucher le murmure des vagues clapotantes dans le lointain: décidément, ils rêvaient de délires. La Direction durcit sa position à cause de cette escapade. L'énervement était à son comble à l'approche de la lecture des notes. Les postulants vivaient dans une atmosphère terrible. Ils ne savaient que faire pour se distraire. Soudain l'invitation à la fête des fleurs fit sourire les évadés.

- Quoi? Irons-nous au défilé? demanda Jean, inquiet et avide de revoir Florence.
- Avec cette nouvelle mesure, répondit Joseph, il y a grands risques que nous n'y allions pas.
- Nous avons encore deux jours, patientons, recommanda Yves.

Samedi dans la matinée, le Père Supérieur allait lire les notes. Toutes les divisions se préparèrent au terrible verdict.

Les coups de sifflet des surveillants se répercutent dans les cours. Les élèves deux à deux empruntent le chemin de l'auditorium. Du couloir, ils s'engagent dans la porte grand-ouverte, s'y enfoncent et occupent les chaises qui leur sont destinées. Le théâtre est maintenant plein à craquer (cela se produit occasionnellement durant l'année). Le père Janin, avec sa face longue et pâle, va paraître incessamment. Soudain des applaudissements explosent rapidement. Le Père Supérieur, accompagné du corps professoral, y entre et après une pause et un large sourire dispensé à tous, il se prépare à proclamer le résultat des examens de fin d'année, puis il commence avec solennité à lire le verdict des examinateurs. Tous les bons pères attentifs regardent tantôt le père Janin remuer ses lèvres sur des tons variables, tantôt les élèves qui, la tête haute, les yeux fixés, l'oreille tendue, meurent d'entendre leur nom prononcé, le plus vite possible, pour se débarrasser de leur nervosité en soufflant dans le vide l'air contenu avec angoisse dans leur poitrine explosive. Ils voient les étudiants, l'un après l'autre, au fur et à mesure que l'implacable juge débite les noms, baisser la tête, clore les yeux, dégonfler la poitrine et se détendre en se pourvoyant un sourire d'autosatisfaction. La détresse ne manque pas de frapper d'autres élèves qui, pour de différentes excuses ou raisons, échouent lamentablement à leur examen.

C'était une matinée tendue mais loin d'être catastrophique. Les élèves quittèrent l'immense salle derrière les responsables dans un brouhaha inouï. À cet instant, travail, composition, examen, tout fut oublié.

Père Gaston de son côté promit aux élèves une sortie le dimanche. C'était justement le jour où les quatre aventuriers allaient rencontrer leurs nouveaux amis.

– C'est parce que, révéla le surveillant, le résultat était mieux que l'on ne s'y attendait.

Grande était la joie des postulants, encore plus celle de la bande des quatre.

– Joseph! lui dit Pierre consterné, moi je n'ai pas envie de me faire engueuler et souffleter une seconde fois . . . tu es fâché?
– Non, non! tu es libre, Pierre.

Dimanche sourit avec son ciel bleu clair. Le coup de sifflet retentit dans l'air. Comme des pigeons, les séminaristes, en civil ou en soutane, s'envolent dans l'air frais et se dispersent dans le bois, vers cette fameuse fontaine, Bellevie. L'étroit sentier serpente au flanc de la colline verte et mène les promeneurs dominicaux vers cette source qui commence dès les premiers instants à deviser avec leur âme, avide de communications. C'est une terrasse qui s'étend entre deux collines plantées de sapins serrés dont l'ombre croissante règne sur la fontaine vivifiante et sur la troupe juvénile, venue visiter cette eau qui, sans arrêt, coule fraîche et faiblement clapotante. Elle l'amuse de ses gouttelettes cristallines qui se répandent follement sur les assaillants de plus en plus intéressés à ce jeu aquatique puis les ayant fatigués de ses molles balles, elle apaise le visage des petits guerriers, étanche avidement leur soif, appelle à elle des passants et passantes, des bergers et bergères qui tirent de leur flûte de bois des airs doux, réunit autour d'elle les amants de la nature et caresse alors par sa voix susurrante doublée de cette musique enchanteresse, les cœurs les moins sensibles.

Sans perdre de temps, les trois amis, abandonnés donc de Pierre, s'éloignent des séminaristes et rejoignent Jean-Jacques. Pour ne pas se faire remarquer, à la suggestion de Jean, ils quittent leur soutane et la cachent sous des pierres contre un rocher puis disparaissent dans la voiture de leur nouvel ami et filent à la place publique pour mieux régaler leurs yeux avides de nouveautés. Ils se perdent dans la foule. Jean furtivement se faufile parmi les gens et se met à rechercher sa belle brunette. Il promène ses regards sur la foule dense, examine, l'un après l'autre, les visages qui l'attirent et s'y attarde un moment ébloui et passe à d'autres car ses yeux tombent facilement amoureux à la vue d'une belle créature. Sa détresse grandit, son impatience s'exacerbe, la jalousie l'étouffe. Florence a-t-elle disparu de sa vie; la parousie de sa belle amie qu'il se promettait jour et nuit de rencontrer n'était-elle qu'un leurre, qu'un mensonge, qu'un mirage dont la vie abonde? Quelques larmes voilent ses yeux. Il l'avait maintes fois vue dans les rues et chérie; il lui avait tant de fois parlé avec tendresse, caressé la main potelée. Tous ces heureux moments se sont-ils évaporés, ont-ils sombré dans l'oubli? Il était sur le point de sangloter quand tout à coup, comme, à travers les arbres touffus de la forêt noire, apparaît claire et souriante la lumière du soleil, ainsi les yeux immenses aux regards pétillants de Florence percent cet état angoissant où son absence l'a misérablement jeté. Ses larmes alors se figent, ses sanglots s'engloutissent dans la gorge, sa douleur s'émousse, ses lèvres sourient, son visage rayonne de bonheur. Il se détend, fait quelques pas et l'enlace très chaleureusement. La foule prise dans l'engrenage de la fête en suit avec intérêt toutes les manifestations. Ce duo béni de l'amour échappe à la curiosité des gens et s'en va se dérober dans une planque pour se livrer aux joies de leur premier amour.

– La fête a déjà commencé le matin, à dix heures, expliqua le nouvel ami à Joseph et à Yves et maintenant, c'est le défilé des chars de fleurs.

En effet, devancé par une fanfare aux couleurs splendides, un char, présentant une scène de vie, s'avance lentement devant la foule assise ou debout tout le long de la rue principale, échelonnée sur des bancs installés pour l'occasion; ce char, enneigé de fleurs soigneusement incrustées, se pavane et recueille glorieusement des applaudissements assourdissants. Le second char représente avec splendeur «la Reine de la vigne». Assise sur un trône doré, couronnée de lauriers roses, une jeune fille, dans son dix-huitième printemps, à la peau douce, aux yeux bleus, aux cheveux blonds moutonnant sur ses épaules dénudées, habillée d'une robe très courte de couleur de coton blanc, montrant ses longues jambes élégamment croisées, blanches et nues qui provoquent un certain frisson dans la foule, porte, joyeuse, une délicieuse grappe de raisins, écarlate tachetée de vert. Cette belle créature, fille du soleil, qui répond au prénom d'Arlette, envahit les yeux, le cœur et l'être tout entier de Joseph. Elle le galvanise et l'hypnotise d'un même trait. Il succombe, d'emblée, au charme de cette séductrice solaire, de cette fille fleur. La beauté royale, au visage rayonnant, réduit d'ailleurs tous ses admirateurs en des quémandeurs de joie, de plaisirs et d'amour. Les hautbois et les tambours, à leur mélodieuse manière, célèbrent le fruit dont l'âme enivre le cœur et les sens de son virtuel ou potentiel amant en l'emportant, ramolli, au sein de ses paradis artificiels.

Les chars et les scènes se succèdent devant les regards charmés des spectateurs: le tableau des générations, les danses régionales avec des costumes typiques, un mariage campagnard etc. . . . Le char d'Hercule portant le globe terrestre attire l'attention de tous les ambitieux. Demi-nu, un homme colossal aux muscles dessinés plie légèrement sous un globe immense, posé sur ses épaules titanesques. Ce culte à la force humaine remplit d'orgueil les jeunes séminaristes, comme s'il a insufflé en eux son âme de démiurge. La musique et les ovations montent comme un encens pour honorer la grandeur humaine et grisent la nature de grâce, d'harmonie et de force.

Cette fête de cœur, d'yeux et d'oreilles font oublier un moment aux postulants les tracas du couvent et même la notion du temps. Les gens du bourg leur semblent heureux, satisfaits d'une vie simple et naturelle. Les jeunes gens et les jeunes filles se saluent et se donnent rendez-vous le soir pour danser jusqu'au petit matin sur cette même place publique, animée de différents orchestres.

C'est six heures! vite! vite! dit Yves.

La fête les ayant étourdis, ils commencent à se regarder.

- Mais où est donc Jean? s'écria Joseph.
- Aucune idée! répond l'autre aventurier.
- A-t-il disparu pour rencontrer d'autres gens, leur demande Jean-Jacques?
- Sans aucun doute, c'est l'effet de Florence, disent à l'unisson Yves et Joseph, connaissant leur ami farfelu.

La confusion s'accroît. Ils ne savent que faire, que dire et le temps presse. Leur hôte s'impatiente et veut les reconduire. Tous les trois se regardent encore comme pour se consulter pour la dernière fois. Soudain, échevelé, la chemise froissée, le cœur battant de joie et de peur, Jean émerge de cette foule compacte sans mot dire.

Le silence était à ce moment grand, les regards interrogateurs se croisaient mais aucune explication ne s'ensuivit. Jean-Jacques alors les reconduisit là où ils s'étaient rencontrés. Le lieu comme ils s'y attendaient était désert. Ils portèrent machinalement leur soutane rapidement époussetée. Hébétés et atterrés, ils ne savaient que faire: fuir ou rentrer?

- On ne va pas vous décapiter quand même, dit Jean-Jacques en s'énervant. Allez vite, je vous dépose au couvent.

Les postulants étaient déjà rentrés et se préparaient même pour le dîner. Seuls, ils se présentèrent à la salle d'étude sous les regards furibonds du surveillant. Puis il les toisa en ricanant:

- Et maintenant que pouvez-vous me dire? des balivernes? vous savez bien que je ne les gobe pas.

À l'instant même, il descendit triomphalement de l'estrade et les accompagna au bureau du terrible juge.

- Sachez bien que votre escapade est gravissime. Nous, nous sommes dans le monde, c'est vrai, mais nous ne sommes pas du monde. Votre vie doit être ascétique; le sacrifice votre pain quotidien. Pas de bonheur, pas de joie, vous devez enterrer votre corps dans vos soutanes, les sermonna le Père Supérieur sous les regards amusés du surveillant . . . «L'attitude compréhensive, renchérit-il, que certains avaient proposée vous a menés à la perdition. Car les gens du monde sont pestiférés et la contagion de leur âme enlaidie est néfaste. Vous devez les gagner au bercail au lieu de suivre leur pente satanique. Parce que vous portez la soutane, je ne vous mettrai pas à la porte, mais si vous récidivez, ce sera un renvoi définitif.»

Aussi la vie du séminaire s'assombrit-elle de nouveau. Le martèlement des ordres, souvent absurdes, la corvée des travaux manuels et l'emmurement reprirent leur vieux train. Les «Benedicāmus» du petit matin, la méditation somnolente, le silence des déjeuners durant la lecture des pages saintes, la mauvaise humeur et l'inflexibilité de l'autorité, tout minait les nerfs de presque tous, de Joseph et de ses amis en particulier. Les groupes clos embourbés dans la promiscuité continuaient à puer dans les coins des cours, à l'obscurité de la nuit et dans la solitude de l'infirmerie. Les dénaturés et les invertis infestaient cette vie enfermée qui avait fini par écœurer le grogneur d'une manière définitive.

- Vie anormale et antinaturelle, se dit-il amèrement. En apparence la vie des séminaristes est édifiante mais au fond, elle est souvent pervertie, l'atmosphère de la maison pourrie et irrespirable.

Joseph, à cette déception, se rappela la discussion que lui et ses trois amis avaient engagée avec les jeunes du bourg, la vie qu'ils menaient à St. Bonaventure et dans le monde. «En effet conclut-il, déçu, c'est nous qui avons des âmes enlaidies; car certains actes, certaines conduites démentissent horriblement nos prières et l'odeur de sainteté dont nous nous entourons. L'Église devrait être plus humaine et réaliste que divine et idéaliste, et suivre plus une politique pragmatique qu'utopique (Dieu existe-t-il sans la foi? Si oui, est-ce une Personne en chair et en os? Un Être spirituel et moral? Une Idée philosophique insaisissable et incompréhensible? À défaut d'une réponse convaincante et satisfaisante, est-il tout, à la fois ou absolument Rien (Nihil)? Que nous enseignent les religions, non seulement les monothéistes mais toutes les religions du monde (le bouddhisme, l'indouisme, le taoïsme, l'animisme et d'autres encore)? Étudions-les. Mettons-les en parallèle. Même si, comme on le dit souvent, comparaison n'est pas raison, peut-être, ici, elle fera agir sa magie révélatrice et de cette comparaison sans ambiguïté, viendra, naîtra, se révélera la vraie réponse. Par ailleurs, pour que les religieux soient mieux éduqués et efficaces, leur âme et leur cœur devraient vivre en harmonie avec et dans la société. Dans ce cas, dans les couvents, les séminaires, dans les écoles chrétiennes et surtout catholiques, l'anthropologie devrait rivaliser avec la théologie et le catéchisme, et l'évolution avec la création et leur enseignement devrait s'adapter aux évolutions de toutes les sciences et la science sociale en particulier et être par ce fait dynamique non statique. L'étude de l'homme dans le monde est aussi importante que celle de Dieu au ciel. Il faut donc que l'Église envisage de près, entre autres, le problème de la sexualité, du mariage, de la nécessité du divorce, des besoins de l'être humain, de ses faiblesses, de ses forces dans ce monde alléchant, tentant et aux promesses affriolantes et qu'elle remanie du coup ses lois, ses règles et même ses dogmes pour permettre à ses hommes et à ses femmes de bonne volonté de mener une vie saine, non ambiguë, non hypocrite. Tout commence et finit dans l'enfance et l'adolescence. Cette période critique fait ou défait l'homme futur. Sa saine et complète formation est primordiale, capitale.

L'Église préfère-t-elle plutôt entretenir une honteuse corruption, une latente homosexualité et une répréhensible pédophilie dans son sein que de réviser totalement et profondément sa politique sur l'éducation des séminaristes, sur le célibat des religieux et autres problèmes humains et sociaux? Le vœu de chasteté n'est-ce pas un mythe? Prononcer un vœu éternel d'austérité et de célibat, n'est-il pas inconcevable, hypocrite et antinaturel? Honnêtement qui peut, la vie entière, maîtriser assez ses sens sexuels pour accomplir ce long et dur pèlerinage virginal? Comme se demandent, à raison, tout en dénonçant certaines attitudes ecclésiastiques, les esprits perspicaces du passé et du présent, en formulant ces idées sages auxquelles l'Eglise, guide des peuples, devrait penser et se les approprier. Ce vœu ridicule et mythique, imposé par elle, ne devrait-il pas être donc révisé, de fond en comble, de manière à permettre à ces magnanimes de reconsidérer, par exemple, **tous les deux, trois ou cinq ans**, leur vœu de célibat et de chasteté, le reconduire ou l'annuler? Sur les quatre ou six pour cent des séminaristes qui deviennent prêtres, à cause d'une éducation manquée ou incomplète, la moitié est dépravée et corrompue, et ceux qui quittent le petit ou le grand séminaire n'en sortent pas tous, tout à fait, indemnes. L'Église, donc, ne doit pas avoir peur de changer, de repenser son système éducatif, sa manière d'aborder les problèmes sociaux auxquels ses volontaires inspirés et dédiés font face dans leur vie quotidienne. La souffrance morale, spirituelle et physique ne devrait pas être source de bonheur ou de sainteté. C'est une sorte de pur masochisme! Les êtres humains n'étant pas donc tous les mêmes, les lois, les règles et même les dogmes doivent être à l'avenant. **«Changer complètement et profondément»** devrait être, dorénavant, pour sa survie honorable, le mot d'ordre impératif et indispensable de l'Église, surtout catholique. Si elle refusait mordicus à enclencher le processus de changement et à procéder aux transformations exigées, requises pour se réhabiliter et pour le bien de ses fidèles et du monde, malgré ses bienfaits qui l'honorent et qui profitent à des millions de gens, elle resterait aux yeux d'une grande partie de la chrétienté et du monde au large, hélas, irraisonnable et irresponsable, pour vouloir être trop idéaliste, infaillible et trop divine. Malheureusement, la triste et longue histoire passée du clergé en général et des moines jouisseurs, en particulier, qui transformaient leur couvent, souvent, en des bordels privés et qui parfois commettaient même des crimes et les occultaient pour éviter tout scandale, et celle, non moins scandaleuse, de certains papes du passé qui s'embourbaient dans la politique hargneuse et dans la folie et la luxure caligulaennes, ne sont-elles pas pour Elle un mauvais souvenir et ne l'enlaidissent-elles pas odieusement? Tout ce passé honteux, ne devrait-il pas l'aider à prendre conscience de ses déconcertantes et impardonnables fautes, à entreprendre une reconsidération sérieuse de sa politique morale et sociale et à devenir un peu plus pragmatique, plus humble? Pour le moment ce qui la sauve, outre ses actes de charité et de ses grands et multiples services humanitaires, c'est, dans ses divers domaines, l'Art, dans toutes ses pompes fastueuses. Ce dernier l'embellit surtout depuis la Renaissance. Église! Renaissez, cette fois, moralement et soyez plus attentive à la condition et aux aspirations humaines! Vous serez, ainsi, encore plus belle, autrement le mépris général et la Géhenne morale, irrémédiablement et inéluctablement, vous attendent.

La vie naturelle et épanouie des jeunes gens de l'école St. Bonaventure parut à Joseph plus digne de celle que certains postulants et prêtres menaient au couvent. Aussi a-t-il pris le parti de ne plus y retourner, une fois sa Rhétorique terminée qui s'annonçait, hélas, comme la période la plus angoissante et la plus déprimante de sa vie, mais aussi celle d'un souffle prometteur de libertés futures. Il voulait braver la vie en sachant bien qu'elle était souvent impitoyable et qu'elle écrasait dans ses conjonctures sociales, économiques et politiques même les plus innocents. Mais l'affronter émotionnellement, physiquement et intellectuellement, s'exposant à tous les risques les plus durs comme les plus inattendus, était plus honorable et plus estimable que de se cacher dans des uniformes ou de se calfeutrer dans des congrégations, à l'abri des méfaits de la vie et parfois le cœur sec et l'oreille bouchée à l'appel si pressant des gens en détresse morale et physique. Cette perspective d'entrer comme un projectile dans le monde jusque-là non découvert raffermit sa volonté et celle de ses trois amis et leur fit décider de changer de parcours, si périlleux fût-il et quand bien même subiraient-ils le maudit et triste sort du légendaire roi de Corinthe, Sisyphe.

Deuxième Partie

Beaulieu

CHAPITRE X

Les malheurs des pauvres

Joseph en prenant cette décision ne savait pas si elle allait jouer en sa faveur. Il ne voyait pas clairement comment sa vie se déroulerait hors de ce milieu où il avait passé un bon nombre d'années de sa vie. Cependant il était conscient de ce qu'il désirait: une vie moins rigide, moins réglée par un rythme monotone, surtout une vie moins frustrée. Allait-il réussir à la trouver? Allait-il pouvoir mener la vie à laquelle il aspirait? Les premiers jours au sein de la famille lui parurent excitants. Il retrouva les êtres dont certains ne lui avaient jamais rendu visite. Mais plus les jours passaient, plus il se rendait compte de la viduité de sa vie. Tapi chez lui, il s'ennuyait. Pour tuer le temps, il se refugiait dans ses livres, les feuilletait, en lisait des passages mais aussitôt les refermait. Son inactivité, son inutilité pesèrent sur lui d'autant plus qu'il se voyait inexpérimenté, sans diplôme solide dont il tirerait profit et surtout entouré de parents pauvres. D'ailleurs, ces six ans vieillirent son père dont le salaire restait excessivement maigre. Le manque d'argent, les soucis domestiques, la couture, les veilles décolorèrent le visage de sa mère. Sa tristesse et sa déception étaient profondes. Joseph se vit tout à coup dépouillé d'un monde auquel il était après tout habitué: les cours, les jeux, les amis, un monde organisé quoique hermétiquement muré. Cette solitude l'énervait. Le couvent, à son insu, l'avait pétri, formaté et façonné son caractère. L'éducation prise lui avait donné un moule différent. En était-il empoisonné? Le retour au couvent le tenta une fois. Mais quand il se rappela les raisons qui le décidèrent à le quitter, il n'y pensa plus. Il fit plusieurs fois part à sa mère de son amertume, de sa tristesse et de sa solitude. Il lui disait que cet état le rendait malade, qu'il avait en quittant le couvent voulu mener une vie plus active, plus séduisante mais qu'il sombrait dans l'ennui. D'ailleurs sa mère qui avait remarqué cet état de choses, qui l'avait si souvent trouvé lugubre, taciturne et tendu, lui disait toujours de sortir, de chercher du travail et de s'inscrire à l'école pour qu'il termine ses études: «Le travail te changera» lui dit-elle une fois. C'est ce que Joseph désirait: «Changer». Changer de milieu, changer de style de vie, changer de conceptions en rejetant tous les préjugés qu'il avait malgré lui emmagasinés, se vider de tout ce qu'il avait appris, faire table rase et ensuite se composer un monde dont il rêvait. Il comprit grâce au bon sens de sa mère qu'en restant calfeutré à la maison il ne réussirait jamais à concrétiser ses rêves les plus latents. Joseph décida d'affronter la vie, de se frayer un chemin dans cette jungle encore inconnue de lui. Il se secoua de l'état morbide qui anémiait son âme, paralysait son esprit, envenimait tout son être. Sous l'impulsion de l'idée de changer, le jeune homme, le lendemain, voulut explorer la ville: marcher même dans la chaleur de l'été, traverser les rues, s'informer; c'était le début d'une vie nouvelle, le début d'un changement total. Grisé par ce désir de régénération, il ne se lassait pas de parler aux patrons, de les écouter, de suivre certains de leurs conseils, de tenir compte de certaines suggestions, jusqu'à ce qu'un jour il arrivât à se faire embaucher dans une fabrique de bijouterie.

Le gros patron au sourire clément patientait quand le nouvel apprenti bâclait le travail qu'on lui avait confié. D'autre part l'entrain, l'enthousiasme qui l'animaient minimisaient ses maladresses.

Joseph, pour mieux apprendre, scrute de ses petits yeux le travail minutieux qui exige de l'attention, de la patience et de l'art; il observe son patron en pleine action: La main gauche de l'orfèvre tenant en proie le minuscule objet précieux qui se meut lentement suivant une rotation, reprise toujours avec dextérité, et la main droite, armée d'un singulier et fin marteau, cognant délicatement l'enfonceur de bijoux en évitant de causer la moindre égratignure à la pierre scintillante, parfois il se sert d'un minuscule chalumeau pour faciliter sa tâche et parfois d'une saie pour la nettoyer; puis comme un magicien, le maître, après un labeur délicat et épuisant, sort de ses doigts une bague d'or incrustée de minuscules diamants brillants de mille lumières qu'il examine minutieusement avec ses yeux experts. Il la regarde et y sourit d'orgueil et de satisfaction.

Mais cet apprenti avide de percer dans la société, il se préparait le soir à son diplôme qu'il considérait comme l'indispensable tremplin d'un avenir meilleur. Comme une navette consciencieuse, Joseph allait de la fabrique à l'école. Il se fourvoyait rarement dans d'autres chemins, Dieu sait combien il en était tenté pour avoir raté son adolescence. Malgré tout, à huit heures du matin, il était déjà dans la fabrique reprenant son insignifiant travail abandonné la veille, suant sous l'effet de l'effort et du feu qu'il utilisait pour finir son boulot. Le visage et les mains badigeonnés de noir, il rentrait éreinté de cette nouvelle besogne à laquelle il n'avait jamais pensé. De retour chez lui, il reprenait ses livres et étudiait se préparant aux examens. Souvent, à la fin de la semaine, sa mère le voyait quitter son lit à deux heures du matin et se diriger vers la cuisine, le seul endroit disponible, pour qu'il rattrape le temps perdu. Seul, dans l'étroite cellule, à la lumière d'une faible lampe, il étudiait les sciences, la psychologie, la philosophie ou autres, selon le programme qu'il avait établi pour venir à bout de toutes les matières requises.

Cet élan ne dura pas plus de quelques semaines; un malheur s'abattit sur la famille. Le père, pour aller à son bureau, empruntait le tram qui charriait à longueur du jour un tas de gens pauvres à un prix modique. C'était un jeudi soir. À cause d'un faux pas, le pied lui manqua, il dégringola et se vit coincé entre le trottoir et le véhicule de fer. Cet accident mit Joseph dans l'embarras: les soins étaient coûteux et ses parents pauvres.

L'accidenté fut donc ramené chez lui faute d'argent. Il poussait des cris stridents et étranges. La douleur se traçait un chemin dans les os du patient. Elle circulait lancinante et rongeait laborieusement et impitoyablement sa colonne vertébrale. Personne n'osait le toucher, personne n'osait s'approcher de lui, à la seule secousse, le malade chahutait. Quand il se mouvait, le mal circulait et gagnait de plus en plus du terrain On l'entendait alors gémir. L'immobilité, miraculeusement, lui était le seul remède. Mais pouvait-il ne pas bouger? Aussi ses cris, ses gémissements déchiraient-ils non seulement le cœur de sa famille mais également celui des voisins. C'étaient des jours poignants.

Joseph ne pouvait pas se décider d'aller voir les responsables de l'hôpital St. Jérôme. C'était un hôpital privé administré par des religieuses. Mais l'état grave de son père le désespérant, il eut, malgré tout, une entrevue avec la Mère Supérieure. Il lui révéla l'état misérable de ses parents, parla de la souffrance aiguë de son père et l'état nerveux dans lequel vivaient les membres de la famille et les immédiats voisins. La religieuse allégua le coût des soins médicaux et le manque de lits vacants. Joseph, désappointé, lui demanda si elle refusait l'accès à l'hôpital, les soins nécessaires à un malade démuni. Elle lui répondit qu'elle ne pouvait pas agir de sa propre initiative, qu'elle devait s'astreindre à respecter les règlements qui dictaient qu'aucun malade ne serait reçu, quelle que fût sa condition sans qu'il ait payé à l'avance, que l'hôpital ne pourrait subsister s'il ne recevait que des malades pauvres. Le refus était catégorique.

Bredouille et décontenancé, Joseph rentra chez lui. La religieuse l'avait terriblement déçu. Les souvenirs du couvent l'assaillirent. Qu'y avait-il appris? L'amour du prochain? L'entraide? Le sacrifice? Que ceux qui se dévouaient au Christ faisaient entre autres le vœu de pauvreté? Etait-il donc possible qu'une religieuse eût oublié l'amour du prochain et toutes les autres vertus chrétiennes? Etait-il possible que cette religieuse eût renié le Dieu des pauvres pour s'embourber dans la matière comme une simple créature du monde? Plus le défroqué pensait à cette décevante expérience plus il s'estimait heureux de s'être délivré de ces Maisons, matrice d'hypocrisie et de gens rapaces.

Michel Forestier cloué dans son lit attendait la délivrance. Mais le mal, à chaque mouvement, rongeait davantage ses os, pratiquant d'autres passages et comme une pieuvre s'étendait dans les méandres les plus reculés de son corps. La victime était maintenant dans sa possession; la pieuvre l'empoignait, la triturait, la broyait, la mâchait pour l'achever et la victime poussait au ciel des cris de plus en plus stridents.

M. Beaufort connaissant la situation nécessiteuse de la famille et surtout quelques autres amis insignes, entre autres, M. Lecerisier, Maître Brillant et son frère, médecin respecté, dans la clinique de ce dernier Christine, pendant les vacances estivales, avait commencé son stage, hommes au cœur grand et à l'âme généreuse, qui subvenaient souvent d'ailleurs aux besoins des Forestier, eurent l'idée de faire faire une collecte de fonds des âmes compatissantes. Avec discrétion ces dernières rencontrèrent des gens, leur contèrent la triste histoire du malade et inscrivirent leurs noms après avoir encaissé l'argent parfois substantiel. Au bout de quelques jours, M. Lecerisier, au nom de tous les bénévoles magnanimes, remit l'argent collecté à la mère de Joseph. Cette somme suffisait à assurer au patient un lit à l'hôpital, une assiettée de soupe et à payer les soins que son cas exigeait. Mais son état empirant, le malade expira deux semaines plus tard. La mort était sa seule délivrance. On le mit dans la morgue en attendant les préparatifs de l'enterrement.

Père Adrien, le prêtre de la communauté, fut au courant du décès de l'un de ses paroissiens:» Encore un pauvre! Rugit-il, au lieu d'encaisser, il faut maintenant payer.» Le prêtre dit carrément à Joseph que c'était lui qui avait besoin d'argent. «Ni prière ni tombeau privé sans argent» lança le mufle à la figure du jeune homme. Joseph débrouilla le minimum nécessaire pour assurer un digne enterrement à celui qui avait en vain lutté contre les forces occultes du destin.

La bière, un assemblage de pièces de bois, craquait dans les mains des porteurs. Les gens étaient venus rares à l'enterrement de Michel Forestier. Derrière, Joseph, sa mère, ses frère et sœurs, accompagnés de quelques âmes humbles, marchaient silencieux et la tête baissée; devant, père Adrien, deux enfants de chœur mal habillés, l'un tenant une petite bougie, l'autre une croix, s'avançaient en bredouillant des prières inaudibles. Les pas du prêtre s'accéléraient parfois. Il voulait sans doute se débarrasser le plus vite possible de ce spectacle de misère. D'ailleurs, les prières à l'église étaient rapides et même certaines omises, vu la maigre somme que Joseph lui avait versée. Ni sermon ni oraison funèbre dignes de ce nom! En outre cet enterrement causait au prêtre une autre déception: il n'a pu satisfaire son ego intellectuel. Il se targuait d'avoir de l'imagination, un style fleuri et une voix touchante. N'ayant pu exploiter ses dons, gagner l'estime des fidèles à cause de ce cadavre de malheur, le service divin lui pesa sur le cœur. Joseph, de son côté, souhaitait seulement que les pièces de bois ne se détachent pas dans les mains des porteurs bénévoles avant l'inhumation de son père, sinon ce serait une humiliation totale pour la famille.

Arrivés au cimetière, les parents du défunt ne rencontrèrent pas de fossoyeurs. Joseph se rappela que le digne père Adrien lui avait dit qu'il ne pourrait pas lui assurer le morceau de terre sans argent et se demanda dans son for intérieur si Dieu n'avait pas de remords et de regrets d'avoir créé un tel monde, ou s'il en avait, du moins, honte. La bière fut donc vidée de son contenu et l'on fourra le cadavre dans un caveau sans nom, sans date, réservé aux pestiférés de la communauté.

CHAPITRE XI

Vie pleine de surprises

Après, la disparition de son mari, Madame Forestier se vit endosser une double responsabilité. Déjà fatiguée sous le labeur domestique, elle devait encore subvenir aux besoins de la famille en redoublant ses efforts. Sa journée commençait très tôt et ne s'achevait souvent qu'à minuit. Elle devait réveiller les enfants pour qu'ils aillent à l'école, préparer leur petit déjeuner, nettoyer quelque peu la maison et filer, à quelques kilomètres, à pied, par tous les temps, pour aider une couturière. Elle en revenait le soir chargée d'étoffe pour gagner un peu plus d'argent. Quand elle travaillait chez sa patronne elle avalait quelques morceaux de pain et du fromage et parfois elle passait la journée à jeun. Mme Victorine, pour laquelle elle trimait, était acariâtre et avare. Son visage bilieux et ridé avait quelque chose des animaux sauvages. Quand cette pauvre femme tardait le matin, sa patronne n'en finissait pas de la réprimander. Elle la maltraitait, la chassait quand elle piquait des crises, puis rognait sur ses paies alléguant, une fois un retard d'une dizaine de minutes, une autre fois prétendant un travail loupé, histoire de soustraire des sous à cette malheureuse ouvrière. L'humiliation était à son comble lorsqu'elle étalait sur la table de différents plats, des fruits appétissants dont elle se régalait jusqu'à la saturation et avec insolence, sans daigner inviter son ouvrière à prendre part à son déjeuner, et madame Forestier, les yeux baissés, accomplissait sa tâche religieusement, retenant difficilement ses larmes sans maudire pour autant ni Dieu ni le destin. Le retour chez elle l'attristait encore davantage. Son seul souci était de nourrir ses enfants qui l'attendaient. Mais sa paie, à elle seule, loin de boucler la semaine ne suffisait que pour trois jours. Sans la contribution de Joseph et de celle maigre de sa sœur, la famille aurait passé le reste de la semaine, le ventre presque creux. Souvent d'ailleurs, le soir, cette dernière se contentait de quelques olives et surtout de pain mouillé de thé chaud en hiver et en été, accompagné d'une pastèque juteuse, enrichie de quelques morceaux de fromage.

Le soir, Joseph trouvait sa mère dans son éternelle attitude: elle s'asseyait par terre, sur un morceau de tapis de fortune, inclinait sa forte charpente vers l'avant, fixait de ses yeux, plutôt petits, l'étoffe sur laquelle elle faisait parcourir l'aiguille d'une machine à coudre portative, juchée sur une tablette très peu élevée. Elle en manipulait alors la manivelle avec adresse, usant quelques doigts légers et arrêtait le fer circulaire en y appuyant doucement sa main. Ce mouvement se répétait maintes fois, puis elle retirait de sa miraculeuse machine un court pantalon, le soulevait à la hauteur de ses yeux experts, l'examinait, le tournait et le retournait tout en détachant les fils en surplus et parfois le soumettait de nouveau à la machine qui bourdonnait un court moment. L'intelligence de ses mains créait un petit chef-d'œuvre digne de respect. Enfin, après l'avoir retiré pour de bon de son outil mécanique, elle le lançait à sa droite où son œuvre s'amoncelait à vue d'œil.

La couture terminée à une heure très tardive de la nuit, elle s'appuyait de son corps pesant sur son genou droit et se redressait péniblement. Le fourmillement de ses jambes, la douleur de ses épaules la paralysaient. Chancelante d'abord et un peu courbée sous le poids de la machine à coudre qu'elle avait encapuchonnée, elle la casait dans un coin de la maison; puis reprenant son équilibre et son allure normale, elle gagnait la cuisine pour apaiser quelque peu sa faim. Légèrement pantelante et épuisée, elle venait se jeter enfin sur son lit pour se préparer à la lutte du lendemain. Parfois, il la surprenait assise dans son lit, la tête couverte de courts cheveux marron, appuyée contre le mur, le visage, aux yeux fermés, au nez légèrement proéminent, tourné vers le ciel, la bouche murmurant avec ferveur les Aves et les Paters et enfin les mains jointes sur l'édredon égrenant un chapelet de couleur bleue phosphorescente.

La veuve Forestier avait aussi ses joies, si anodines fussent-elles. Au très petit matin, avant de livrer sa bataille quotidienne, elle sirotait son café sur le seuil de la porte et tirait quelquefois sur sa cigarette dont la fumée emportait loin un moment ses soucis domestiques. Mais souvent, le soir lui procurait des joies d'un autre genre. Elle attendait impatiemment la visite d'une amie, Mme Ivanoff, qui habitait à une centaine de mètres d'elle. Cette merveilleuse femme venait animer les soirées froides de sa douce voix et de son imagination fertile.

– «Boris, Alain, Christine, Yvonne, Nadia et vous tous, prêtez-moi votre attention. voici une histoire qui vous vient du fin fond du désert arabique, du fond même des mille et une nuits. «Il était une fois»:(Kān ya ma Kān fi kadim ez-zamān,)

Ces mots magiques enchantaient les têtes enfantines comme s'ils leur ouvraient eux-mêmes les portes du paradis perdu; la douce voix reprenait comme un leitmotiv. Son histoire commença à se dévider:

Il était une fois une mère et son fils. Ce dernier était un fainéant fini, tandis que cette pauvre femme pliait déjà sous le poids du labeur harassant. N'en pouvant plus, un jour elle s'en prit à lui:» cesse donc de flâner! Rends-toi un peu utile; car l'âge et le labeur ne me pardonnent plus,» lui confessa-t-elle d'une voix courroucée, teintée d'amertume.

«Il suffit, mère! Passe-moi mon sac-à-dos et laisse-moi partir puisqu'ici je suis bon à rien, peut-être qu'en m'éloignant de ce village, la vie me sourira.»

Ali, de bon matin, quitta Koufa, son village et se mit en route. Les heures passèrent sans que le voyageur n'eût aperçu de ville ni de village. Le soleil et les dunes dorées épuisèrent ses forces et petit à petit le soir commença à tomber, et, la peur de s'épuiser en plein Sahara finit par serrer amèrement son cœur. Soudain Ali aperçoit au loin un palmier. Il ne croit pas ses yeux. Il s'efforce d'atteindre son oasis avant la tombée de la nuit. Après une longue marche il y arrive enfin et voit même une petite fontaine. Il sourit, se prosterne, remercie Allah et se met à se laver le visage et à boire goulûment de cette source de vie, très rare dans ce milieu désertique aride.

Tout oreilles, les veilleurs suivaient l'histoire dont la mémoire de la raconteuse nouait et dénouait magiquement les fils.

«Après s'être reposé, enchaîna-t-elle, il entend un étrange galop. Il regarde autour de lui et voit vaguement un cyclone de poussières monter jusqu'au ciel.

«Voici donc ma fin! se dit-il, effrayé. Ce cavalier, le cimeterre au poing, va certainement me décapiter. Fuyons-le! Mais où? C'est le soir et l'immense désert m'entoure.»

Le souffle des auditeurs se suspendit à cet instant-là. On entendit même un hoquet causé par l'angoisse.

«Je n'ai donc que ce palmier», se dit Ali vivement en continuant la logique de sa peur.

Il y grimpe en s'accrochant sur les solides écorces en saillie et se cache dans les branches. Le chevalier, comme un vrai prince arabe, fait soudain cabrer son cheval et en descend, noble et fier. Il s'éponge après s'être lavé le visage et les bras, puis à l'étonnement du couard, il commence à creuser au pied de l'arbre. Un moment après, il comble la fosse, se lave de nouveau et file derrière la poussière du désert et le voile noir de la nuit. Ali, abasourdi, descend de l'arbre. Il creuse rapidement à la même place et qu'y est-ce qu'il trouve! Un trousseau de clefs, quarante clefs!

«Quel superbe château posséderais-je maintenant, se dit galvanisé le futur explorateur.

Emmitouflés, assis autour du feu, s'occupant des amuse-gueule, presque tous les auditeurs, attentifs, suivaient avec un intérêt croissant l'histoire dont la fin ne se laissait point désirer tant la raconteuse y mettait de l'entrain et du mystère à la relater:

«Au petit matin, après s'être approvisionné d'eau, Ali s'en va à la réalisation de son rêve. Les dunes moutonnent infiniment devant lui sous les rayons du soleil brûlant. Les jours torrides et les nuits froides se succèdent et le rêveur, le trousseau de clefs dans la main, cherche l'inconnu. Ses pieds commencent à s'enfoncer dans le sable, mais l'espoir de trouver un trésor ne tarit point. Au bout du quarantième jour, il aperçoit une colline couverte de verdure.»

«Voici le paradis; reconnut-il soudain! De l'eau fraîche, des fruits délicieux, du miel, du vin à flots, des Eunuques à mon service et surtout des Houris belles et jeunes aux yeux noirs! Ces clefs vont m'ouvrir les quarante portes de ce château et me livrer ma terre promise!»

L'enchanteresse s'arrêta et vit Boris s'assoupir dans son giron.

- Oh, mais c'est déjà minuit! dit la raconteuse en regardant sa montre, c'en est d'ailleurs le premier épisode. Veilleurs! À la prochaine!

Si ces histoires amusaient Mme Forestier, si son haleine se suspendait sur les lèvres de la charmeresse de la nuit, son visage s'épanouissait davantage dans l'œuvre qu'elle achevait: la propreté de sa maison–c'était, selon certains, son seul tic-elle n'était réellement heureuse que si le plancher, la porte, les volets, les parois de la maison, le rideau, la petite armoire, le canapé, les deux chaises, malgré les assauts réitérés des cyclones poussiéreux ou peut-être à cause d'eux, tout resplendissait de propreté.

Les Forestier habitaient une chambre exiguë de quatre mètres de largeur et de cinq mètres de longueur, éclairée par une immense fenêtre dont certaines barres de fer manquaient, ce qui donnait un accès facile au vol. Mais quel cambrioleur tenterait sa chance de voler cette humble habitation? La Pauvreté elle-même l'aurait découragé et même chassé de ces lieux modestes. Cette chambre unique et une cuisine contiguë, mais sans ouverture, absorbaient toute l'attention de cette brave ménagère. Le travail fignolé volatilisait ses fatigues, éclairait son visage, extasiait son âme simple. Elle était fière de montrer ce petit joyau à ses visiteurs, qui, en admirant la propreté et l'ordre, oubliaient la simplicité dans laquelle vivait cette famille. Elle aussi l'oubliait car elle avait toujours ses regards attachés à l'avenir, et l'avenir, pour elle, était naturellement celui de ses enfants.

Elle les réveillait après avoir préparé le thé, un morceau de pain, une tranche de fromage et un peu d'olives: un petit déjeuner on ne peut plus frugal. Alain âgé de treize ans, Christine de seize fréquentaient l'école des Sœurs de Charité, située au beau centre de la ville. Seule Claire, retardée mentale, ne pouvant fréquenter aucune école, restait clouée à la maison. Joseph devait les y accompagner. Leur tenant la main, il empruntait le chemin de l'école pour prendre le tram, son unique moyen de transport. En retard, il accélérait le pas afin de rattraper celui de sept heures quinze. Quand il arrivait à la station, son cœur se brisait à la vue de l'instrument de mort qui avait emporté son père. Mais le trajet était long et ce véhicule son seul moyen de locomotion. Le cœur gros, il s'y frayait un chemin, poussait son frère et sa sœur dans la multitude humaine, s'accrochait de son mieux aux barres de fer, continuellement secoué par les arrêts brutaux du véhicule des miséreux. À un prix modique, il arrivait à se faire conduire jusqu'à la destination des écoliers. Sa tâche accomplie, il s'emmurait durant huit heures dans l'atelier. Le travail lui plaisait, faute de mieux, mais ses rêves l'emportaient loin, très loin. Son but était de s'assurer une autre carrière. Il se sentait fait pour un autre genre d'occupation. C'est pourquoi il tenait mordicus à poursuivre ses études.

Le soir, Joseph devait ramener Alain et Christine à la maison. Il les voyait assis sur le perron couvert manger leur morceau de pain farci quelquefois de bananes achetées à quelques sous. Il était heureux de remplir les fonctions de feu son père. Leur tenant de nouveau la main, il rentrait vers six heures. Mais sa journée était loin de s'achever. Emportant ses livres, il gagnait ses cours du soir en vue de pouvoir décrocher son diplôme qui lui permettrait de fréquenter l'université. Ses frère et sœurs, abrités du vent et du froid, se lavaient pour se préparer à manger, à étudier puis à dormir. Leur mère avait acheté un simple lit de bois pour la commodité de la famille. Alain, heureux de cette acquisition, dormait sous ce lit, attiré qu'il était par la nouveauté et l'originalité du lieu.

L'hiver à Beaulieu n'était pas toujours calme et accommodant, surtout dans les quartiers de Mûrier et de Tourelle. Il surprenait les citadins par ses orageuses pluies, ses tempêtes et ses bourrasques surtout durant les mois de février et de mars, les mois les plus redoutables de l'année. On les dénommait les fous.

À l'approche de février, les signes de la mort marquaient le visage des habitants. Ces derniers savaient que les intempéries, le froid mordant, les multiples averses et les ouragans emportaient, comme toutes les années, quelques âmes chères et quelques personnes innocentes. Le ciel se couvrait sempiternellement de nuages noirs. Le matin, à l'heure du départ, ils sortaient le bout du nez par la fenêtre en vue de pouvoir deviner les intentions du ciel. Quand les nuages étaient denses et bas et que le brouillard rasait la terre, la tempête était imminente et inévitable ce jour-là. Toutes les précautions étaient vaines: parapluies, manteaux, imperméables, bottes rien ne pouvait arrêter ni la flagellation des rafales du vent froid ni les grosses gouttes de pluie, transformées soudain en grêles qui s'abattaient lourdement sur les baraques, les terrasses des maisons, les toits des voitures et les têtes des piétons, trottinant attentivement sur les trottoirs abimés. Tout et tous en souffraient lamentablement. Parfois la tempête commençait dès la nuit. Le roulement sourd du tonnerre bourdonnait à l'horizon, puis en éclats fracassants, se répandait dans les quatre coins de la ville. Les endormis étaient secoués par le bombardement céleste et Joseph entendait sa mère éplorée dire avec halètement: «Seigneur Jésus!» voulant par ces mots magiques conjurer le courroux du ciel et empêcher la mort d'entrer de nouveau dans la famille éprouvée déjà par la disparition de son mari.

Le matin malgré la colère de la nature, Alain, Christine et Joseph s'engageaient dans les chemins bourbeux pour accomplir leur devoir de tous les jours. Poussés par le vent glacial, fouettés par la pluie, ils s'avançaient péniblement dans les rues envahies d'eaux. Ils arrivaient à l'école tremblants et ruisselés. Joseph, sans se lasser, recommençait son boulot, amenait et ramenait ses frère et sœur, allant au travail puis aux cours, épuisé par la fatigue et engourdi par le vent du Nord.

La peur des citadins grandissait quand la pluie s'étendait sans interruption sur une semaine ou deux. Les égouts de la ville n'arrivaient pas à résorber toutes les eaux que le ciel avait dégorgées. De jour en jour, elles montaient à vue d'œil, les rues devenaient impraticables, les voitures s'arrêtaient, les piétons ne pouvaient traversaient les chaussées, le fleuve également montait et couvrait parfois les ponts. Le Pont-Bas surtout était le cauchemar, le fantôme infernal des chauffeurs: le traverser c'était traverser l'Achéron. Que de gens y trouvèrent la mort! Les voitures étaient emportées par l'indomptable courant et parfois coulaient, comme un bateau, à pic, dans le fleuve noyant les passagers dans les eaux bourbeuses et glacées et certains piétons étaient soufflés par les ouragans et renversés dans les mêmes eaux traîtreuses et assassines.

La tempête semblait plutôt attaquer les gens de condition modeste. Le désastre étendait ses méfaits dans les quartiers de Tourelle et de Mûrier. Les eaux sales des rues montant démesurément dévastaient les taudis et les rez-de-chaussée de certains immeubles, abimaient les quelques meubles, les matelas, les habits et les chaussures; et les pauvres gens restaient impuissants devant l'intrusion des forces destructrices de la nature jusqu'au fin fond de leur alcôve.

Cette inondation périodique était l'obsession des gens habitant à même la chaussée, qui, vigilants, gardaient leur sommeil léger de peur d'en être victimes durant une triste nuit sans lune de ces mois fatals. Une fois les jours dantesques disparus et les esprits plus ou moins apaisés, ils se replongeaient dans leurs travaux quotidiens sans éviter pour autant de broder des histoires sur les malheurs de ces jours d'hiver pendant les réunions familiales. Chacun relatait les incidents dont il était témoin et d'une façon ou d'une autre, il en était victime. Ils racontaient alors leurs actes de bravoure qui prenaient parfois grâce à l'imagination et à la démesure la proportion des gestes d'autrefois, des titans ou des démiurges de la mythologie antique. Mais ces histoires, loin d'être toujours amusantes, avaient entre-temps endeuillé beaucoup de familles. Ces mois terribles d'hiver, comme jadis le Sphinx ou le Minotaure venant aux portes des anciennes villes grecques pour réclamer sa chair humaine, visitaient Beaulieu et surtout ses quartiers démunis pour réclamer eux aussi leurs proies jusqu'à ce que l'ire de l'hybride Tempête-Monstre trouvât son apaisement sanguinaire.

Les gens ainsi que la nature jubilaient quand Capitaine Hiver battait en retraite devant les saisons chaudes du pays. Le printemps comme l'été rivalisaient alors de leur mieux pour faire épanouir la nature comme le cœur de la population par leur chaude haleine et leur verdure resplendissante. (Sans conteste, la saison estivale est celle des nécessiteux. La vie y paraît plus agréable si frugal soit le repas dont les pauvres se servent) Le froid n'avait donc plus de trace, le spectre des tempêtes horribles ayant disparu du ciel. Plus besoin de costumes épais, plus besoin de feu, de repas consistants et chauds! Le corps se libérait et l'espace s'élargissait.

L'été, la famille Forestier (pareille aux autres démunies) ne pouvant pas se payer le luxe d'estiver dans les campagnes rafraîchissantes grimpait après le coucher du soleil sur le toit bétonné de la maison et goûtait ainsi la fraîcheur de l'air marin. Le soir, c'était toute une cérémonie. Alain et Christine, aidés quelque peu de Claire, devaient dresser une tente. Le petit plateau dont les rebords s'élevaient d'un mètre et qui étaient plantés de pieux, dispensait un espace suffisamment large pour permettre à deux familles de passer la nuit sous des étoiles scintillantes. Christine, tout en fredonnant un air connu, tendait les cordes sur les quatre pieux plantés sur le toit de la maison de deux étages. Alain, aidé de la benjamine, attachait les draps blancs solidement noués aux pieux. Tout au centre de cette tente, Joseph enfonçait dans un bidon rempli de cailloux un autre pieu qui servait de mât à cet immobile navire nocturne. Tous les membres de la famille, après avoir devisé de ce qui fut accompli le jour, voyageaient dans les rêves occasionnés par la voile fraîche de la nuit. C'était là aussi que la fidèle amie de Madame Forestier, l'enchanteresse, suivie d'une ribambelle d'enfants, venait animer de sa voix chaude et douce, de son imagination foisonnante, les veillées estivales. Madame Ivanoff dit calmement à ses auditeurs hypnotisés:

«Reprenons, chers petits amis, notre voyage au désert arabique où les histoires d'amour, de vengeance et les guerres tribales tissaient la vie des nomades.»

Boris intervint rapidement:

«Oui maman, qu'a fait Ali quand il arriva au château du prince?

Des rires éclatèrent de partout. Boris se recroquevilla. Yvonne vint à son secours. Elle voulut sauver son frère de la noyade:

«Elle a achevé cette histoire, il y a belles lurettes, comme tu dors souvent, la fin de l'histoire t'a échappé.

Le sourire aux lèvres, le visage rayonnant, notre conteuse s'embarqua alors dans une geste remarquable intitulée «Antar «

-«Il était une fois», (kān ya ma kān fi kadim ez-zamān) fit-elle de sa voix susurrante.

Les oreilles alors s'ouvrirent, les cous se tendirent, les yeux se fixèrent sur les lèvres magiques de la charmeresse du soir.

- «Avant la naissance du prophète Mahomet, commença-t-elle, dans cet immense désert d'Arabie vécut un beau jeune guerrier doublé de poète appelé, Antar. Fils d'esclave, il devint grâce à son courage, à ses vertus, à sa dextérité guerrière, le chef de sa tribu. Une des versions connues de cet épatant guerrier de grand cœur rapporte que le merveilleux chevalier était désillusionné de ce monde où le bien n'était ni reconnu ni apprécié et que le mal l'emportait toujours. Notre héros, déçu donc, chercha alors dans la solitude apaisante le remède à sa profonde déception. Un jour, alors qu'il se promenait dans cet océan sablonneux près des ruines de Palmyre, autrefois puissante ville de la reine Zénobie, située dans le désert de Cham, il fut saisi de voir une belle gazelle fuyant désespérément un monstrueux vautour. L'habile guerrier, chasseur d'êtres méchants, court à l'aide de cette adorable créature qui est sur le point d'être emportée par l'impitoyable rapace, vole comme un éclair, s'y jette et le saisit au cou; puis il se livre à une incroyable bataille dans l'air puis sur terre et enfin lui enfonce la tête dans le sable doré du désert de Cham.»

La fin de cet épisode fit relaxer les nerfs des petits anxieux de voir le héros sortir de cette bataille farouche sain et sauf.

– «La nuit, reprit-elle, timide et gracieuse, la gazelle visita Antar dans ses rêves et se révéla être la féérique reine Gul-Nazar qui s'était travestie ce jour-là en gazelle. Elle voulut le récompenser pour son courage, ses vertus et son habileté guerrière. Elle l'invita alors à son château et lui promit de l'aider à réaliser ses rêves les plus chers, les trois grandes joies de la vie: La vengeance, le pouvoir et l'amour.»

Les auditeurs enchantés écoutaient enthousiastes cette belle histoire qui se promettait d'être excitante; mais la raconteuse s'arrêta court.

– «À la prochaine, chers amis! La réalisation du premier rêve sera donc «la vengeance». Allons! Partons! C'est minuit passée.

Mais le clou de ces soirées heureuses d'été était surtout les chansons et la musique répandues en plein air par un club de la région. Tous les mardis et samedis, un haut-parleur faisait durant une heure s'envoler dans la voûte céleste des chansons populaires, des morceaux de musique du terroir afin de réjouir les abandonnés, attendrir les cœurs tristes et dissiper les soucis des familles nécessiteuses. Sans ces histoires à suspenses, sans ces chansons et ces morceaux de musique joyeuse, la vie des gens pauvres serait morne, dépressive et malheureuse.

CHAPITRE XII

La belle vie

Un an plus tard, grâce aux efforts communs des membres de la famille, les Forestier déménagèrent à un appartement plus spacieux; après deux ans d'études et de veille, Joseph, lui, s'inscrivit à l'université pour faire ses Lettres. Il convoitait les charges publiques. Il essaya maintes fois de se faire affecter à un poste modeste. On parlait de la création d'un nouveau centre de «développement social «Ses voisins et connaissances lui suggérèrent d'aller se présenter au bureau du personnel et de s'y inscrire. Joseph n'hésita pas un instant. Il y partit, l'espoir dans l'âme. Arrivé au centre, il parla au premier employé rencontré dans les lieux. Il se présenta et lui fit part de son intention.

- Oui, pourquoi pas? lui dit un employé dans sa cinquantaine. Mais il faut qu'on soumette ta demande au chef du centre, Monsieur Christophe Roux.

Joseph remplit le formulaire qu'on lui présenta. Quand il le remit à l'employé, ce dernier lui fit savoir qu'il devrait rencontrer en personne Monsieur Roux la semaine suivante.

Joseph rentra heureux chez lui. Il allait pouvoir assurer à ses parents une vie plus décente et à lui-même le commencement d'une vie brillante. La semaine passa vite. Il se précipita au centre et se prépara à la rencontre promise.

- Joseph Forestier, c'est toi? lui dit d'une voix sérieuse le chef de département.
- Oui Monsieur, répondit calmement le solliciteur d'emploi.
- Comment as-tu été informé de ce nouveau centre? Tout en parlant, Monsieur
- Roux dévisageait attentivement la potentielle recrue.
- C'est le ministre . . . C'est dans la presse . . . C'est dans «l'Écho» que j'en ai lu l'annonce, répliqua le nouvel aspirant.
- Oui mais, qui t'a envoyé pour soumettre ta demande d'emploi?
- Personne! lui dit-il soudain. Non! Non! reprit Joseph. Ce sont les . . . .

Monsieur Roux qui était royalement assis dans son fauteuil velu, se redressa et s'appuya de ses deux coudes sur son bureau de bois de cèdre, le fixa des yeux et lui tendit des oreilles attentives attendant vraisemblablement quelque chose de particulier, de magique et d'extraordinaire.

- Ce sont, poursuivit-il, des amis qui m'ont encouragé à le faire. N'y ai-je pas le droit?

Joseph lui aussi attendait le mot magique qui le sauverait pour de bon de toutes les difficultés qu'il rencontrait.

- Qui sont-ils donc? Insista Monsieur Roux.
- Des voisins que vous ne connaissez pas, reprit humblement le demandeur d'emploi.

Il sentit le privilège d'y être admis s'estomper; Monsieur Roux s'éloigna de son bureau, se plaça de nouveau confortablement dans son fauteuil doux et chaud, puis il lui fit savoir que sa demande serait prise en considération et qu'on le contacterait à la première occasion favorable.

Les jours et les semaines s'écoulèrent mais il n'eut aucune réponse du centre. Malgré plusieurs visites il s'en vit gentiment écarté bien qu'il possédât les qualifications requises. Cette décevante expérience n'était pas la dernière. Ailleurs aussi toutes ses tentatives échouèrent, toutes ses demandes furent dédaignées. On le prenait même en dérision. Il se rendit compte que la république sous la bannière de laquelle il vivait choisissait soigneusement ses hommes parmi certaines catégories de gens, ses alliés et subordonnés. L'allégeance à certaines familles était impérative et même le mot d'ordre pour pouvoir accéder aux charges publiques et à certains postes privilégiés. En plein XXème siècle, Joseph s'étonnait de vivre dans une sorte de féodalité. Désespéré dans sa lutte d'occuper un poste vacant sans se faire aliéner, il se détourna plein d'amertume de ses illusions. Sa seule chance restait dans les institutions privées. Il désirait un milieu adéquat à ses études. L'enseignement l'attira: rester parmi les livres, avec des étudiants, des intellectuels pour combler ses lacunes, c'était l'unique profession convenable à sa situation sociale. De fait, il put grâce à un ami, Raymond Tinois, à se faire engager dans un établissement catholique.

Le nouvel universitaire se sentait léger quand il traversait le seuil de l'École Supérieure des Lettres. Il croyait par là réaliser ses rêves: décrocher un diplôme pour surmonter les barrières et les considérations sociales et politiques. Sa joie fut plus grande lorsqu'il rencontra quelques jours plus tard son ancien condisciple Jean Meunier. La rencontre était chaude et sincère.

- C'est chouette de te rencontrer ici, Jean. Est-ce que tu y prépares quelque chose?
- Oh non, Joseph je n'ai pu passer la Terminale. Je ne suis là que pour me divertir.
- Tu ne comptes donc pas reprendre tes études?
- À quoi bon? J'ai déjà un poste dans une agence de voyage et je suis suffisamment payé. La compagnie pour laquelle je travaille n'exige pas d'études supérieures. Pour moi donc voyager, vivre et vivre intensément, c'est ce qui m'importe et c'est ce que je recherche. Exploiter tous mes sens, m'épanouir, c'est tout ce que je tends à réaliser.
- Tu te laisses ainsi attirer par la pente des désirs sans penser à contribuer à l'émancipation de l'être humain des entraves de notre société bizarre?

– À quoi bon? Puisque rien de concret ne se fera? Pourquoi perdre son temps? Vivons notre vie d'autant plus que nous sommes incessamment menacés de mort. Constamment nous tournons autour de notre tombeau et nous ne savons quand nous y tomberons.
– À chacun sa conception! La tienne pourrait bien être valable, lui dit Joseph à la fois triste et amusé.
– Ne me dis pas que c'est une attitude philosophique et que je suis l'épicurisme. Pour moi la vie n'a pas de sens, mon but est d'éviter toutes sortes de peines et l'insouciance, c'est un autre moyen d'échapper aux ennuis et à l'angoisse de la mort. Exploitons tous nos sens et laissons la vie agir selon son absurde fantaisie.

Joseph voulant marquer un point lui dit sur un ton magistral:

– Pourquoi ne pas exploiter aussi toutes nos facultés, tous nos dons artistiques, tous nos talents, toutes les autres forces dont nous disposons pour améliorer notre vie et celle d'autrui?
– Cela ne m'intéresse pas. Je te laisse, cher ami, l'altruisme et toute cette philosophie idéaliste. À quoi bon? À quoi bon? . . . Va, je ne veux plus te retenir, je viendrai certainement te revoir, lui dit-il en s'éloignant.

Les visites de Jean, le Don Giovanni de la bande des quatre, se multiplièrent à la faculté. Comme d'habitude il y venait sans doute pour faire sa chasse féminine et raconter à son condisciple l'histoire de ses nombreuses aventures. Son mode de vie pratiqué à Vermont ne se démentissait pas. Son aspect agréable, sa voix veloutée, sa démarche élégante séduisaient les jeunes filles qu'il rencontrait. Son charme s'exerçait dès la première entrevue, dès les premiers mots qu'il adressait à sa proie. Il lui était d'ailleurs un plaisir ineffable de voir le nombre de ses victimes croître. Il avait à la fois l'habilité d'un renard et la séduction de son modèle, son idole romaine. Il modulait indéfiniment sa voix harmonieuse au timbre italien quand il délivrait son message exorcisant à son amour du jour: «Parle-moi de tes rêves, Amore! «C'était son leitmotiv; et la romance commençait, suivie, quelques semaines plus tard, de cris, de pleurs et de malédictions. Entre-temps, notre abeille jouissait de la provision de miel fournie des plus belles fleurs qu'elle avait délicatement choisies et sur lesquelles elle s'était délicieusement et confortablement posée.

Joseph fut une fois éberlué quand il vit Jean le quitter et s'approcher, à pas feutrés, d'un groupe d'étudiants puis s'asseoir calmement près d'eux. Au flair sûr, il lança des regards moelleux et larmoyants à son vis-à-vis féminin. Il lui sourit, sortit de sa poche de derrière un petit livre intitulé «Hamlet», l'ouvrit et fit semblant de le lire. Quelques instants plus tard, il fredonna les paroles de «O sole mio!»

Che bella cosa na jurnata e sole, n'aria serena doppo na tempesta . . . .

Ma n'atu sole cchiu bello oi ne, O sole moi, sta 'nfronte a te.

O sole, O sole mio sta 'nfronte a te, sta 'nfronte a te, suivi de «Marina, Marina, Marina» puis s'apprêta à chanter à mi-voix (sottovoce) «Maruzzella, Maruzzè», sa mélodie préférée. Cette douce, mélancolique et touchante chanson napolitaine, comme presque toutes d'ailleurs, va droit au cœur sensible. Comptant sur sa mémoire lointaine, il se la rappela comme il put sous sa forme abrégée et délivra en susurrant son message galant:

Maruzzella, Maruzzè . . . . Ohe! Chi sente e chi mò canta appriesso a mme . . . .

Ohe! Pe tramente s'affaccia a la luna pe vede pe tutta sta marina da procida a resina se dice guarda lla 'na femmena che fa . . . . Maruzzella Maruzzè . . . . T'e miso dinto a ll'uocchie o'mare . . . . Po doce doce me fai muri . . . . Maruzzella . . . Maruzzè . . . .

Ohe! Me venuta na voglia ardente . . . . E damme sta vucchella ca pe m'avvelenà e zucchero se fa . . . . Maruzzella, Maruzzè.

Ce jeu de séduction ne dura pas très longtemps. Il prit d'assaut la jeune brune et de sa voix chantante à l'italienne il l'interrogea:

– Ne nous sommes-nous pas déjà rencontrés quelque part, mademoiselle?

La phrase mystérieuse plongea l'étudiante dans les rêves.

– Si, si, poursuivit-il ayant peur d'une réponse négative, mais je ne sais exactement où. C'est que ton visage (il voulut la tutoyer pour lui faire croire au déjà-vu, déjà-connu) c'est que ton beau visage m'est étrangement familier.

Averti, éveillé, il ne donnait point de date, n'entrait jamais dans des précisions, et il restait toujours dans le vague; la jeune fille ne se hasardait pas non plus à percer l'inconnu, feignant de croire à la véracité des faits merveilleux. Elle s'y sentait extasiée et c'est ce vague-là qui fit tomber Diane, jeune fille de dix-huit ans, sous les griffes de ce renard rompu aux ruses et aux secrets des pucelles.

Malgré ses succès féminins, ou peut-être à cause d'eux, ce coureur de jupons était plus fidèle à une hétaïre de la ville qu'à toutes les belles jeunes filles qu'il connaissait. Ses multiples conquêtes l'avaient-elles blasé?

– La douce Irma est moins encombrante, confia-t-il, un jour à son ami.

Quand le cœur lui en dit, cet esclave de plaisirs à sensations fortes va à la rencontre de sa déesse à la peau lisse. Cette jeune fille d'Afrique, à sa vue, évolue voluptueusement dans ses vêtements légers et ondoyants, pareille à un serpent qui danse au son d'une flûte d'un jongleur sacré, se jette alors, nonchalante et gorge nue, sur le divan soyeux. Sa chevelure, couleur d'ébène, dense et flottante, se répand éparse sur ses épaules et sur ses seins solides et arrondis où plonge avec délice le nez du Figaro; après ces longs moments remplis de délices, le tenant par la main, la peau demi-nue et miroitante, belle d'abandon, elle glisse dans son alcôve et avec son compagnon, se livre tout entière aux plaisirs les plus recherchés.

– Ô mon Cherubin! Ô mon beau Figaro!
– Ô ma belle Ténébreuse!
– Ô mon séducteur romain!
– Ô ma brûlante et sensuelle Afrique!

La magie de l'amour et des délices sexuels répand l'extase dans les cœurs de ses initiés. Au milieu de leurs pâmoisons sensuelles, ils se répètent ces doux noms comme une incantation, une sorte d'encens adressé au dieu du plaisir. Les deux amoureux enlacés se serrent fortement, se ploient et se déploient sur le lit flottant, nagent dans le parfum et la musique de leurs propres haleines et boivent à longues gorgées le délice montant du fond d'eux-mêmes jusqu'à leurs dents d'albâtre. Le calice de l'amour se vide jusqu'à son ultime goutte. Mais ce beau morceau de chair grise plusieurs fois son amant lascif entre ses draps de soie, ramollis par la chaleur noire de son pays natal. Le vin et le parfum augmentent l'enivrement des deux amants.

Nue et svelte, la joie dans les yeux et le plaisir mouvant ses hanches, la beauté, couleur de jais, se lève et sensuelle évolue un moment dans sa chambre puis s'étend langoureusement, de nouveau, sur le divan où le délice a niché.

À la différence de son ami, Joseph était plus épris d'un autre train de vie: une vie active et intellectuelle, vie rangée et quelque peu raffinée. Aussi, à côté de ses études, assistait-il aux réunions et aux conférences pour être au courant des événements, des problèmes et des solutions préconisées. Sa vie universitaire le mûrissait d'autant plus qu'il avait hâte d'apprendre, de se cultiver en lisant, en écoutant, en discutant avec des différents groupes, des différentes tendances. Sa lecture personnelle était variée: Histoire, sociologie, philosophie, politique. Plus il prêtait attention à ce que les conférenciers disaient, plus il approfondissait ses connaissances par des lectures variées, plus il se rendait compte que la société dans laquelle il vivait était étrangement établie, que les lois qui la régissaient démentissaient la logique, le bon sens et parfois même le strict humain. Souvent le mécontentement se généralisait. Les réunions avaient lieu, les chefs de file prenaient la parole et fustigeaient les responsables; puis tout rentrait dans l'ordre, sans qu'il n'y eût un brin de changement.

Souvent, l'étudiant engagé rentrait chez lui, étourdi et abattu. Il se demandait si de ces conférences, de ces réunions, des ces discussions animées dans les facultés, dans les cafés de «Faubourg», de la «Presse» ou de «La Paix» résulteraient des solutions attendues, si les manifestations organisées à travers la capitale réveilleraient les Haut-placés de leur égoïsme, de leur insouciance et de leur léthargie. L'année s'écoula sans que Joseph eût remarqué des progrès ou des changements tangibles. Il replongea comme d'habitude dans les études et l'enseignement.

L'année suivante, ce jeune instituteur sentit un souffle nouveau caresser sa vie. Non qu'il fût promu ou qu'il vît se réaliser la transformation sociale espérée mais il eut la joie de rencontrer Marcella Pisani, une étudiante de la faculté des Sciences: Les cheveux blonds et lisses flottant sur ses épaules et couvrant tout son dos, les yeux verts et immenses, le visage épanoui, le nez un peu retroussé, les lèvres si bien dessinées qu'il avait envie de les croquer chaque fois que ses regards y tombaient. Cette belle image l'a subrepticement transporté à la fête estivale de Vermont où une fascinante reine blonde, fille en fleurs, trônait sur son char royal: charmant souvenir, lumineuse et chaleureuse nostalgie! Le bonheur naît souvent des beaux souvenirs.

Debout, Marcella montrait son corps légèrement plein, à la taille plutôt moyenne. Ce qu'il aimait en elle, c'était sa suavité, sa simplicité et sa maturité bien qu'elle eût à peine dix-neuf ans. À longueur de la journée, ils discutaient ensemble; souvent il n'avait pas besoin de la convaincre, elle connaissait les imperfections de la société, les barrières qui arrêtaient certains jeunes dans leur élan. Joseph et Marcella se rencontraient chaque semaine, devisaient agréablement quand ils avaient le temps. La divine lui parlait (elle fréquentait aussi le conservatoire national) de la musique de Mozart, de Saint-Saëns, de Debussy et surtout de Chopin, son favori. Quand ils avaient vent d'un concert, d'une musique de chambre, ils y allaient ensemble, se régalaient des morceaux les plus appréciés. Quant à lui, il lui parlait de poètes et d'écrivains, lui récitait des vers ou lui en lisait des passages qu'elle connaissait sans doute, lui fournissant les informations et les commentaires qui éclairaient le poème ou le texte lu.

«Sur mes cahiers d'écolier
«Sur mon pupitre et les arbres
«Sur le sable sur la neige
J'écris ton nom

. . . .

Et par le pouvoir d'un mot
Je recommence ma vie
Je suis né pour te connaître
Pour te nommer
Liberté.

. . . .

«D'où vous vient, disiez-vous, cette tristesse étrange
Montant comme la mer sur le roc noir et nu? . . . .

Laissez, laissez mon cœur s'enivrer d'un mensonge,
Plonger dans vos beaux yeux comme dans un beau songe
Et sommeiller longtemps à l'ombre de vos cils!

. . . .

«Aimer à perdre la raison, aimer à n'en savoir que dire
À n'avoir que toi d'horizon
Et ne connaître de saisons que par la douleur du partir.
Aimer à perdre la raison . . . .

. . . .

Je suis belle, ô mortels! comme un rêve de pierre,
Et mon sein, où chacun s'est meurtri tour à tour,
Est fait pour inspirer au poète un amour
Éternel et muet ainsi que la matière . . . .

Car j'ai, pour fasciner ces dociles amants,
De purs miroirs qui font toutes choses plus belles:
Mes yeux, mes larges yeux aux clartés éternelles!

. . . .

Les plus beaux poèmes des génies caressaient l'oreille de Marcella Pisani et pénétraient au tréfonds de son cœur. L'amour et l'action doublés d'études décuplaient le courage de cet enthousiaste, exacerbaient son ardent désir de changer, de bouleverser afin de créer une société selon son cœur.

- Quand jouirons-nous donc de la justice? lui demanda une fois le rêveur.
- J'ai peur, ami, que ce ne soit qu'un mot dans l'air. Tu n'as qu'à passer en revue l'histoire des hommes. Qui a pu rétablir la justice universelle? lui répondit-elle d'une voix sereine. Partout, dans tout pays, l'on rencontre de l'injustice. Elle me semble éternelle!
- Mais certains ont pu changer leur monde, rétorqua-t-il animé

- Oui, mais c'est plutôt une question de temps, répliqua-t-elle toujours calme.
- Il faut aider alors le temps en brûlant les étapes, lui dit en s'animant son interlocuteur.
- Le mal est si profondément enraciné dans notre société et les responsables si insouciants qu'il est difficile de faire de vrais progrès.

Le rêveur invétéré, désespéré, la regarda longuement. Perdu dans ses yeux immenses, le rebelle ne put se taire.

- Quand y aura-t-il un vrai peuple, un peuple dont la colère emporterait dans son tourbillon apocalyptique cet esprit de caste, ces gros bonnets et leurs féaux? Quand donc disparaîtront ces obstacles, ces barrières qui vous coupent le souffle et vous arrêtent court l'élan?

Auprès de Marcella, cet ambitieux rêvait d'une guerre de géants, de dieux et de planètes, d'un bouleversement cosmique pour permettre aux hommes de bonne volonté (êtres, peut-être, chimériques) de remodeler sa société, son pays et même la terre entière.

Ce bouillonnement faisait tôt de s'apaiser, ce brouillard de se dissiper au seul contact de la musique. Joseph en raffolait et son intérêt pour son amie grandit quand il sut qu'elle était une pianiste presque professionnelle et qu'elle jouait comme une enchanteresse les thèmes des plus beaux morceaux de Mozart, de Beethoven, de Liszt, de Rimski-Korsakov et d'autres encore. Elle avait, à la fois, la tête savante et l'âme poète, l'intelligence aiguisée et la sensibilité profonde. Elle était pour lui le glacier du Nord et la chaleur du désert torride, cette combinaison parfaite de l'Occident et de l'Orient, rationnelle et imaginative, intellectuelle et émotive. Il pénétra dans le labyrinthe de son âme quand il vit ses blanches mains flotter sur les touches bicolores du clavier de Steinweg le jour où elle l'invita chez elle pour lui faire partager sa joie de vivre dans son monde musical aux airs envoûtants.

Après les premiers coups durs et rapides annoncés, le mélomane semble entendre le marteau du destin ou pressentir la colère de la nature. La reprise de ces notes commence à s'alourdir, mais aussitôt les doigts magiques de Marcella trottinent légèrement sur les touches noires et blanches, comme sautillent les oiseaux sur les branches des arbres tout en répandant partout leurs doux gazouillements. Puis elles s'adoucissent en se ralentissant. Le cortège des notes se propage dans la joie à laquelle participent le murmure des ruisseaux, le chant des rossignols et le roucoulement des pigeons et qui se prolonge indéfiniment dans une promesse éternelle d'amour. Mais les doigts de la pianiste se crispent par moments et attaquent nerveusement le clavier faisant résonner dans le somptueux salon quelques notes rapides et effrayantes.

Sont-ce des nuages noirs qui s'approchent ou sont-ce les trompettes des anges qui annoncent la résurrection? La mollesse des notes suivantes et la reprise du refrain anéantissent le cauchemar où l'aficionado de musique a failli un moment sombrer. Mais ce n'est qu'une fallacieuse illusion, car les coups saccadés et forts, rapides et roulants, reprennent, attaquent bourdonnant du fin fond du ciel. Jugement? Tonnerre? Mais pour son bonheur, il perçoit aussi, latentes, tout le long de cette toile de fond sonore, certaines notes évasives et clémentes. Le martèlement des touches s'apaise et cède la place aux notes lentes et douces annonçant le refrain, puis ces dernières éclatent dans une joie explosive où cet auditeur sensible entend de nouveau les sons de la nature après l'entrée brutale du début du morceau musical. Les ultimes coups durs et rapides de la dernière phase du morceau ne sont que le rejaillissement du refrain qui tournoie et claironne dans la gloire et la jubilation puis il s'arrête décidé mais majestueux.

L'agilité des doigts et l'expression tantôt dure tantôt joviale du visage de cette virtuose dénotaient la passion immense qu'avait la divine pour la Polonaise, l'héroïque, de Chopin.

La ville de Beaulieu est située tout au centre et sur la partie proéminente du pays, avançant légèrement le nez dans l'eau limpide et bleue où la rue Laroche côtoie la mer. Ses côtes par endroits escarpés sont jalonnées sur des kilomètres d'une chaîne de fastueuses plages: St. Georges, St. Simon, Acapulco, Riviera et d'une vingtaine d'autres aussi luxueuses que coûteuses, lieux de loisir où se rencontrent et se divertissent les gens à la bourse bourrée d'écus jaunes.

À mesure que l'on s'avance à l'intérieur de la capitale, la terre s'élève peu à peu et l'on traverse rue Ste. Catherine, passe par Tamarinier et d'autres encore, puis l'on descend sur la Place l'Acadie, qui, à son tour, touche de ses pieds souvent rocheux la partie septentrionale de la mer. De l'autre côté de cet immense espace, la rue St. Denis mène le promeneur sur le promontoire Ste. Honorine, orné de villas, de palaces, de mille genres de parterres et de jardins privés. De là, l'élite de la société domine le centre-ville, le milieu bancaire, les boutiques luxueuses, les lieux d'agrément, la mer.

Ces quelques rues, ces quelques noms impressionnent incroyablement les habitants de Beaulieu: Derrière chaque nom, derrière chaque rue, tout un monde est suscité. Quand on pense au milieu bancaire, la rue Tamarinier surgit à l'esprit. Une centaine de banques, comme une machine colossale, avalent des milliers de gens déposant leur argent, signant des documents, empruntant des sommes exorbitantes ou payant des dettes lourdes, puis dégueulent des créatures, espèces de robots, destinées au service de cette machine même. C'est là, dans cette rue, dans ces maisons à écus, que des familles s'enrichissent sur la dépouille d'autrui. C'est là que se font et se défont des destinées, des postes, des influences familiales, sociales et politiques.

Une Mercedes, de couleur noire, aux vitres fumées, s'arrête majestueusement devant la banque «l'Internationale». Le chauffeur en descend lestement, fait le tour du luxueux véhicule et en ouvre respectueusement la portière. L'occupant met quelques instants pour faire son apparition. Les pieds aux souliers astiqués se prolongent d'abord, le pantalon rayé se montre ensuite, puis la tête légèrement baissée apparaît enfin. Paul Tardieu, une petite valise à la main, vient parler commerce, finance et aussi politique avec les hauts fonctionnaires de la susdite banque.

– Comment m'endetter à un si haut taux d'intérêt? fit une voix.
– Mais il n'y a pas d'autre choix . . . , répond l'autre.
– La somme, il faut absolument l'avoir, sinon . . .
– Ces dettes traînent depuis des années . . .
– Allez-vous déposer les bijoux de voter femme . . .
– L'échéance pourrait être reculée.
– Je vais lui en parler . . . . Je ne sais vraiment pas.
– N'oubliez pas que cette société est à la merci de son système. S'endetter, c'est user l'argent d'autrui, il faut payer ce service . . . .
– S'enrichir à tout prix . . . .

À mesure que le «Président» l'œillet blanc ornant sa veste, s'approche des bureaux exécutifs de la banque, ces bribes de phrases frappent son oreille, attentive aux moindres conversations, aux rumeurs et même aux conciliabules.

Jacques Bourdalou l'attend dans son bureau. Ce dernier se lève, salue courtoisement son éminent hôte et l'invite à s'asseoir.

- Vous êtes au courant de l'objet de ma visite, lui dit d'une façon mi-sérieuse, mi familière Monsieur Tardieu en reposant ses lunettes noires sur une tablette de chêne buriné, œuvre du plus connu ébéniste de la ville.
- Les élections partielles, n'est-ce pas? Lui répond le PDG de la banque.
- Vous savez bien que les Martigny ont perdu l'élément le plus influent et le plus respecté de la famille. C'est pourquoi Claude doit lui succéder.
- Je sais que cet étudiant de Droit aspire à la députation, mais . . .
- Justement, lui dit M. Tardieu en l'interrompant, cette circonscription leur appartient. On ne doit pas laisser un individu imbu d'idées libérales et peut-être même subversives la leur arracher.
- Sachez bien que (l'honorable hôte commence alors à s'énerver, quitte son fauteuil Louis XV, fait quelques pas dans la luxueuse salle et se tourne vers son interlocuteur presque interdit) sachez bien que c'est nous en fin de compte qui perdrons: votre place disparaîtra, la banque elle-même s'écroulera si d'autres progressistes accèdent au parlement et si Claude n'est pas élu, s'il ne consolide pas le patrimoine, la forteresse d'une des plus importantes familles de Beaulieu, nous essuierons un échec cuisant et les problèmes s'ensuivront.
- On essaiera de l'aider, lui assure un autre membre du bureau exécutif.
- L'héritage est sacré, leur dit M. Tardieu brusquement et sur un ton solennel.
- D'accord, Président! lui répond M. Jacques Bourdalou. Je réunirai tous les membres de l'exécutif et l'on discutera du financement de la campagne électorale. Comptez sur moi. Je vous contacterai le plus rapidement possible.

- En effet, il faut s'entraider. Qui sait peut-être un jour . . . .
- Mais le fameux Président ne continue pas son allusion.
- D'ailleurs ceux à qui on a vendu le droit de citoyenneté y feront d'importantes contributions.

Les mains s'entrechoquent solidement et les regards souriants se croisent. L'éminent visiteur, après un court moment de repos et des conversations à bâtons rompus, quitte son confortable fauteuil en devisant jovialement et prend congé de ces grands banquiers, l'esprit tranquille. L'homme à l'œillet blanc se fraie un passage dans ce fleuve humain dont la plupart se débattent dans cette influente maison à écus.

Si les hommes circulent sans aucun répit dans cette fourmilière des finances; les riches femmes, elles, se voient rue général Morrison où les boutiques luxueuses, la Haute Couture, les salons de beauté sont des pôles d'attraction. Les coquettes, les snobs (les dilapidatrices insouciantes), toutes sans exception et pour des raisons diverses, quittent leur villa, leur palace vers midi roulant dans des voitures admirables et vont explorer les nouveautés tant du côté vestimentaire que de celui de la coiffure et de l'esthétique. Les robes, les jupes, la lingerie intime, les collants, les bas, les souliers de dernier cri ou les plus sophistiqués sont demandés, essayés et souvent achetés sans qu'elles en discutent le prix. La mode, l'originalité et souvent l'extravagance, à elles seules, suffisent à satisfaire les caprices de la gente féminine cossue.

Madame Claudine Mailleux aime particulièrement se balader dans les galeries les plus renommées: «L'Elégante», «Touche de Paris». «Milan» . . . . En effet, tous les jours elle emprunte le chemin de ces endroits dont les femmes de l'opulente bourgeoisie ayant emboîté le pas aux aristocrates font le lieu de leur rencontre. C'est là aussi qu'elles viennent s'épier, s'examiner, discuter, déverser leur tendresse factice, leurs compliments souvent insipides, leur haine ou leur jalousie. Elle est soudain prise au dépourvu.:

- Oh! Bonjour, Madame Hortense Pisani. Je m'excuse, je ne t'ai pas remarquée. (Je ne peux résister à le cacher, non, je veux le lui dire) Tu ne me croiras peut-être pas, mais tu étais épatante l'autre soir, tout le monde t'admirait, surtout, les hommes, seulement, Mme Tardieu ne retient jamais sa langue, le sais-tu»?

La voyant un peu troublée et même énervée, Mme Mailleux change vite de sujet.

- L'on m'a dit qu'un homme, un peu avancé en âge, certains disent une cinquantaine mais excessivement riche a demandé la main de Marcella. Si c'est vrai, je crois que c'est un excellent parti, n'es-tu pas de mon avis? Lui dit-elle en souriant.
- Justement on croyait qu'il était un homme de grande fortune, mais, ma chère, on s'est rendu compte que c'était un coureur de dots. Il ne savait pas que je ne marie ma fille qu'à une famille plus aisée que la mienne. Tu sais, la richesse doit s'amonceler, les millions doivent s'accumuler. Notre but est d'atteindre les milliards. L'amour, la culture, la distinction, la personnalité ne me disent absolument rien. Ce que je souhaite à ma fille ce n'est pas seulement un mari, mais une alliance richissime. Marcella appartient à celui qui offre le plus, car son origine l'exige. Ce n'est certainement pas moi qui dépenserai, loin de là! Mme Mailleux, est-ce vrai que c'est Mme Tardieu qui a dit que je menais une vie légère?
- Oui c'est elle! En tout cas c'est une tierce personne qui me l'a rapporté, Mme Perrin qui était en visite chez les Treumont.
- Incroyable! Se dit, étonnée, la beauté helvétique, pourtant quand elle me voit, on dirait la plus douce, la plus policée de notre coterie . . . . Ah! Ah! Claudine, je vois maintenant ce à quoi elle fait allusion et elle n'insinue rien de mal, crois-moi. Ecoute bien! Comme je rentre souvent à mon pays d'origine, elle me confond avec certains milliardaires et multimillionnaires Ashkénazi qui mènent en Suisse et ailleurs, dans leurs châteaux privés, une vie très libertine en se mettant les fins de semaine, avec leurs nombreux invités, complètement nus pour s'ébattre, trois jours d'affilée, dans les plaisirs sexuels extravagants sans même penser à dormir. Certains se livrent même à la partouse. Tu sais, chère amie, soit dit en passant, l'argent fait, peut et se permet tout. Il est au-dessus des lois humaines et divines surtout quand il est administré, usé, utilisé, manié, manipulé et instrumentalisé par nos braves Juifs. Comme je suis fière d'eux! Tant que nous sommes les maîtres de l'esprit et des richesses du monde, fussions-nous coupables d'abominables crimes, nous resterons presque toujours impunis. Nous resterons des

intouchables et nous venons toujours, grâce à notre Dieu, l'argent, à la rescousse de nos crapules mêmes. Oui, Voilà sa source, Claudine. Mais elle se confond.

- Le crois-tu, Hortense? Tu n'y as alors jamais participé?
- Absolument, pas!
- Et Mme Perrin alors?
- Elle se trompe complètement et colporte ces fausses nouvelles par jalousie, peut-être.
- Et Mme Tardieu?
- Elle me témoigne toujours sa gentillesse.
- Moi je m'en méfie. L'apparence est souvent trompeuse, lui dit Claudine en amincissant ses lèvres.

La voyant tendue, la délatrice tente de sauter sur un autre sujet. Elle se perd un moment. Sa tête bourdonne. Soudain, l'idée de la robe lui effleure l'esprit.

- Tu sais, lui confie-t-elle, j'ai exigé du modéliste de «Touche de Paris» une robe de soir la plus originale pour le cocktail que nous organisons en l'honneur du ministre de l'intérieur, entre nous soit dit, le prix s'élève à trente mille francs. Quand j'en ai parlé à Mme Perrin, elle n'a pas cru ses oreilles. Elle verdit de jalousie.
- Tu y seras sûrement admirée, murmure Mme Pisani, le cœur gros pourtant.
- Tu y viendras, n'est-ce pas? lui demande Claudine, inquiète.
- Je vais en parler à mon mari, mais nous y serons, je crois (J'irai, oui, se dit-elle tout bas; je vais maintenant les narguer, Mme Tardieu et Mme Perrin, ces deux vilaines.)
- Tu me disais quelque chose, Hortense?
- Non! Non! fait-elle, confuse.

Mme Mailleux se précipite vers son modéliste et Mme Pisani, elle, vers son salon de beauté: «Les Naïades». C'est un plaisir pour elle de se mirer, d'admirer les traits de son visage attrayant, de se faire soigner les cheveux, les ongles, les orteils. Cette nouvelle Naïade sort du salon, plus divine encore pour conquérir, en dépit des envies, le cœur de son milieu huppé. La rivalité entre les belles s'annonce rude pendant ce cocktail-là.

Ainsi les femmes, après avoir visité au crépuscule les salons de beauté pour ressembler aux plus fascinantes belles de nuit, accompagnées rarement de leur mari mais parfois de leurs amants et souvent seules, passent aussi des soirées féériques, des moments inoubliables dans les boîtes de plaisirs, des hôtels de la rue Ste. Catherine, de la rue Laroche et le quartier de Ste. Honorine. Mais cette opulence, cette splendeur s'arrêtent court à la double porte de Mûrier et de Tourelle

Les Pisani, eux, commerçants juifs de Turin, vinrent un siècle auparavant s'établir à Beaulieu. L'arrière grand-père, Moshé, débuta en vendant toutes sortes de boutons, de bijoux, de diamants et de pierres précieuses: bracelets, colliers, bagues, boucles d'oreilles, etc. Il aimait s'occuper des marchandises impérissables que ni le temps ni le froid ni la chaleur ne rongent ou détruisent. Il avait des branches dans chaque ville du pays et surtout à l'étranger. L'argent qu'il gagnait était investi dans l'achat des terrains. Il manipulait ses gains avec intelligence et audace et souvent avec la connivence et même parfois avec la collusion de ses coreligionnaires dont le but est de dominer le milieu financier du pays où ces derniers vivent, pour mieux le juguler en faisant enrichir exclusivement les membres de leur communauté, au grand dam des jaloux. (Chi se ne frega! . . . . Who cares! Qui s'en soucie! Non seulement ils ne s'en soucient pas (ce qui est leur droit), mais aussi, à force de corruption et d'influence politique, ils les évincent et les font écarter de la concurrence pour occuper et toujours garantir le devant de la scène locale, nationale et mondiale à leurs coreligionnaires et à leurs complices. Ainsi sont-ils entendus, lus et vus tout le temps dans les mass-médias (une sorte de lavage de cerveau) et accumulent-ils souvent des sommes mirobolantes, d'une manière déloyale. Parce qu'ils préfèrent le foul play (au sens général du terme) au fair play, ils s'exposent, hélas, à la haine et à ses désastreuses conséquences. Le soutien mutuel et inconditionnel des juifs est aussi sacré que l'omerta de la mafia italienne. De là, toute personne juive, pour peu qu'elle ait réalisé une œuvre, si anodine fût-elle, est encensée, récompensée et honorée par ses coreligionnaires, parfois haut-placés et par les acolytes de ces derniers. Si l'œuvre est d'importance majeure, cette personne est portée aux nues et déifiée sans trop se soucier d'autres créateurs, d'autres artistes, à moins que ces derniers ne se soumettent à leur volonté égoïste. L'autocélébration de ces gens dépasse parfois le bon sens. Et pourtant, quel admirable peuple! Il faut l'avouer. Ne s'est-il pas auto-déclaré «peuple élu de Dieu «? Quelle autre preuve incontestable voudra-t-on pour s'en convaincre? L'ambition de ce peuple est la domination planétaire, n'est-il pas disséminé de par le monde, n'est-il pas souvent très bien placé pour faire avancer son projet, parfois destructeur? La domination lui devient alors par ce fait justifiable)

Son fils Joachin continua l'œuvre de son père, Moshé et accumula une richesse colossale: Des terrains, des immeubles sans nombre et d'importantes sommes d'argent déposées dans plusieurs banques locales et étrangères. La richesse établie, le commerce développé, prospère et consolidé, il poussa son fils cadet André, Nathan, le troisième fils et le benjamin Aaron à poursuivre leurs hautes études tandis que l'aîné, Ariel, fidèle à la tradition, garda la ligne tracée par ses ancêtres: Le commerce dans tous les domaines: pierres précieuses, pétrole, armes et sans oublier l'usure et souvent il soutenait les mass-médias en y contribuant des sommes faramineuses pour défendre la cause de sa communauté locale et mondiale.

André, après ses études de Droit national et international, épousa Hortense de Claironne, fille d'un illustre banquier suisse, juif bien entendu. Cet homme dévoué s'était imposé l'obligation de surveiller ce qui se passait dans le pays où il vivait et à l'étranger où il se rendait souvent pour mieux contrôler les lois promulguées. Il devait être sûr que ces dernières n'endommageraient pas les intérêts commerciaux, légaux et politiques de sa communauté. Pour cette raison, à Beaulieu, il invitait chez lui des parlementaires, des ministres pour leur communiquer gentiment ses souhaits en matière de lois. Il était en somme l'architecte fantôme, incognito, de la législation du pays. Son voyage à l'étranger allait dans le même sens. Des réunions internationales de ses coreligionnaires se tenaient pour décider des mesures à prendre à fin de favoriser leur succès. Tout cela se faisait en catimini, dans les coulisses. Il voulait agir à l'ombre. Il ne voulait surtout pas défrayer les chroniques. Ce serait très dangereux pour lui et pour les siens.

Nathan, de son côté, s'est appliqué à gérer avec brio une grande institution de finances. C'était un génie. Tout le monde dans la bourse l'enviait. Il s'était formé une équipe d'experts de son entourage qui manipulaient à leur gré la fluctuation des marchés, au grand dam des autres. Ces experts mafieux inventaient des combinaisons machiavéliques pour dépouiller presque tout le monde de leurs investissements. Son groupe, allié à d'autres similaires, avait une influence sans précédent. Cette mafia financière pouvait décider de cette façon du sort de l'économie de n'importe quel pays. Elle s'enrichissait aux dépens de tous les groupes concurrents. Mais cette attitude arrogante lui attirait parfois la colère des dictateurs sanguinaires, soucieux, eux aussi, de protéger leur pays de la récession, de la dépression et de la pauvreté générale.

Tandis qu'Aaron devint un chirurgien renommé, aimé, vu et reçu partout. C'était une figure publique, à l'inverse de son frère fantomatique André. En compagnie d'une troupe de médecins et d'infirmiers bénévoles (à l'image des médecins sans frontières), il établit un dispensaire dans chacune des villes importantes du pays pour venir en aide aux pauvres. Il était tout adonné à leurs soins, de même aux sciences et aux recherches. Il exerçait son métier aussi dans le plus grand hôpital de Beaulieu, La Sainte-Croix. Sa renommée était telle que toutes les chaînes de télévision et les autres mass-médias admiraient sa magnanimité et l'invitaient souvent sur leur plateau pour admirer son œuvre de charité et profiter de ses connaissances médicales. Il était une autorité très respectable dans ce domaine. Il caressait même le rêve de recevoir un jour le prix Nobel de la paix. Il comptait sur l'argent et l'influence politique et diplomatique de ses frères et de ses coreligionnaires pour réaliser ce rêve En outre il était un grand mécène, un grand patron des arts. En un mot il était un homme magnanime. Il redorait ainsi le blason de sa communauté égocentrique, égoïste, égotiste.

Cette tactique et cette stratégie sont suivies, appliquées et pratiquées par tous les Juifs, en particulier, par l'intelligentsia de la diaspora. Ce virtuel réseau international leur facilite, de cette manière, d'imposer en douceur leur hégémonie organisée sur le monde économique, financier, politique, moral et artistique. Quel admirable peuple!

Le boulevard Robineau où habite Monsieur André Pisani, traverse le plus riche quartier de la ville. Une villa de deux étages, construite de pierres sculptées, de couleur marron et entourée de parterres, s'étend sur plus de quatre mille mètres carrés. Le portail de fer s'ouvre sur ses deux battants et laisse entrer la luxueuse Mercedes d'André. Des statues entourent une grande piscine de marbre éclatant de blancheur, où, au printemps et en été, de la gueule d'un lion, coule une eau claire. Quelques marches conduisent les pas du maître du logis devant la porte de bois également sculptée que Maria, la servante, une philippine, lui a ouverte. Elle le libère de sa valise et emprunte l'escalier intérieur et la dépose dans son bureau, puis disparaît silencieuse pour aider la cuisinière à préparer le dîner.

La famille André Pisani se réunit autour d'une table immense, couverte d'étoffe rare, surmontée d'un lustre précieux. Le couvert brille, les plats de cristal ou d'argent défilent remplis de mets délicieux: l'apéritif est suivi de courgettes farcies, de poissons dorés, de viande rôtie, entourés de pommes de terre croustillantes et de salade russe. Les convives jouissent de ces plats succulents arrosés de vin capiteux et velouté. Les fruits en tout genre achèvent ce festin princier. La conversation aborde le travail de bureau, les rencontres, les invitations. La soirée est agrémentée par les notes égayantes du piano et les décisions prises d'aller aux cocktails organisés par des amis. Mme Pisani raffole des fêtes et des bals masqués. C'est là habituellement qu'elle s'épanouit, c'est là qu'elle étale tout son charme féminin

Les Mailleux firent préparer leur cocktail en l'honneur du ministre de l'intérieur à l'hôtel «Intercontinental», lieu prisé, admiré de l'aristocratie et de la haute bourgeoisie. Les invités vinrent par centaines. Ils rivalisaient de luxe et d'élégance. Les Cadillac, les Royce, les Lamborghini, les Ferrari, les Porsche, les Corvette et d'autres voitures au prix exorbitant s'arrêtaient devant le luxueux hôtel. De belles femmes, de riches commerçants, des officiers supérieurs, des députés, des diplomates, des invités internationaux débarquaient de ces resplendissantes voitures, flambant neuf. Les regards ne tombaient que sur des robes de soir au dos profondément échancré, au décolleté d'une audace agréable, sur des coiffures incrustées de bijoux, sur des visages superbement maquillés, sur des cous élancés comme ceux des chevreuils et sur des seins beaux et généreux.

Mme Pisani était l'un des charmes qui attiraient un grand nombre d'admirateurs, elle les remerciait de son sourire angélique. Le champagne, surtout le Dom Pérignon, coulait à flots. Le whisky et d'autres boissons exotiques et aux vertus aphrodisiaques grisaient la haute société. Le rire des femmes se mêlait aux conversations des hommes d'affaires, de la politique et du haut clergé. Les groupes se multipliaient: qui parlait de commerce, qui d'événements courants, qui de la turbulence des universitaires et de temps en temps on voyait et entendait les verres s'élever, se cogner et d'un seul trait se vider, coulant dans la gorge douce ou brûlée des semi-bourrés.

- Que pensez-vous de ces manifestations, M. le Ministre, demanda un invité, troublé par les événements?
- Les étudiants ne sont pas dangereux, laissons-les chahuter de temps à autre. C'est un signe de santé, n'est-ce pas? Lui lança-t-il décontracté.
- La police est-elle bien équipée pour mater toute tentative de désordre? demanda un autre un peu anxieux de l'avenir.
- Soyez tranquilles, Messieurs, nous déployons tous nos efforts pour arrêter les éléments étrangers, les perturbateurs.
- Ordre et sécurité! Rien d'autre ne devrait préoccuper les responsables, souhaite le Nonce Apostolique.
- En effet, confirma un député, c'est dans l'ordre et la sécurité que le pays prospère, que les commerçants s'enrichissent, que les hommes d'affaires et les banquiers excellent et envahissent la région. C'est dans ces seules conditions aussi que nous pourrons pourvoir des emplois aux gens.

D'un autre groupe, une voix se fit entendre.

- Mais dépouille-le, puisqu'il est tombé dans tes mains et qu'il est sous tes griffes.
- Tu sais bien qu'il va tout perdre dans cette affaire, lui dit son interlocuteur.
- C'est justement de cette manière que tu vas t'enrichir, tant pis pour lui!
- C'est l'essence même du libéralisme, du capitalisme effréné, ajoute un autre.

Le gros commerçant commença à transpirer, comme si c'était lui qui allait remplir son coffre-fort grâce à cette transaction.

- Laissons donc crever cet aventurier et ramassons ses dépouilles.

Parfois ces conversations s'entremêlaient. La richesse était le seul souci des jouisseurs: la richesse dans la sécurité, la richesse dans l'exploitation à outrance, la richesse de leurs féaux au détriment du peuple, cette majorité silencieuse et même à celui du gouvernement, car l'évasion fiscale était une de leur source d'opulence.

C'est ainsi que les Treumont, les Mailleux, les Hamon, les Bourdalou, les Martigny, les Tardieu, les Pisani et des centaines d'autres encore, en compagnie des commandants, de gros commerçants, des députés, des ministres et de certains évêques et archevêques passaient souvent d'agréables soirées dans les splendides hôtels qui accueillaient toutes les semaines les riches familles et organisaient des réunions au niveau très élevé.

Pendant cette inoubliable soirée, en quittant le brillant cocktail, le Ministre, dans un aparté, se confia, tout bas, à M. Louis Mailleux qui l'accompagna jusqu'à la sortie.

- Le cabinet des ministres va bientôt prendre des mesures restrictives sur les produits de luxe. Les impôts sur de différentes importations vont définitivement augmenter, lui murmura-t-il avec toute discrétion et précaution. Voilà une bonne information confidentielle. Vous plaît-elle?! Ne sommes-nous pas de bons amis? C'est vrai, n'est-ce pas?
- Ah! Oui absolument. Au revoir Monsieur le Ministre, je vous suis très obligé et je suis honoré de votre présence. En effet, lui dit-il reconnaissant, c'est très vrai, Monsieur le Ministre, ajouta-t-il très obséquieux.

Louis se confondit dans les remerciements, une fois le mot magique prononcé. Leurs mains alors se serrèrent chaleureusement puis le Ministre monta dans sa limousine et disparut sans se troubler de cette secrète complicité, de cette honteuse connivence.

Les parties et les bals se succédaient. Chaque apparition révélait de nouveaux costumes, de nouvelles modes, venus de Paris, de Londres, de Rome et de Milan. Les robes ne se ressemblaient point, les souliers étaient sophistiqués, les coiffures étonnaient les dames elles-mêmes à tel point que les revues»L'Hebdomadaire» «La Belle époque» «L'Aube» et certains quotidiens à grand tirage se demandaient d'une part quelles photos exhiber, quelles beautés choisir pour la première page et surtout pour la couverture de la revue à fin de satisfaire la curiosité des lecteurs avides de photos alléchantes et d'autre part (Il fallait après tout en limiter le nombre) comment, pour ne pas tomber dans la disgrâce, ménager aussi la sensibilité de toutes les femmes de la haute société dont le caquetage se réduisait à critiquer leurs rivales, à commenter sur telle robe, sur telle coupe ou telle coiffure et surtout jaser sur leurs photos dans les revues et les journaux de la ville.

Mme Pisani se saoulait de sa propre griserie. Pour combler sa joie elle allait maintenant, comme les dames de son milieu, se préparer pour son bal masqué annuel qu'elle donnerait dans sa résidence d'été à Mont-Sabine. (La légende voulait que la sœur des Curiace qui tombèrent vaincus sous l'épée romaine manipulée magistralement et impassiblement par son mari Horace, décidât de venger la chute d'Albe. Accompagnée de ses hommes, elle déserta la maison conjugale et traversa des mers et des pays. Mais le retour glorieux tardant à venir, elle mourut stoïquement et héroïquement sur la colline qui garda son nom.)

Ce jour-là, le jour du bal d'été suivant, la résidence des Pisani resplendit comme aux temps des grandes fêtes. Tous les lustres, les candélabres rayonnèrent de mille lumières. Les demoiselles, entourant Marcella et sa mère, accueillaient des invités fantasmagoriques. Le spectacle impressionnait. Les messieurs, les yeux à demi-cachés, s'étaient ingéniés à trouver des personnalités présentes dans la mémoire du temps: Auguste, Richelieu, Napoléon et Garibaldi; les uns ressemblaient aux sénateurs et aux généraux romains, les autres aux mousquetaires et aux pirates. Tous défilaient devant les regards amusés des dames, aux yeux malicieusement couverts, qui étaient habillées en Cléopâtre, à la Récamier, à la Cendrillon. Une dame s'était vêtue à l'Esméralda, une autre à la Pompadour. Nombreuses étaient des créatures venues du fond de l'Histoire: C'était la métempsychose, la réincarnation des gloires d'antan. Mais quelques jeunes filles, pleines d'espiègleries, étaient bizarrement habillées: On voyait des souris, des lapins, des chattes commencer à trottiner çà et là. Cette ménagerie élégante se faufilait lestement dans le salon, sur la véranda et dans les jardins coudoyant les hommes et les femmes illustres amusés à leur tour par cette vue inopinée.

Les violons vibrèrent annonçant la danse. Les couples se formèrent et se balancèrent au rythme de la musique tantôt animée tantôt romantique. Certaines danseuses dodelinèrent de la tête, le sourire sur les lèvres appétissantes et la joie dans le cœur. Le salon prolongé d'un espace libre donnant sur le jardin se remua allégrement sur les morceaux de Strauss, d'Offenbach et parfois sur la musique espagnole, en particulier le flamenco, et contemporaine. Ainsi la valse rivalisait-elle avec la danse moderne. Les robes à queue parfois métallisées glissaient doucement sur les dalles du salon et souvent les couples, enthousiastes, contre le sol, cognaient le plancher solidement des pieds au bruit des notes andalouses des guitares et des coups des tambourines. Quand la musique s'arrêtait les vagues des danseurs se retiraient remplacées par d'autres et s'abritaient au jardin, aux balcons ou dans les couloirs. Les couples qui s'étaient formés, parfois à tout hasard, se cantonnaient dans les coins les plus retirés de la villa Pisani estivale ou s'enfermaient dans des chambres prêtes à tous les ébats. D'aucuns conversaient allégrement et se livraient avec fébrilité à leurs petites joies. Là se liaient et se déliaient des amitiés et des amours suivant l'habileté des soupirants et la séduction des coquettes et des aguicheuses. Le bal dura, pour le bonheur des invités, jusqu'au petit matin; la fiesta terminée, la plupart emportèrent avec eux des brassées de promesses de rendez-vous et des lauriers de doux rêves.

CHAPITRE XIII

L'agitation estudiantine

Cet hiver s'annonçait très chaud. Toutes les manifestions, les multiples suspensions des cours n'eurent pas d'impact sur l'attitude négligente et négative des responsables. Si imposantes eussent été les protestations, si véridiques les slogans, les universitaires avaient échoué dans leur tentative de convaincre les membres du gouvernement de leurs requêtes et de leurs justes demandes. Ces derniers y avaient-ils du moins prêté attention? S'étaient-ils penchés sur les problèmes vitaux que connaissait le pays profond? Avaient-ils écouté les réclamations, les menaces et les cris proférés par les manifestants? D'ailleurs, les cocktails, les bals masqués et les banquets somptueux des richissimes ne cessaient d'aller bon train et les détournaient, joyeusement, de leurs responsabilités civiles et civiques. Personne n'était disposé à s'occuper des perturbateurs et des écervelés. Personne ne se souciait de considérer les aspirations de la génération montante, l'idéal prôné nourri de justice, d'égalité réelle, de progrès tangibles que devrait voir se réaliser toute personne et dont devrait jouir tout être humain sans considération d'ethnie, de religion ou de souche.

Joseph était plus que jamais décidé de continuer ses luttes aux côtés de ses amis pour émanciper la société et les responsables eux-mêmes des entraves, des préjugés et du fascisme écœurant. Le changement d'esprit, de gouvernance, d'éthique et surtout la justice furent son cheval de bataille. Les articles se succédaient, certains aux arguments percutants, d'autres plus profonds tendant à montrer les travers, l'égoïsme et les déficiences du gouvernement. Ses amis plus audacieux envoyaient leurs pages au quotidien «l'Ultra» dont les articles fracassants fustigeaient la carence et la complicité des députés et les ministres avec les gros bonnets du milieu exclusif des affaires. Il était pris par l'effervescence de l'Amicale, de ses bureaux où il devait assurer la permanence, établir l'agenda des réunions, entrer en contact avec d'autres Amicales pour tracer une politique commune en vue de créer une force solide face aux alliés de la caste gouvernementale et face aux familles régnantes.

Les réunions que les universitaires tenaient abordaient de différents sujets, suivis de longues discussions qui dégénéraient souvent en chahuts, vociférations et batailles: «La discrimination» Études universitaires et Situations du marché» Le rôle véritable de la religion», «L'équité sociale, sens et implications», «Politique et Régime».» Économie et Société» La diversité des sujets et l'acuité des problèmes stimulaient les esprits et la recherche intellectuelle. Le sujet bien débattu, étudié et mûri, Joseph et ses amis universitaires distribuaient des feuilles volantes et parfois des brochures sur les campus mêmes et dans les rues de la ville.

La mélomane admirait son condisciple, mais doutait de l'efficacité de ses activités. Ils n'arrivaient plus à se comprendre totalement. Quelque chose s'était passé dans l'âme de Marcella Pisani. Elle commença à se montrer même distante malgré l'estime qu'elle avait pour lui, mais le combattant l'aborda de nouveau et la conversation les mena à parler des problèmes de l'heure.

– Une étudiante des sciences observe, analyse et tire des principes et des lois appuyés sur le réel et l'expérience, lui dit le critique marchant à sa gauche.
– Mais les relations humaines y échappent. À supposer qu'on puisse canaliser certaines tendances ou redresser certains torts, peut-on améliorer la société du jour au lendemain? Méfie-toi, la force pourrait aussi bien se détruire. Garde-toi de l'effet de boomerang.

L'universitaire contrarié se cloua près de la porte de la bibliothèque.

- Sans révolte, sans révolution on ne peut rien réaliser, redresser, lui dit-il avec ardeur.
- La vraie révolution est en réalité une évolution lente et progressive, lui répondit-elle en se tournant vers son ami.
- Mais entre-temps, Marcella, que d'injustices! Que de frustrations! Que d'asservissement! Lui rétorque Joseph plein d'amertume.

Marcella s'approcha de lui et murmura, la tête baissée.

- Partout et toujours il y aura des innocents qui souffriront. Ne rêve pas d'un monde parfait, idéal. Tu ne le trouveras même pas au pays de Cocagne.
- Mais, mon âme, Marcella, ne peut s'accommoder de compromis louches, d'apathie.
- Tu ne réussiras jamais avec cette attitude agressive. La société alors te rejettera, lui répondit-elle, catégorique.
- Tu veux parler de celle qui jouit des privilèges? lui lança-t-il en regardant ses yeux immenses mais vides d'espoir. Tu me dis cela parce que tu en fais partie?

Marcella s'emmura dans le silence. Elle n'avait rien à y ajouter. Lui, il prétexta ses études et entra dans la bibliothèque en poussant la lourde porte de fer.

«L'Ultra», à l'affût de scandales, révéla une semaine après l'autre des actes ignobles. Le monopole du sucre et de certaines denrées, la contrebande des lingots d'or et la taxation excessive de certains produits et de breuvages alcooliques: whisky et autres. À la suite de l'arrestation du directeur du quotidien Arthur Joigny parce qu'il avait dans son éditorial décrié les ministres et dévoilé les irrégularités de certains responsables, la chiquenaude à la révolte fut donnée. Les étudiants de toutes les universités rouspétèrent et voulurent appuyer la cause de Monsieur Joigny et montrer la véracité de ce que «L'Ultra» avait révélé. La suspension des cours fut immédiate.

Après quelques harangueurs dynamiques, la voix de Joseph, écho de l'Amicale des Sciences Humaines, se répercuta dans le théâtre où plus de deux mille étudiants de toutes les universités étaient réunis:

«Le cabinet ne prend de résolutions que pour sauvegarder les intérêts de ceux qu'il protège. Le ministre du commerce, dans sa conférence de presse, a prétendu agir en faveur des pauvres et de la classe moyenne. Mensonge! Il a prétendu que l'impôt sur le whisky et sur certaines autres importations était de l'intérêt des ouvriers les éloignant entre autres de l'alcoolisme. Aberration! Louis Mailleux est le seul bénéficiaire d'un tel décret. C'est ce dernier qui monopolise les boissons alcooliques. Dieu sait si le ministre lui-même n'en tire quelque profit»!

Les applaudissements retentirent dans l'immense salle.

«Le second monopole est celui du sucre. Les Bourdalou ont pu dicter leur volonté à certains ministres. Promouvoir la production nationale ne veut pas dire arrêter toute importation uniquement durant six mois. Promouvoir l'industrie nationale–en l'occurrence celle du sucre–est ouvrir le champ libre à la compétition, non délivrer le brevet, la marque de fabrique, à un seul concessionnaire qui exploite le peuple en imposant un prix arbitraire.»

Les étudiants applaudissaient de plus en plus le discours prononcé par un des leurs. Ils voulaient qu'il ne tarît pas mais au contraire qu'il continuât à fustiger les voleurs des deniers publics, à attaquer l'esprit de caste qui envenimait l'esprit d'une juste économie et appauvrissait même la classe moyenne qui pliait déjà sous la constante cherté de vie.

«L'inconcevable ignominie, continua-t-il en revenant à la charge encore plus acerbe, l'horrible attitude, l'exécrable connivence résident dans l'affectation de Frédéric Hamon au rang des ministres d'état dans le but de le disculper aux yeux du peuple. Il aurait dû être plutôt limogé, jugé et emprisonné non pardonné et promu. La contrebande des lingots d'or à laquelle il était personnellement impliqué avec le diplomate d'un pays étranger est en elle-même une honte, que serait-ce donc le pardon? Ou même la promotion? Sinon une sorte de complicité évidente. Qu'un responsable dégénère en déloyal, cela arrive car personne n'est parfait, mais faut-il pour autant le maintenir à un poste-clé? Qu'un gros bonnet devienne un voleur, contrebandier, cela arrive aussi, mais ne faut-il pas le décrier et le traduire devant la Justice sans partialité comme agirait à l'égard de telles personnes un pays qui se respecte, un pays civilisé ou supposé comme tel? Mais la civilisation et la protection sociale à nos yeux, sont-elles corruption ou droiture? Exploitation ou justice, développement ou appauvrissement?

Quand aurons-nous une nouvelle république émancipée de fascisme, d'esprit de caste et de monopole?

- «Corrompus, voleurs, violeurs de conscience, crièrent à tue-tête les étudiants qui animés écoutaient le harangueur «
- «Il ne suffit pas de crier, ajouta ce dernier immédiatement. Il faut exiger la libération de M. Joigny et demander la chute du cabinet des ministres . . . . Restez pour le moment sur le campus de vos facultés et l'on vous donnera les instructions appropriées.»

Le harangueur descendit de l'estrade et les étudiants se dispersèrent. Ceux de la Faculté des Sciences Humaines, de la Faculté de Médecine, ceux de Droit et des Sciences Politiques devaient respectivement se réunir à midi au Boulevard St. Denis, St. Sébastien et au Boulevard de la Croix-Rouge. Ainsi les protestataires descendraient sur la chambre des députés sillonnant de différents points et se trouveraient Place L'Acadie avant la session parlementaire et siffleraient les responsables.

À une heure de l'après-midi, la mer humaine couvrait le campus des trois facultés puis les troupes estudiantines occupèrent les boulevards indiqués pour descendre sur le parlement. Des banderoles, des enseignes diverses par centaines flottaient déjà prêtes à submerger le centre-ville. De dynamiques étudiants, porteurs-de-voix élevés à la hauteur de la bouche, délivraient des messages et des ordres. Le moment de l'attaque arriva. Ces flottes houleuses, les banderoles et les slogans politiques hissés, s'avançaient, chacune de son côté, par vagues successives, poussant jusqu'aux cieux des cris menaçants. Les phrases scandées, proférées des bouches rondes et noires, roulaient, volaient et entraient d'une manière alarmante dans les oreilles des quelques responsables. Des fenêtres, des balcons, des terrasses et des toits, des gens étaient très animés à la vue de cette croisade estudiantine contre l'inconscience et la pourriture, l'impassibilité et l'irresponsabilité de la haute bourgeoisie et de la meute des hauts responsables. Les lignes de devant, précédées de haut-parleurs, s'approchaient de plus en plus du champ de bataille: Place l'Acadie, que devaient attaquer, de tout leur poids, les multiples flottes venues des différents points de la ville mais qui était gardée d'une part par la police, armée jusqu'aux dents: casque et visière de fer, bouclier à la main gauche et à la main droite un bâton au bout gonflé ou une matraque trop dangereuse et d'autre part, elle était protégée par l'armée, gardienne des députés et des ministres. Cette dernière qui était équipée de fusils et de bombes lacrymogènes avait l'ordre formel de harceler les manifestants dès qu'elle verrait un signe de violence. Les mêmes vagues commençaient déjà à se jeter dans l'arène. Les cris, amplifiés et redoublés par les porte-voix, éclataient dans l'air comme si le ciel lui-même avertissait les responsables de sa grande et incontrôlable colère. Les banderoles apparurent plus nombreuses: «À bas le gouvernement» «Des responsables voleurs», «Libérez la Vérité, assainissez la Justice», «À bas le monopole.» Frédéric en prison» «Joigny en liberté «Rentrez chez vous, corrompus et négligents! «.

Avec des cris, des chahuts, des poings intimidants, des yeux écarquillés, les manifestants, rassemblés par milliers, souhaitaient un changement radical, désiraient un souffle nouveau, aspiraient à une réorganisation saine des structures institutionnelles. «Honnêteté», «Équité», «Conscience» «Haute Éthique «criaient à pleins poumons les premières rangées à la face des députés qui passaient. Ces derniers s'entendirent vertement et fortement conspués et se sentirent en péril devant cette meute sauvage de protestataires.

Soudain, un brouillard couvre les lieux. Les étudiants des rangées avancées ne voient plus rien. Ils commencent à tousser. Des coups de fusil détonnent. La police fonce sur sa curée. À tour de bras, elle harcèle les manifestants, les perturbateurs de l'ordre et de la sécurité. Les mains couvrant la tête ou l'épaule, la bosse au front ou le sang coulant à flots, les yeux aveuglés et même brûlés par les bombes lacrymogènes, les étudiants battent en retraite. Les policiers, soutenus par l'armée, malmènent au hasard des victimes coincées. Les tirant par les cheveux, s'accrochant à leur col, les tenant par les mains et les pieds, ils les poussent dans des camionnettes pour les mieux corriger dans les tôles. La journée tragique prend fin dans la déroute totale. Les blessés se comptent par centaines. Quelques banderoles déchirées traînent encore Place L'Acadie et dans les rues adjacentes. La massive manifestation ne portera apparemment aucun fruit après la défaite cuisante et humiliante infligée aux «soi-disant «redresseurs des torts», selon «La Belle Epoque», «L'Aube» et «L'Hebdomadaire».

Deux semaines plus tard, Joseph revint à l'université, après sa courte expérience carcérale. Il était parmi ceux qui s'étaient vus fourrés dans les fourgons de correction et enfermés sans pitié dans les cellules sombres de la prison de la ville. La tête boursoufflée, le dos cruellement fouetté dans les ténèbres des cachots, il traînait ses pas sans que son moral fût, pour autant, affecté. Il reprit ses activités, écrivit des articles, participa aux réunions comme d'habitude. Pour son malheur, il rencontrait parfois les regards triomphants de Marcella qui se pavanait dans les couloirs de l'université.

Dans la cour universitaire, Joseph aperçut un mois plus tard Jean qui bavardait cette fois-ci avec une fascinante jeune fille, svelte, aux cheveux longs et dorés. Le Don Juan, après s'être gentiment excusé auprès de sa nouvelle conquête, voulut s'approcher de son ancien condisciple. Il l'accompagna donc jusqu'à la bibliothèque et la congédia avec douceur puis il dirigea ses pas vers son ami de couvent.

- C'est Chantal, lui murmura-t-il, furtivement. Elle fait sa première année de Droit.
- Mais pourquoi l'as-tu amenée ici? Lui demanda Joseph, perplexe. Pourquoi ne l'as-tu pas convaincue, comme tu en as l'habitude, de t'accompagner à l'une des garçonnières de la ville?
- D'abord, je lui ai fait avaler que j'étais étudiant en philosophie, répondit rapidement Jean; ensuite je n'ai pas voulu la brusquer. Je suis encore à ma deuxième étape de mes relations.
- Et, si, curieuse, elle s'en informait auprès du secrétariat? S'empressa-t-il à lui dire candidement.
- Je lui ai donné, petit bêta, un autre nom, répliqua d'un air triomphal: celui de mon cousin, le frère aîné de Mathieu, bien entendu. J'use toujours des noms différents dans des situations pareilles; et Bernard qui prépare sa maîtrise en Sciences Humaines, elle n'aura certainement pas la chance de le rencontrer, car, le pauvre, il ne fait que bûcher. Prisonnier de ses études, il s'enferme chez lui, c'est aussi un rat des bibliothèques: Préparer une thèse nécessite une réclusion complète; d'ailleurs j'apprends beaucoup de lui. Il me parle de tout ce qu'il sait et m'explique tout ce qu'il a étudié et approfondi. Il m'enrichit de philosophie, de politique et me parle des religions. Je suis tranquille de ce côté-là. Au cas où elle me posait des questions, je serais à même de satisfaire sa curiosité intellectuelle.

Les deux amis s'assirent sur un banc et s'engagèrent dans la conversation.

- Chantal est belle et riche, poursuivit-il, c'est elle qui dépense. Je l'ai rencontrée au «Théâtre contemporain» On y jouait une pièce d'avant-garde. C'était impressionnant. Depuis que je l'ai connue, on ne fait qu'assister aux pièces de théâtre, aux opéras italiens: Rigoletto, La Traviata, que j'ai beaucoup aimés. Je commence à raffoler des œuvres de Puccini: La Bohème, Tosca, Madame Butterfly, Turandot. Je la vis plusieurs fois pleurer à chaque aria; chaque note puccinienne entendue était une larme dans ses yeux car ce grand compositeur italien est inégalé et même inégalable et Chantal l'apprécie énormément et goûte fort ses œuvres. On dirait que c'est sa vie, elle s'y connaît à merveille, je l'admire, cher ami! La vie est tellement riche de frissons extatiques! On a bien appris à l'école que Descartes magnifiait, à juste titre, la raison et son fameux dicton: «Je pense donc je suis» est sur toutes les lèvres. Mais l'être humain n'est pas composé uniquement de raison et d'esprit. Il est aussi formé de corps, de cœur, de sens, de sensations, de sensibilité et de toutes les fibres de son être physique. À la pensée sublime de Descartes, il faut ajouter un autre dicton: «Je sens donc je suis.» Un mort, un cadavre, est dépourvu de sensations, de sentiments, de joie de vivre. À «l'homo sapiens» ajoutons «l'homo lūdens» au savant, au raisonnable, joignant aussi le ludique, le sensualiste. Ainsi l'être humain se complète-t-il en adoptant au quotidien cette double et enrichissante conception de vie.

Son ami eut l'impression que ce Don Juan invétéré avait enfin mordu à l'amorce de l'amour sincère.

- Est-ce que c'est sérieux alors? Lui demanda-t-il excité.
- Non! Comment veux-tu que ce soit sérieux, puisqu'elle ne me connaît pas encore bien, lui répondit-il; elle ne sait même pas mon véritable nom.
- Et elle? Attaqua-t-il brusquement
- Je crois qu'elle ne me dédaigne pas. Elle ne m'a jamais refusé de rendez-vous.

Jean était visiblement satisfait. Rien ne retenait sa fierté, sa joie, sa confiance en lui-même.

- Tu ne veux pas apparemment te lier à elle, remarqua Joseph
- Moi je vis dans l'instant (hic et nunc, ici et maintenant) et ne connais pas d'autre but dans la vie que de jouir du moment qui passe, lui répondit calmement le libertin.
- Mais n'as-tu pas peur de la perdre?

Le raisonneur voulait le mettre au pied du mur, parce qu'il croyait que l'amour pour Jean était tout dans la vie.

- Ça ne te dit rien de perdre une beauté, une personne pleine de sentiments et de sensibilités, une intellectuelle comme Chantal, insista-t-il.
- Qu'importe, si je la perds! lui répondit simplement son ami, il y en aura une autre à la croisée des chemins.
- Pourvu que tu ne t'engages pas, ironisa son interlocuteur énervé.
- Pourquoi être fidèle à une seule femme, à la patrie, à la religion même? Non! L'homme n'est pas né d'ailleurs monogame. Les divorces, ne te disent-ils rien donc? Non! Te souviens-tu des conversations que l'on a eues avec les jeunes de St. Bonaventure? Je ne m'asservirai pas à des promesses passées, présentes et même futures qui ne me correspondent pas.
- Tu n'aimes pas vivre la vie entière avec elle, si elle est douce, aimable, cultivée et riche. Ne crois-tu pas que c'est une situation idéale qui ne pourrait point se reproduire?

Jean, dérangé par le soleil, s'abrita à l'ombre. La fraîcheur d'un arbre détendit son visage. Il regarda attentivement son ami et lui dit avec conviction.

- Je veux goûter toujours des nouveautés. Ne te moque pas de moi. Je déteste la répétition, génératrice d'ennui et qui émousse tous les sentiments, tous les désirs
- Je vois! Le mariage est une prison, un engagement difficile à respecter. C'est pour cela que tu refuses de t'y soumettre. Il te faut de vastes espaces, une grande liberté.

- En effet, je ne m'engage pas, lui rétorqua, Jean. Je préfère jouer avec les possibles.

Joseph se leva, quitta le banc sur lequel il était assis et s'approcha de ce Casanova mordu.

- C'est évident, tu joues, mais d'une façon méphistophélique, avec les cœurs des jeunes filles, et Florence en était la première, n'est-ce pas? lui murmura-t-il tout bas.
- Oui! Que veux-tu c'est ainsi que je prends la vie. Chaque moment a sa saveur dont il faut profiter pleinement, lui répondit le lubrique.

Joseph était impressionné par ce que son ami lui disait. Tout à coup, une phrase lue en rhétorique lui traversa l'esprit «Vita celebrātio est!» La vie est un festival! Il sentit plus que jamais combien son interlocuteur s'attachait au monde, à ses apparats, à ses plaisirs les plus charnels.

Jean, après un court silence, coupa une mince tige feuillue de l'arbre contre lequel il s'appuyait, contempla sa couleur verte et se rassit sur le banc encore caressé par le soleil.

- Parce que la vie est une invitation à la mort, je veux célébrer avec fougue mes noces avec le monde. C'est une révolte contre la mort. Essaie de me comprendre! Tu vois cette tige, lui dit-il, méditatif, la tenant du bout des doigts, tu la vois, cher ami? Bientôt elle fanera et mourra faute de sève vitale. Les feuilles restent vertes tant qu'elles sont attachées à l'arbre vivifiant. Nous ne sommes pas différents d'elles. Comme la tige, comme les feuilles, nous sommes condamnés à nous métamorphoser en poussière, une fois détachés de notre sève, la vie.
- Si nous sommes des êtres à mort, répliqua-t-il, ne faut-il opter que pour ta solution?
- Le destin est écrasant. Il faut l'accepter tel qu'il est: Souffrir en silence s'il s'acharne sur nous et en jouir s'il apparaît sous un meilleur jour. Je me destine à tout puiser et m'en épuiser. C'est la qualité de vie que je cherche non sa quantité.
- N'es-tu pas capable de faire un saut? Lui demanda l'idéaliste d'une voix encourageante. Ton attitude distante vis-à-vis de

la société, ton dédain du peuple, ne peux-tu les changer, les bannir.

– Non! Joseph, Je ne veux pas prendre la vie au sérieux. Je ne veux pas me tracer une conduite stricte: chercher des engagements et m'y asservir. Non! Cher ami. Engagement pour moi c'est l'équivalent de la politique et la politique c'est l'un de mes derniers soucis. Je laisse ce champ libre à toi-même et à tes semblables.
– Sais-tu que tu la respires quotidiennement et que tu ne peux, en aucune façon, y échapper.

Jean voulut accaparer les derniers rayons du soleil en regardant le disque rouge disparaître lentement derrière les immeubles de la ville.

– Et, continua Joseph, ne mesures-tu pas toutes les erreurs, toute la déchéance morale des responsables et de notre clergé, même si tu dédaignes la politique et que tu t'enfermes dans ta tour d'ivoire, faite d'insouciance et de plaisirs?

Son interlocuteur se tut d'abord, baissa la tête puis dévisagea son ami et remarqua certaines cicatrices. Il lui dit alors sur un ton morose:

– Que faut-il espérer de ces luttes, de ces manifestations? À quoi faut-il donc aspirer, cher ami?
– Il faut sauver la valeur collective et sympathiser avec les opprimés. N'y a-t-il que la vie privée, ses petites joies, ses petites amours, les plaisirs dont tout individu jouit en quelque sorte. Il faut chercher la communion avec les malheureux, les sauver de leurs oppresseurs politiques et religieux à la fois. En un mot il faut se révolter en faveur des exploités pour réhabiliter leurs droits sacrés.
– J'ai le regret de te dire ceci: tu consacres ta vie à la justice, mais qui dit que tu réussiras? Qui dit que la révolution est le plus sûr moyen de l'établir?

Joseph se mit confortablement sur le banc qu'il avait tout à l'heure quitté et voulut prendre d'assaut cet ennemi irréductible.

- Soit, mais est-ce que tu acceptes qu'on soumette la valeur humaine à l'argent, la faire épuiser pour un prix dérisoire en vue de permettre aux archi-riches de s'engraisser?

Jean ne répondit pas.

- Tu ne maudis pas, lui dit-il, en continuant son attaque, les gens dévorés par la manie et la démangeaison du commerce, commerce de l'âme et des valeurs humaines?

Joseph ne reçut pas de réponse, mais il poursuivit son idée avec plus de conviction.

- L'essentiel n'est pas de réussir, Jean, mais d'essayer d'extirper ceux qui réduisent le pays à une terre d'exploitation et qui prônent le mercantilisme à outrance en sacrifiant jusqu'à l'âme et l'honneur de la patrie.
- Même si tu as raison sur certains points, je crois, malgré tout, lui répondit-il enfin, que l'œuvre que tu poursuis est fragile. Ta lutte n'a qu'un caractère dérisoire car elle débouchera sur rien
- Bien sûr, Jean, toi, tu ne recherches que le plaisir et ne t'engages jamais. Tu n'es pas capable d'avoir de l'espoir, l'espoir de tout changer, de tout innover; tu ne récolteras d'ailleurs que la solitude et, de toutes tes expériences, il ne te restera qu'un peu de joie mais beaucoup d'amertume.
- Toute révolte est stérile à mon avis, lui répondit Jean, qu'il y ait espoir ou non, ou alors toute attitude est en quelque sorte un défi. Même si je récolte la solitude, même si je meurs seul, je mourrai victorieux, moi aussi, mais à ma façon: à ma mort, j'aurai réalisé ma victoire sur tous les préjugés. Ma révolte est aussi bien morale, sociale que religieuse. Les pseudonymes dont je me sers sont une révolution permanente. J'échappe à toutes les prises, à tout engagement moral, social et politique, au même moment, j'échappe à la métaphysique.
- Comment donc? S'enquit Joseph curieux.
- En rejetant tout ce qui pourrait m'aliéner: coutume, lois et commandements, lui répondit ce païen débraillé. D'ailleurs j'essaie de voir les choses à ma manière. Dieu, par exemple, est

à mon avis ou imparfait ou inexistant, continua-t-il. Pourquoi alors lui obéir? Pourquoi être scrupuleux? Je me sens à l'aise de dire aussi bien imparfait qu'inexistant sans vraiment faire de concession à Pascal. Comment veux-tu que je lutte pour libérer l'homme du clergé, puisque je rejette tout ce qu'il prêche?

– Pourquoi prétends-tu que Dieu est imparfait ou inexistant? Questionna le curieux.

Jean, se prenant pour un dialecticien grâce aux longues leçons pourvues par son cousin, Bernard, son philosophe privé, commença à débiter comme un bon élève ce qu'il avait assimilé.

– Dieu est imparfait parce que, selon la religion officielle, il a créé l'homme à son image. Si l'on prend au mot l'Église, si l'on prend l'idée pour ce qu'elle signifie, ce que j'avance est parfaitement vrai. L'être façonné étant moulu d'imperfections aberrantes, son créateur est ipso facto imparfait. L'homme, et je penche plutôt vers cette vérité, est venu de notre mère la Nature sans aucune intervention divine et étant faible et mortel il a lui-même créé Dieu à son image, une image où il a projeté toutes ses aspirations, tout son idéal, tout son espoir de survie, toutes ses tendances les plus éthérées comme les plus vicieuses et délétères; il les a projetés dans des êtres divinisés. Ainsi Dieu représenterait, au superlatif, ce qui est bon, beau et fort en lui et Satan ce qui est laid, vicieux, faible et véreux. C'est pour cela que Dieu que nous adorons n'existe pas comme d'ailleurs son ennemi le Diable. Tous les livres prétendus saints pourraient bien être des mythologies comme celles des peuples anciens avec la différence, entre autres, que les nôtres condamnent la pluralité des dieux et optent pour un Dieu unique et à fin de tranquilliser l'homme, l'éloignent de lui par une distance infinie. D'autre part, le christianisme en spiritualisant, approfondissant et embellissant les visées matérialistes et existentialistes du peuple juif, contribua à l'expansion de sa mythologie, sinon cette dernière serait restée aujourd'hui plus ignorée encore que les anciennes religions reléguées dans les replis de l'Histoire. C'est donc le christianisme qui a donné une bouffée d'oxygène au Livre Saint juif et par conséquent il a insufflé la vie à la mythologie hébraïque moribonde.

En somme, La Bible, qui n'est en général que la compilation des contes du peuple d'Israël, regorge de fausses explications historiques. Nabuchodonosor, d'après elle, serait converti à la religion d'Abraham grâce au prophète Daniel qui a pu deviner et interpréter son songe. Aucun historien ne confirme cette conversion. L'histoire de songe n'est qu'une belle fable et ce genre de conversion n'est qu'un mythe. D'ailleurs, les auteurs de l'opéra «Nabucco» de Verdi sont tombés dans ce même panneau . . . . Qu'est-ce qu'un songe? Qui peut interpréter ces vapeurs émanées du cerveau humain? On sait que ce dernier passe par trois états: le conscient, l'inconscient et le subconscient. Quand on est conscient, éveillé, on est incessamment assailli de quantité innombrable de pensées, de pressentiments, de sentiments doux ou tristes, d'émotions agréables ou désagréables parfois surchargées; tout cela est dû aux échecs, aux réussites, aux joies, aux frustrations, aux chagrins, aux angoisses et aux désirs incontrôlables, refoulés ou irrépressibles, qui s'emmagasinent à leur tour automatiquement au fin fond du subconscient du sujet. Une fois que l'être humain s'endort et comme dormir c'est mourir un peu, le conscient cesse de fonctionner comme à l'éveil et le laisse passer à l'autre phase qui est l'inconscient, une sorte de mort momentanée du conscient, mais le physique de la personne endormie reste vivant et réagit en conséquence. Cette mort de courte durée du conscient provoque l'ouverture des écluses du subconscient qui déclenche ses vapeurs, imprégnées de sensations, d'émotions, d'angoisses ou de sentiments heureux emmagasinés durant les jours, les semaines et même les années passées, et les dévide en quantité diluvienne ou au compte-gouttes et les fait passer au cerveau d'une manière souvent illogique, incompréhensible, chaotique et parfois anachronique, sous une combinaison parfois fantasmagorique et surréaliste, causant de multiples réactions parfois joyeuses, parfois tristes et angoissantes qui souvent réveillent en sursaut le sujet endormi. Quand on serait un prophète, on ne pourra jamais interpréter des rêves logiquement et leur explication ne serait qu'aléatoire. Ces histoires de songes multiples dans la Bible ne sont que des outils littéraires pour raconter au lecteur crédule des balivernes inventées de toutes pièces. Mais on peut ici reconnaître la force du mensonge divulgué par un prétendu Livre Saint, la Bible. C'est, en bonne partie, une propagande sordide. Ailleurs le roi de Babylone se voit puni et transformé en un animal au visage humain; c'est une invention pure et simple de Daniel qui est l'un des premiers déformateurs des faits historiques et propagandistes juifs, car c'est une interprétation erronée du mythe du taureau ailé qui représentait, entre autres, les hautes vertus humaines et divines ainsi que la force physique animale. Ce taureau ailé était censé protéger surtout les demeures royales. Ailleurs, dans son délire, le prophète compare Babylone à une bête, plus exactement à un lion avec des ailes d'aigle, dressé sur ses pattes comme un être au cœur humain. (N'est-ce pas là aussi l'image du taureau ailé?) Ailleurs dans la Bible, l'auteur de la Genèse a prétendu que la tour de Babel était une entreprise d'un orgueil insensé à l'égard de Yahvé et que la construction de la fameuse Ziggourat fut arrêtée faute de communications entre les constructeurs, leurs langages ayant été confus et incompréhensibles. C'est une histoire fabriquée par les Juifs, peuple falsificateur des vérités historiques, habitude qu'ils gardent toujours. En réalité, le substantif «Babel» est composé de deux mots: Bab et El, qui signifient en langue sémite: la porte du ou de dieu, d'ailleurs ce suffixe «El» est utilisé dans plusieurs noms que les Juifs eux-mêmes emploient comme dans «Gabriel» qui signifie «Force de Dieu» «Michel «qui signifie «pareil à Dieu» et aussi «Emmanuel» qui signifie «Dieu avec nous» et d'autres encore . . . , Samuel, Raphaël, Israël etc. . . . . Pourquoi le nom de «Babel» serait-il différent? Il ne l'est pas, c'est l'auteur de cette histoire qui l'est mais au mauvais sens du terme. Voilà ce qui s'appelle un esprit tordu et une âme corrompue. Le Yahviste, pour se disculper, pour enjoliver son crime, a opté plutôt pour la forme verbale qui émanerait de «bll» signifiant: confondre; de là viendrait la confusion des ouvriers constructeurs de la Ziggourat et causerait l'arrêt de son érection et de là aussi seraient nées toutes les langues du monde. Quelle imagination fertile, il faut l'avouer, mais quelle puérilité! Quelle déviation! Et quelle méchanceté aussi! Ce dernier emploi arrangeait les mauvaises intentions des Juifs et nourrissait bien leur haine viscérale à l'égard de leurs ennemis de l'époque. Cet événement ne s'appuie sur aucune valeur historique. La vérité est que le peuple d'Israël, maintes fois battu par les conquérants voisins en l'occurrence, les Assyriens et les Babyloniens, fut conduit comme esclave dans les villes mésopotamiennes. N'ayant eu la force militaire ni le courage humain de vaincre les rois d'Assyrie, de Babylone et d'autres nations, il se mit à tisser de toutes pièces de telles aberrations. Le Yahviste est allé jusqu'à déformer sa propre langue, la prostituer en quelque sorte, trahir ses connaissances linguistiques, rien que pour déblatérer contre ses puissants ennemis d'alors. La seule arme qui lui restait était la dérision, habitude que ce peuple garde jusqu'à nos jours. Les mythes de ce genre sont légion dans la Bible qui contient beaucoup de légendes primitives et puériles souvent plagiées des anciennes cultures sumériennes et akkadiennes.et de celles de l'époque de sa composition (Le déluge, l'histoire de Noé ou autres . . . .) Par ailleurs certains écrivains ont soutenu que les «Proverbes «n'étaient pas l'œuvre de Salomon mais des Thérapeutes alexandrins nourris de platonisme. Voilà le vrai de ces histoires mais le faux, étayé malheureusement par l'impact des livres prétendus saints, l'emporte toujours. Pour moi, en somme, la Bible, d'une part, n'est au mieux qu'une anthologie de textes souvent hautement respectables, poétiques et spirituels enrichis des expériences personnelles ou inspirés des anciennes mythologies (l'histoire de Gilgamesh, roi légendaire d'Ourouk, entre autres) et d'autre part, comme œuvre littéraire, elle est investie aussi de rancune, de colère, de sexualité, d'inceste et d'imprécations cruelles. Pour toutes ces raisons et d'autres encore, je dis et insiste que les religions sont une création humaine. Car la pensée humaine est créatrice de légendes et de mondes invisibles. Songe à toutes les fables, aux histoires fictives et aux rêves qui y sont racontés. La religion est une création purement humaine. **Dieu donc n'a pas créé l'homme à son image mais c'est l'homme qui l'a créé à la sienne**.

Pour ce qui concerne le monothéisme donc, ***si presque tout le monde sait que*** le judaïsme a été inventé par les nomades sémites avides d'occuper les terres d'autrui, au nom de leur Yahvé, habitude qu'ils gardent jusqu'à nos jours, pour assurer leur survie;–(d'ailleurs soit dit en passant, Abraham, le père des Juifs, n'était pas monothéiste mais polythéiste; lui et ses descendants, originaires d'Ur s'adressaient à plusieurs dieux comme leurs ancêtres–Élohim–(ce n'est pas un pluriel de Majesté) adoraient donc les dieux de la Mésopotamie, terre de leurs ancêtres. Ce n'est qu'après que le nom de Yahvé a fait son apparition surtout avec Moïse. Le nom exact est «Jéhovah», qui vient, selon les experts, des trois temps du verbe «être «hébraïque: futur, présent et passé, unis par une belle combinaison». Le «Jé,» est un préfixe qui, quand il est attaché au radical d'un verbe, indique le temps futur, dans ce cas: il sera. «Hovah» est le temps présent: étant ou il est, et «Havah», le temps passé: il fut. «Jéhovah «représente donc l'Éternité. Dieu n'est donc qu'une idée éternelle, ce n'est pas une personne en chair et en os. Point final! Par ailleurs, s'agit-il de ce verbe-là même (Jéhovah) quand l'Église affirme, grâce à l'intelligence des philosophes grecs d'Alexandrie, que» le Verbe (le Logos), s'est fait chair», dans la personne de Jésus? Peut-être!);

et si presque tout le monde sait aussi que le mahométanisme a été créé par un prophète arabe plein de piété religieuse, croyant fervent en Dieu, un observateur avisé et pragmatique, un chef militaire, un homme d'état très doué, le plus grand de son temps et de son milieu, saisi d'inspiration extraordinaire, au souffle hautement spirituel et poétique ce qui fait que le Coran est d'une part, heureusement, un recueil de poèmes en prose, animés d'incantation ensorcelante et captivante, mais malheureusement, il renferme, aussi, d'autre part, des connaissances scientifiques, géographiques et historiques limitées et même erronées (Allah, l'Omniscient selon le Coran, pouvait-il égarer, tromper, fourvoyer Son fidèle Messager?): En vérité, le Prophète et ceux qui ont rédigé ce Livre Saint ne pouvaient pas, a priori, tout savoir car certaines connaissances scientifiques d'alors n'étaient pas encore très développées. Ce n'est pas donc de leur faute:

Les rédacteurs du Coran croyaient, par exemple, que la lune et le soleil tournaient autour de la terre, qu'ils se déplaçaient, voguaient, naviguaient dans la sphère céleste, assujettis par Allah à une course déterminée et avaient subi l'ordre de se mouvoir pour une durée prescrite, et ailleurs ils disent le contraire, que le soleil vogue vers un lieu fixe qui lui est propre et que Dieu a fixé dans les cieux une lampe et une lune qui illumine. (Tournent-ils ou ont-ils un lieu fixe? ou les deux à la fois?) . . . Or, a posteriori, les sciences nous ont appris, avec certitude, bien après eux, que ce sont la terre et la lune qui tournent autour du soleil et il n'y a pas d'autres alternatives . . . . Les rédacteurs du Coran croyaient aussi que la terre était étendue, plate et aplanie or les sciences nous ont appris avec exactitude, preuves à l'appui, bien après eux, que la terre est ronde (l'on dit bien le globe terrestre, que je sache.) Quand le Coran affirme que Dieu a créé sept cieux et sept terres, ou les cieux et la terre et tout ce qui trouve entre eux, pense-t-il à la création de l'univers qui comprend, au moins, des millions d'étoiles et de planètes? D'autre part, la création de l'homme est-elle due à la poussière, à l'eau, à la glaise argileuse ou à une goutte de sperme? La confusion désoriente le fidèle intelligent. Dieu, qui, selon le Coran, sait tout, ne sait pas alors grand-chose, car ses rédacteurs, sans aucun doute, parlent plutôt en poètes inspirés qu'en savants qualifiés.

Par ailleurs, Le Livre Saint est semé aussi çà et là de contradictions, parce que chaque chapitre est une conversation ou un dialogue à bâtons rompus qui répète les mêmes pensées disant parfois tout et son contraire: Le vin, par exemple est tantôt source de bienfaits, tantôt source de souillures et le désir de sa consommation est celui du Satan, le pire ennemi de l'homme et de Dieu. Dans d'autres versets, le vin est, au contraire, une boisson enivrante et un grand bien; au paradis l'on rencontre des fleuves de vin exquis et on s'abreuve d'un vin rare, scellé.

Quand, ailleurs, le Coran s'adresse aux Chrétiens et aux Juifs, (gens du Livre) souvent il les loue, les encense et fait pacte d'alliance surtout avec les derniers, mais parfois aussi il les fustige, les maudit et les condamne à la Géhenne, pour leurs erreurs. Le Coran reconnaît qu'Abraham, Isaac, Jacob . . . . Moïse et Jésus sont des Prophètes. Il admet aussi que chaque communauté a son Prophète. Il avoue aussi que la conversion à l'Islam ne peut être imposée et contraignante, pourquoi alors Le Livre Saint exprime-il aussi à l'égard des Chrétiens et des Juifs une haine implacable et une condamnation jurée qui va souvent jusqu'au combat et à la tuerie? D'autre part, à qui incombe la punition des infidèles et des mécréants aux hommes ou à Allah? À ce dernier n'appartient-il pas l'issue finale, selon le Coran? Qui est le meilleur Juge, d'Allah ou de l'homme musulman? Allah n'est-il pas le meilleur parmi les juges? Le Coran se trompe-t-il, ici? Pourquoi alors l'homme d'une foi condamne-t-il l'homme d'une autre foi à la Géhenne en le jugeant avant Dieu, le premier et le dernier Juge, le Clément, le Miséricordieux?

La réponse à ces questions n'est pas toujours facile car la confusion est maîtresse dans Le Livre Saint, la cohérence, indubitablement, y manque. Comment trouver la consistance de cette inconsistance? Et ses lecteurs, qui ne réfléchissent pas ou qui ne veulent ou ne peuvent pas réfléchir, choisissent malheureusement ce qui leur plaît selon les circonstances et selon leurs humeurs. D'autres contradictions, hélas, s'y succèdent. Le Livre Saint est-il donc donné à Son Serviteur sans défaut? Allah n'est-il pas supposé orienter le Prophète, Son Messager, non le désorienter et par conséquent aussi ses fidèles? Le Coran provient-il de Dieu ou d'un autre qu'Allah? Un Dieu qui se respecte ne peut mal informer ses Soumis, n'est-ce pas? En somme, malgré ses nombreux versets spirituels, valeureux et très respectés, le Coran se condamne parfois lui-même par les multiples contradictions qui viennent du Satan et aussi par son manque d'exactitude scientifique. En somme, quoique relative, la spiritualité, non le raisonnement logique, est l'apanage du Coran.

Parfois aussi, cher ami, ce dernier contient des versets qui ont des accents sévères, voire cruels. En outre il prive l'être humain de sa plus grande richesse, de sa qualité de première importance, de sa vertu sacrée, inestimable: **le libre arbitre**. La relation du musulman avec son Dieu est à l'image de celle du Maître et du soumis, du Patron et de l'esclave. D'autre part, le Coran, influencé fortement par le Judaïsme, est émaillé d'histoires, de mœurs bibliques et aussi de valeurs tribales de l'Arabie ancienne. Ces deux religions ont beaucoup de points communs qui les distinguent du Christianisme. À cause donc des lois anciennes et momifiées par les décrets supposés divins et par les coutumes ancestrales, on y trouve parfois des valeurs pétrifiées, statiques non dynamiques, par exemple: la condition de la femme, la flagellation, la distribution des biens (l'héritage) entre filles et garçons, la valeur des témoignages de ces derniers, l'abus irraisonnable et irresponsable de la polygamie, très souvent, hélas, berceau de pauvreté et d'ignorance endémiques, la manière dont on prie dans la Mosquée, l'appel à la prière, la prière à haute voix, qui est, selon un verset coranique, contraire au goût et au souhait du Prophète même, le nombre de fois de prier quotidiennement, le délai de temps accordé par la religion musulmane à l'inhumation de la dépouille mortelle, etc. . . . etc. . . . . Ces conceptions et ces habitudes subiront-elles un jour un changement drastique?

Par ailleurs, la laïcité et la laïcisation n'y sont même pas mentionnées. Le pouvoir spirituel et le pouvoir politique ne font qu'un, ce qui crée une situation très dangereuse pour d'autres confessions et l'Histoire ancienne et contemporaine en est tristement témoin. Puis la foi prime la raison. En général, l'homme musulman est intimidé non seulement par son Dieu mais aussi par son Prophète et par ses impérieux religieux et n'a le courage ni le droit de discuter sérieusement avec eux, de les affronter et de les défier, de les rejeter, si c'est nécessaire, à l'inverse du chrétien moderne. Le Soumis (Al Muslim) en est, en revanche, terrifié. Il ne sait pas ce que c'est la rébellion. Peut-être, un nombre très infime d'intellectuels était ou est capable d'élever la voix contre Allah ou contre le Coran, autrement c'est une soumission aveugle et totale; je me demande parfois de quel œil le véritable intellectuel musulman laïc moderne voit son Livre Saint, quel regard il y porte. Je ne parviens pas à le comprendre. C'est un mystère déroutant pour moi. C'est désolant; d'où il s'ensuit que l'homme mahométan continue à vivre souvent dans l'obscurantisme et à pratiquer parfois des habitudes préIslamiques et dans une peur perpétuelle de léser son Allah, son Prophète, ses Mollahs et ses Oulémas et tremble de tous ses membres à l'idée de se voir condamné à la Géhenne, à la punition éternelle. Car certains versets sont terribles contre le récalcitrant et des chaînes dures cadenassent sa raison pure; du coup, il se voit éloigné, hélas, du monde intellectuel libre, en laissant les religieux, dans presque tous les domaines, le mener par le bout du nez: leur arme cruelle et efficace étant l'excommunication et l'anathème, suivis de condamnation à la mort certaine, comme chez les Chrétiens du Moyen-âge. Heureusement, ces derniers s'en sont libérés après plusieurs siècles d'esclavage et d'obscurantisme. Les Musulmans, à leur tour, auront-ils jamais leur Renaissance ou continueront-ils de vivre dans l'esprit de l'époque médiévale et de l'ignorance? Seront-ils jamais capables de secouer le poids écrasant du pouvoir religieux qui pèse sur leur libre pensée ou continueront-ils de se soumettre indéfiniment aux pressions des certaines règles strictes de leur religion? Pour se débarrasser de cette inconfortable situation, à la vérité, il faut de vrais titans intellectuels ou politiques, comme Atatürk. Pour le moment, tant que l'emprise, que les religieux, fidèles à l'enseignement du Coran, exercent sur la pensée musulmane, est extrêmement forte, incontestée et invaincue, je doute que cet heureux événement puisse se réaliser! Quel regret d'en arriver là! C'est vrai que c'est regrettable et c'est regrettable que ce soit vrai. L'invincibilité des religieux sera-t-elle limitée dans le temps ou restera-t-elle permanente? La tâche de résoudre ce dilemme incombe, sans conteste, aux femmes et aux hommes intellectuels musulmans laïcs eux-mêmes. Seront-ils audacieux ou pusillanimes? Je voudrais être, malgré tout, très optimiste;

en revanche, cher ami, très peu de gens sont au courant que ce sont les philosophes grecs d'Alexandrie qui, inspirés aussi d'un délire poétique, ont inventé le Christianisme, dans un mouvement de révolte, pour déstabiliser l'empire romain qui imposa son hégémonie militaire et politique sur le monde hellénistique des Lagides et des Séleucides, après plusieurs défaites essuyées par ces derniers, surtout après celle d'Antoine et de Cléopâtre à la bataille d'Actium.–

(D'ailleurs, soit dit en passant, deux batailles très marquantes, parmi tant d'autres, ont façonné le Monde Occidental et ont décidé de son destin religieux, paradoxalement la première par la défaite du monde hellénistique et la seconde par la victoire des européens: **la bataille d'Actium** et bien plus tard, **celle de Poitiers** dont le héros, Charles Martel, martela sans merci les envahisseurs Arabes en brisant ainsi la terrible offensive musulmane en Occident. Ce dernier est devenu ce qu'il est aujourd'hui; mais son lointain futur demeure incertain. Comment le Monde Occidental va-t-il sauvegarder son style de vie et sa foi? La réponse à cette question pourrait être délicate et même très périlleuse et avoir peut-être des conséquences dévastatrices. La démocratie moderne du Monde Occidental serait-elle le vecteur de sa propre destruction? Car le Coran et les autres livres saints musulmans qui ne prônent aucunement la séparation de la religion et de l'état, incarnent donc et représentent non seulement la parole d'Allah mais aussi la constitution civile qui gère, parfois avec rigueur, la vie de la société mahométane au quotidien; songe au Tiers-Monde musulman: au Pakistan, à l'Afghanistan etc. . . . et au Moyen-Orient, aux pays du Golfe en général et en particulier, à l'Arabie Saoudite, société ultraconservatrice par excellence. Cette menace devrait inciter le Monde Occidental à envisager d'une manière sérieuse ce problème dangereux et imminent sous peine d'altérer profondément sa culture, ses mœurs et son style de vie, sinon un autre génocide serait probable avant la fin du XXIème siècle ou pire encore l'Islamisation inévitable de l'Europe, à commencer par la France. Alors, pour cette même raison, ce Monde Chrétien devra s'armer d'une volonté farouche pour annihiler d'un côté, toute tentative de domination Islamiste émanant de son sein et d'un autre, pour empêcher tout pays musulman désireux de le noyer par sa forte population, sous n'importe quel prétexte, et de réaliser son objectif d'Islamisation, autrement ce sera son suicide inéluctable.

L'Islam fondamentaliste comme un animal destructeur rognera alors les nations européennes, l'une après l'autre, pour en déchiqueter les citoyens à l'esprit souvent subtil, les dévorer, les avaler, les digérer puis les renvoyer et les disperser dans une nouvelle société étrange et rétrograde en les métamorphosant en des habitants, indignement soumis, à la cervelle presque toujours pétrifiée. La triste situation de l'Ile chypriote est une éclatante illustration de ce désir impérieux et impérialiste des pays mahométans fanatiques. L'Islam modéré évoluera, avec le temps, facilement en Islam pur et dur. La Constantinople d'hier n'est-elle pas devenue aujourd'hui Istanbul à cause de cette religion? Que deviendra donc Paris dans un siècle, et comment s'appellera-t-elle? Comme sa sœur aînée d'Orient, aura-t-elle un nom exotique? Deviendra-t-elle un jour «Dar El-Adwa'a, (ville de lumières) Dar El-Fakih (ville du Savant), Dar El-Mehdi (ville du Guide) ou Dieu sait quoi? La Constantinople Islamisée et la Chypre amputée ne devront-elles pas servir de sonnette d'alarme qui secouerait et réveillerait ces nations européennes de leur léthargie? S'éveilleront-elles pour prendre la ferme décision de couper court aux visées expansionnistes dangereuses Islamistes? Le futur du monde s'annonce morne, l'avenir de l'Europe se présente plutôt mal car le passé est lourd d'atrocités commises par les extrémistes musulmans en général et les Turcs en particulier, qui ont perpétré, au début du XXème siècle, un génocide, des crimes contre l'humanité, toujours déniés, qui ont coûté la vie à plus de deux millions chrétiens, toutes communautés confondues, et plus tard les Musulmans d'Iraq ont massacré, avec une joie morbide et sans vergogne, plus d'un million de chrétiens, en ont chassé autant et en ont forcé d'autres, contrairement à ce que leur enseigne le Coran, à se convertir à l'Islam. Cette politique d'extermination et d'épuration religieuse et raciale continue aujourd'hui et continuera toujours si les fondamentalistes musulmans ne sont pas neutralisés sévèrement d'une manière ou d'une autre)–.

Revenons à nos moutons, Joseph, et pardonne-moi pour ces divagations et pour cette digression. Revenons donc à notre histoire. Par conséquent, cher ami, pour se venger des Romains et réaliser leur rêve, celui de la destruction de l'empire romain (Delendum Imperium Romanum, c'était leur mot d'ordre), et comme les idées mènent le monde, les perspicaces philosophes grecs d'Alexandrie inventèrent donc une nouvelle religion qu'ils appelèrent,» Euaggelion «qui signifie:» bonne nouvelle», que nous connaissons sous le nom d'«Évangile», qui fut écrit dans sa presque totalité, en Grec et par des Grecs ainsi que les Épîtres. Le mot «Christ» aussi provient du mot grec «khristos» qui signifie «oint», que les langues sémitiques ont traduit littéralement. La religion chrétienne naquit donc de la politique. Alors, ces philosophes s'inspirèrent de leur propre mythologie et s'étant familiarisés avec les religions indiennes, perses, égyptiennes d'une part et connaissant, d'autre part, à la perfection, la Bible et son peuple, empruntèrent comme toile de fond l'histoire des Hébreux aux aspirations messianiques; Le Christianisme se révèle ainsi comme une mythologie grecque moderne imbibée aussi des philosophies des pays de l'Est (Inde, Perse et Egypte). Il faut mentionner ici que cette même invention, par un effet de boomerang, a causé, plus tard, des conséquences terribles à la civilisation grecque mourante, en lui faisant perdre des trésors immenses et les Nazaréens ont brisé sans merci, une innombrable quantité des statues d'or et d'argent. De la religion, quelle qu'elle soit, naît souvent la barbarie aussi.

Le Christianisme, par conséquent, a supplanté l'hellénisme en voie de disparition. Jésus est donc plutôt Grec que Juif, autrement dit, la pensée fondamentale du Christ est grecque et la forme historique juive, l'esprit est de source hellénistique mais le décor hébraïque, (en somme, Dieu serait à l'image de Zeus, le père–*(qui, d'ailleurs, avant l'avènement du Christ, dans la culture romaine, est devenu «***Jupiter***» nom formé ingénieusement de «Jove» (Zeus latinisé) et» Pater» père. Le christianisme est davantage dans la lignée de la civilisation gréco-romaine que juive. Un des plusieurs vestiges de la culture romaine est le 25 décembre (Noël) qui était une fête païenne*)–Jésus à celle d'Héraclès, le fils, et Marie à celle d'Alcmène, la mère, mais le rôle de cette dernière est plus fade, plus insignifiant que celui de la Mère de Jésus; d'autre part, l'image de Marie, elle-même, est enrichie par celle d'autres héroïnes ou déesses des civilisations et des religions anciennes de l'Orient. Héraclès et Jésus sont donc nés de la même manière, par l'intervention divine (Zeus d'un côté et le Saint-Esprit de l'autre, accouplement physique pour le premier et spirituel pour le second). Enfants prodiges et Êtres héroïques, ils ont vécu dans la souffrance et sont morts, le premier pour un crime qu'il a, lui-même, perpétré, le second pour les péchés que l'humanité a commis, et sont ressuscités dans la gloire, sauvés par Zeus, père des dieux et des déesses et Dieu le Père en les rejoignant dans leur royaume respectif. Jésus est donc un héros mi-divin, mi-humain à l'instar de son prédécesseur grec, Héraclès;–

(Histoire que les rédacteurs du Coran ignoraient complètement, étant un peu coupés du monde hellénistique ou qu'ils connaissaient superficiellement, d'où leur indignation qui causa leur colère à l'égard des Chrétiens pour qui Jésus est Fils de Dieu comme, pour les Grecs, Héraclès est fils de Zeus. Cette association de Jésus avec Allah, pour les Musulmans, est un blasphème impardonnable, de là perdure leur animosité pour eux. Ils les traitent donc, injustement, d'infidèles et d'incrédules, car Dieu étant unique, comme ils y insistent, ne peut avoir d'associés, donc de Fils. Ce côté de l'Histoire des civilisations échappait, malheureusement, aux rédacteurs du Coran)–

Par ailleurs, comme ce sont des personnages mythiques, on doit douter de leur existence physique: Héraclès et Jésus ont-ils réellement vécu ou alors ils sont nés, morts et ressuscités uniquement, comme dans un conte de fées, dans et grâce à l'imagination de leurs créateurs humains? Que dire aussi des douze disciples de Jésus? Si ce dernier n'a vraiment pas existé, les disciples ne seraient-ils pas aussi à l'image de leur Maître? Et dans le même ordre d'idées, la Mère de Jésus, ne partagerait-elle pas aussi le même sort? Ne pourrait-on pas dire, inversement, tel Fils telle Mère? L'assomption de cette dernière n'est-ce pas un subtil subterfuge imaginé par l'Église pour décourager les savants et les archéologues de toutes tentatives de chercher à identifier le corps de la Sainte Vierge? Pourquoi, au reste, prête-elle au père, quoiqu'il fût un idéal parâtre, très peu d'importance? Le saint suaire, de son côté, n'est-ce pas une pure supercherie fabriquée au Moyen-âge quand l'obscurantisme chrétien était à son paroxysme? La réponse à toutes ces questions est claire. Mais, comme sait, personne ne doute du pouvoir spirituel de toute croyance religieuse qui prend souvent des proportions surnaturelles. C'est une réalité indéniable.

(J'entrevois ici, entre guillemets, l'histoire de l'un des plus grands écrivains du monde» W. Shakespeare» l'excellent dramaturge dont j'ai lu récemment«Hamlet», l'un de ses plus grands chefs-d'œuvre. L'homme qui est né à Stratford-on-Avon est-il vraiment l'auteur de cette immense et impressionnante œuvre qu'il a laissée au monde? Les experts anglais et autres en doutent mais le mythe persiste et personne n'ose, pour plusieurs raisons, le changer. Pour ce qui concerne Jésus, est-il né à Bethlehem ou à Nazareth ou nulle part? Quand est-il né, (plusieurs dates de naissance sont suggérées) où a-t-il été exactement enterré? Personne ne le sait non plus. Même Denys le Petit, l'écrivain ecclésiastique n'a pas été capable, pour des raisons bien évidentes, de fixer précisément la date de sa naissance. Le mystère reste. Le mythe continue. L'Église ni les autorités civiles d'Israël ne voudraient l'éclaircir et y rien changer. C'est de l'intérêt de personne d'en parler et de dire la vérité là-dessus: car toute vérité n'est pas bonne à dire, comme on le sait, pour des raisons religieuses, économiques, politiques etc. . . . . Car la perte causée en sera énorme. En somme, l'art imite la réalité, rivalise avec elle et même la dépasse.)

Ergo donc, les Dieux des monothéistes ne se ressemblent pas. Ils s'opposent non seulement sur le plan métaphysique (d'ailleurs qui dit métaphysique dit pures élucubrations), mais aussi sur celui des pratiques sociales et religieuses (le baptême au lieu de la circoncision) et quelquefois sur le plan moral, (d'un côté, l'amour d'autrui, du prochain, vertu pythagoricienne et de l'autre, la loi du talion, mœurs tribales du Moyen-Orient) ils s'opposent donc venant des milieux très différents: La Mésopotamie riche de cultures anciennes, la Civilisation grecque et l'Arabie désertique, ce qui perpétue leur interminable et féroce querelle qui cause tous les maux et toutes les guerres du monde.

Méfie-toi, mon ami, des fanatiques de toutes ces trois religions: Ils incarnent le véritable axe du grand Mal, car la droite qui représente les extrémistes criminels est toujours néfaste et porteuse de malheurs, de calamités et de génocides. L'histoire ancienne et moderne des religions a les mains sales car elle est jalonnée d'atrocités indescriptibles. Toutes les nations en ont souffert et elles y ont, toutes, à tour de rôle, participé. C'est de la pure folie. Quel Dieu sensé approuverait-il une telle sauvagerie, un tel holocauste? La foi divinement religieuse émane sûrement des profondeurs de l'enfer démoniaque quand la guerre sainte est déclarée. C'est pourquoi, parler de tolérance, d'où que cela vienne, n'est qu'une imposture, une impudence, une indécence et une hypocrisie exécrables et intolérables. Chacune de ces religions a commis, commet encore et commettra toujours des cruautés impardonnables. C'est un engrenage vicieux éternel et dire que cela est inspiré de Yahvé, de Dieu et d'Allah, Le Clément, Le Miséricordieux! Figure-toi, Joseph! Quelle aberration!

– Quelle diatribe générale, quel réquisitoire contre tous les religieux! Tu cribles les religions de critiques acerbes, mordantes et parfois injustes! Cela m'étonne, Jean. Ton cousin Bernard noie ton esprit dans un déluge d'informations. Et, c'est pour ces raisons-là que tu ne fais pas de concessions?

Jean se concentra un moment et dit à l'universitaire impressionné.

– Pascal m'a tenté parfois, car son raisonnement est par lui-même presque irréfutable, oui, mais . . . .

- Pourquoi donc le rejettes-tu? lui demanda son ami en l'interrompant.
- Irréfutable, oui, mais une logique basée sur l'erreur. Comme Dieu, ainsi que l'affirment les théologiens, ne peut être saisi par la pensée, le raisonnement de Pascal, fruit de cette pensée même, et sur lequel s'appuie son pari, ne peut être qualifié de le défendre. Je n'ai pas pu m'accommoder de ce jeu d'esprit. D'autre part la personne qui, séduite par ce raisonnement subtil, accepterait ce pari ne serait en fait qu'une croyante égoïste et feinte. En se l'appropriant, elle pense plutôt à son propre salut qu'à la croyance en Dieu. Le disciple de Pascal ne cherche donc qu'à se sauver des souffrances éternelles. La peur, seul mobile de sa foi, le force à croire à l'existence du Créateur. Ce n'est pas un acte altruiste ou désintéressé.
- En tout cas, lui répondit son interlocuteur, je crois qu'il faut d'abord sauver l'humain avant de se hasarder dans l'aventure métaphysique et partant il faut être homme au plein sens du mot avant d'être rabbin, prêtre, pasteur ou mollah aux élucubrations métaphysiques contradictoires, sources de tous nos maux.
- Si la religion, lui dit triomphalement Jean, monnaie le salut divin, la révolution elle, sur laquelle tu comptes, a pour fonction de monnayer le salut humain.
- C'est peut-être vrai, et dans le même ordre d'idées, le dilettantisme, à son tour, monnaie les paradis artificiels, lui rétorqua Joseph sur un ton déprimé.
- Ne crois-tu pas, lui répondit son ami en se rappelant sa réflexion faite durant une de ces retraites monacales, que les mythes abondent et nous affectent d'une manière ou d'une autre, que nous vivons actuellement une autre mythologie comme celle des Grecs, mais une mythologie moderne et que chacun, chaque groupe, chaque communauté ethnique adore son dieu: le dieu de l'argent, le dieu du plaisir, le dieu de l'espoir, le dieu du mal, le dieu de la guerre, le dieu de la lumière, etc. . . . . et ces mêmes dieux engagent des luttes en nous tantôt faibles, tantôt fortes pour grossir leur troupe: la troupe des matérialistes, celle des épicuriens, celle des idéalistes, des rêveurs, des condamnés, des illuminés et d'autres encore? Ne le crois-tu pas, Joseph?

Oh! Justement, tu m'as rappelé le triste passé. Te souviens-tu de la question posée sur la véracité de l'histoire d'Adam et Eve.? Ce mythe de la création du genre humain? Ce jour-là, l'éminent conférencier m'a tancé, morigéné rondement. T'en souviens-tu? Eh bien! Cher ami, là-dessus, comme toujours, j'ai demandé l'avis de mon cousin Bernard, mon gourou. Voici ce qu'il m'a dit:

- Jean, Dieu, approuve-t-il, en général, l'acte sexuel?
- Oui, bien sûr. C'est une nécessité naturelle humaine, au moins, pour la procréation.
- Parfait! donc l'acte sexuel est légitime, licite et naturel entre un homme et une femme. Mais, les relations sexuelles sont-elles permises entre un père et sa fille?
- Non! c'est de l'inceste.
- Et celles entre une mère et son fils?
- Non plus! C'est le même péché.
- Et entre un frère et une sœur?
- Pas davantage, mon cher cousin.
- Alors, mon cher Jean, comment le genre humain s'est-il donc multiplié, si d'après la Bible, considérée comme un Livre Saint, seuls Adam, Eve et leur future famille étaient les premiers et seuls habitants sur la planète-terre? L'humanité ou la création est-elle donc basée sur l'inceste? Le Dieu des religions monothéistes peut-il se contredire, se compromettre et accepter l'énormité d'une telle inconsistance, d'une telle incohérence, et commettre une faute morale flagrante, une telle bavure abominable? Ou c'est donc, soit dit en passant, cet acte-là, non l'orgueil de l'homme, qui est le péché originel dont parlent les Livres Révélés soi-disant saints et duquel le Rédempteur est venu nous sauver? Crois-moi, la création et le péché originel ne sont que des mythes. N'est-ce pas, après tout, une belle histoire d'enfants? Si les gens croient à cette étrange histoire c'est qu'ils ont subi, justement, dès leur enfance un lavage de cerveau orchestré et efficace et ils n'arrivent pas à s'en débarrasser. D'ailleurs, les sérieux et grands philosophes, s'appuyant sur des observations, analyses et recherches, ont affirmé et confirmé que le mythe était plus fort que

la vérité. Donc, il ne faut pas prendre les livres saints à la lettre, quiconque le fait, instruit ou illettré, est borné et devient un danger public, parce que ces livres saints ont été écrits par des hommes très doués certes, mais aussi parfois faillibles et souvent fantaisistes: Le paradis terrestre, l'arbre défendu planté au milieu du jardin, la pomme délicieuse et juteuse qu'offre Ève au serpent avide de plaisirs qui représente Adam, tout est raconté métaphoriquement d'une manière splendide sans que soit négligée pour autant l'insinuation sexuelle . . . . Notre corps ne serait-ce pas le jardin dont parle l'auteur de cette magnifique histoire de la tentation et le jardinier ne serait-ce pas notre désir sexuel indomptable, impérieux et incontournable? N'est-il pas donc cynique et absurde de la part de Dieu de frapper d'interdiction l'usufruit de ce don naturel gracieux? Il faut le croire. En outre, Dieu lui-même, comme je te l'ai dit, n'est qu'un mythe! Les créationnistes sont un peu trop simplets. Pour ces derniers, la poule précède l'œuf, pour les évolutionnistes, en revanche, c'est tout à fait l'inverse. En vérité, cher cousin, l'univers est notre père et la terre, matrice du genre humain, est notre véritable mère. Nous en sommes venus et nous y retournerons, ni résurrection des morts promise par certaines religions, ni métempsychose ni réincarnation, au sens littéral du mot, mais symbolique et peut-être, une hibernation en préparation, grâce à l'ingéniosité scientifique de l'homme-dieu, pour les générations futures. Oui, c'est vrai il y manque la poésie, le rêve et l'enthousiasme. C'est la triste réalité. L'homme doit se passer du monde métaphysique et penser à magnifier son monde terrestre: rechercher son bonheur dans l'immanence non dans la transcendance et du coup réinventer ces mêmes qualités vertueuses dans l'humanisme. Que seront donc les décennies et les siècles à venir? Je les souhaite prometteurs. En attendant, notre paradis, notre enfer, et le jugement dernier se réalisent sur terre, nulle part ailleurs. Donc le «Carpe diem» abusé ou modéré, (chacun à son goût), est de mise et même s'impose à nous. Toutes les autres histoires racontées par les religions quand bien même elles seraient belles, fantastiques et envoûtantes ne sont en réalité que des fadaises, sornettes, des balivernes et des stupidités pour ceux qui ont un tantinet de jugeote. Jean, pour te convaincre que toutes les religions sont des créations humaines et non divines, je vais te donner des preuves simples, anodines, même banales mais très révélatrices. À part les multiples schismes, causés par des théologiens chicaneurs et diamétralement opposés, qui ont déchiré le sein de toutes les religions, de toutes les sociétés et qui se sont appliqués follement à la destruction de ce qui a été beau dans le monde de l'art et de la pensée, demande aux savants religieux, je dis bien, religieux, pourquoi Dieu, le Créateur de l'univers, ne sait pas sur quel pied danser, quel jour se détendre, quand il exige des Juifs de se reposer le Samedi, le septième jour de la semaine, après six jours de création et permet aux Chrétiens de choisir le Dimanche, le premier jour de la création, comme le jour du Seigneur, tandis qu'il ne s'oppose pas au désir des Musulmans de célébrer, selon le Coran, le Vendredi, le sixième jour, comme leur jour de repos et de prière, lorsque Dieu, le Créateur, n'a pas encore fini de créer le monde. Quand donc le Dieu unique, le Dieu Créateur, Le Juste, L'Omniscient, malgré son don d'ubiquité, s'est-il véritablement reposé? le Samedi, le Dimanche ou le Vendredi? Allez savoir! Chaque religion crée sa propre histoire et ses propres excuses et prétextes. Ne vivons-nous donc pas une vraie mascarade? Par ailleurs, pourquoi le paradis des trois religions diffère tellement? L'un est très spirituel (s'asseoir à la droite de Dieu et jouir de sa Présence, l'autre y ajoute aussi le côté physique (des sources d'eau, des jardins de délices, toutes sortes de fruits, du miel, du lait, des fleuves de vin, des vierges, des houris aux yeux noirs, de riches vêtements, consommation du mariage et beaucoup d'autres jouissances encore) et le troisième paradis indéfinissable? Et pourquoi donc, pour le salut de l'être humain, les Chrétiens donnent plus d'importance au purgatoire que les Musulmans pour qui, parce qu'ils ne savent pas, en réalité, ce que c'est, il est moins important et plutôt ambigu? Un lieu? Un mouvement, une direction? Allez savoir! Et l'avis des Juifs dans tout ce jeu métaphysique rocambolesque? C'est à désespérer, en vérité. Ces trois religions, en dépit de leur côté spirituel, poétique, fantastique, sont, en somme, un drame rouge et noir, écœurant et tragique en trois actes.

– Bernard, tu es bien sévère envers elles! Tu les prends en dérision. Tu te déchaînes contre elles sans considérations.... Et l'âme, dans tout cela! N'est-elle donc pas immortelle?

– Si, elle est immortelle, cher cousin: La belle et la laide. Mais elle jouit d'une immortalité relative, individuelle ou publique, terrestre, humaine et spirituelle mais pas céleste ou infernale, car Dieu n'existe pas, comme tu le sais déjà ainsi que son homologue, le Satan. N'oublie pas que tout être humain doué de dons extraordinaires a la possibilité de devenir un dieu lui-même, pour avoir une belle âme ou un Satan pour avoir une âme damnée. Pour la première, pense aux femmes et aux hommes illustres, auréolés de succès et de gloire, pense aux grands de toutes les nations, pense aux gens idéalistes poursuivant la vie entière les valeurs universelles à l'état pur: les penseurs, les philosophes, les inventeurs, les ingénieurs, les héros spirituels, les bienfaiteurs, les mécènes, les héros nationaux, les révolutionnaires, les grands législateurs, les réformateurs, les écrivains, les poètes, les peintres, les sculpteurs, les compositeurs, les savants, les créateurs de tous genres et d'autres encore, la liste en est longue. «Ce sont des âmes choisies en qui la Destinée a mis dès l'enfance le sentiment du Vrai, du Bon, du Beau et toutes les perfections intellectuelles» comme a dit un fameux écrivain. Tous ces illustres hommes et femmes ont façonné, transformé, remodelé l'être humain et le monde, que nous connaissons aujourd'hui. Qui sait ce que le monde deviendra dans les siècles futurs? La belle âme de ces derniers vit donc en nous, nous anime, nous enchante, nous éblouit, nous encourage à toujours mieux faire, à les imiter, à les dépasser même, pour améliorer notre propre vie, l'état de notre communauté, notre pays et notre monde, ce monde terrestre, par des créations utiles et agréables» en cherchant le Bien dans les impératifs du Beau «comme dit Vigny. L'âme de nos parents, amis ou autres décédés que nous connaissons de près ou de loin reste aussi vivante en nous, sans voltiger dans les cieux ni résider dans le firmament ou dans un monde transcendant. Nous nous en souvenons, nous leur prions pour plusieurs raisons et nous les honorons dûment mais l'immortalité de leur âme est limitée aux actes, aux actions, aux gestes qu'ils auront accomplis, ils seront remémorés en bien, souvenus à la mesure de l'importance de leur impact sur nous, de leur bénéfique influence, de la générosité de leur cœur. L'immortalité de leur âme demeurera, vivra dans le cœur et l'esprit des individus privés ou publics, dans ceux de la communauté, ou dans ceux de la nation ou même dans ceux du monde entier pour des siècles et des siècles. Mais cette immortalité est terrestre, spirituelle, certes, mais non céleste et son degré de souvenance est variable. Toute âme jouira donc de sa propre part d'immortalité, et ce, à la mesure de son influence locale ou globale. Et les âmes laides seront aussi souvenues pour avoir été nuisibles et criminelles et seront, par conséquent maudites et condamnées par nous pour l'éternité. Nous déifierons donc les bonnes, belles et grandes âmes et diaboliserons les viles, les méchantes et les piètres, ici, sur terre, non, là-bas, au ciel ou aux enfers, mondes créés par l'imagination, dénommée par certains la folle du logis, mais cette même folle, secondée de la saine pensée raisonnante, est, aussi, la créatrice de mille merveilles encore plus agréables et plus utiles!

Voilà, cher Joseph ce que Bernard, mon gourou, m'a dit. J'espère que ses connaissances sont solidement bâties et incontestablement vraies sinon je serai complètement abusé et profondément déçu.

Le soleil depuis longtemps s'était couché et le froid commença à s'accentuer. Les deux amis quittèrent le banc et l'arbre qui les avaient pour un moment réunis. La discussion mourut dans le silence et l'obscurité de la nuit.

Cette année-là, l'enseignement, les études et les activités politiques fatiguèrent Joseph. Mais il endurait courageusement les peines et les injustices, l'incompréhension et l'échec. Sur ces entrefaites il reçut la visite d'Yves qui était descendu en ville vendre les fruits de ses immenses vergers: toutes sortes de pommes, de poires et d'autres fruits emmagasinés dans des colossaux frigidaires de la capitale. Yves lui dit qu'il n'avait plus poursuivi ses études parce qu'il avait décidé de promouvoir le travail agraire aux soins multiples et éreintants. Depuis qu'il avait quitté le couvent, il s'était attaché à la terre, source de biens bénis du Créateur.

- Pourquoi ne viens-tu pas passer quelques semaines à Val-des-Neiges?

Joseph dont les travaux universitaires et les corrections des devoirs scolaires avaient épuisé la force, accepta volontiers l'invitation de l'un de ses meilleurs amis de St. Jérémie, ils passeraient ensemble le mois de Juillet à Val-des-Neiges.

Vu les responsabilités écrasantes d'assurer le bien-être de ses parents, il n'avait pas encore pu s'acheter une voiture. Après les examens, il décida de prendre le chemin de Val-des-Neiges, en utilisant le transport commun. Le deuxième dimanche de Juillet–c'était le jour de la rencontre–il se rendit au centre-ville pour monter dans l'autobus du village qui attendait les amoureux de la nature. Quand il entendit successivement la voix du receveur crier: allez hop . . . . ! Allez hop . . . ! et le déclic de la clé du conducteur puis le vrombissement du moteur et qu'il vit l'autobus se frayer un chemin parmi les innombrables voitures de la Place L'Acadie, il eut la sensation de revivre un moment angoissant de sa vie. Il se souvint alors de son pénible départ pour Vermont: le long trajet, la marche dans le bosquet, le menu prêtre, mort peut-être maintenant, le bon père Madet, le dortoir, la rencontre avec le père Allégret, toute la vie monacale ascétique, dure et disciplinée, égayée quelquefois de jeux, de musique, de lectures fantastiques et de rares promenades. Quelque dix ans séparaient le triste départ d'alors pour St. Jérémie de celui pour Val-des-Neiges. Emporté par le rêve dantesque ou lénifiant, le voyageur se vit tout à coup à quelques lieues du village.

Des montagnes élevées apparaissent couronnées, en plein Juillet, de calottes de neige qui se raréfient quand le regard du voyageur plane sur leurs flancs, traversés de deux cours d'eau. De minuscules maisons de pierres à tuiles rouges se multiplient alors et grandissent graduellement. D'autres, au bas du chemin principal, montrent leur tête pointée curieusement parmi les touffes d'arbres aux feuilles foisonnantes et vertes. Plus l'autobus s'approche du village plus le gazouillement des oiseaux, le froufrou des feuilles et le bruit sourd de l'eau remplissent son oreille et son cœur avides d'harmonie et de joie apaisantes Les maisons, aux portes et aux fenêtres riantes, perchées toutes sur les flancs des montagnes, surplombant sur un chemin arqué, regardent les rivières se joindre à leur pied au fond d'une vallée profonde.

L'autobus s'arrête enfin devant une vieille église. Yves est là. Son visage brûlé de soleil sourit quand il voit le citadin descendre du marchepied du véhicule essoufflé qui râle de peine.

– Tu l'aimeras bien, Val-des-Neiges, lui dit-il en lui donnant l'accolade.

Les deux amis grimpent un sentier qui les mène à la demeure des Dumoulin. L'accueil est simple mais chaleureux.

La promenade dans la nature commença le lendemain. Accompagné d'Yves, le visiteur parcourut le village. L'unique route goudronnée enjambait par deux fois les deux rivières qui descendaient des montagnes. Certaines personnes, accoudées sur le pont, regardaient l'eau mousseuse sautiller sur les pierres et couler rapide au fond de la vallée; d'autres, camera en mains, prenaient des photo-souvenirs. Quand le citadin aperçut des ouvriers bécher ou cueillir des fruits, il fit part à son ami de son désir de participer aux travaux champêtres.

– Demain, lui assura Yves, on ira à la cueillette des fruits avec nos ouvriers et l'on passera une agréable journée.

De bon matin, l'invité porta les habits de travail qu'Yves lui avait, pour l'occasion, préparés. Ils partirent en une camionnette accompagnés des ouvriers et ouvrières dont le nombre augmentait à chaque étape; une demi-heure plus tard, ils arrivèrent à un immense verger. Le citadin émerveillé vit des arbres plantés dans d'étroites bandes de terre escaladant les flancs des montagnes. Les jeunes gens et les jeunes filles se répandirent alors sous leurs branches et la cueillette commença.

D'abord les bras tendus, les mains cueillent délicatement les pommes des basses et premières branches de l'arbre, puis elles en font le tour graduellement; ensuite un ouvrier y grimpe, accroche un panier sur une branche solide et continue habilement à tordre le cou à ces odorantes victimes. Le panier rempli, il le renvoie attaché d'une corde solide, à son compagnon de labeur. Ce dernier le vide avec délicatesse dans une caisse plus large et le laisse monter de nouveau vers celui qui se perche sur l'arbre. Puis les mêmes gestes se répètent. Quant aux jeunes filles, assises à même la terre, entourées à gauche d'une caisse remplie de pommes en vrac et à droite d'une autre vide mais d'une qualité supérieure, elles les enveloppent d'une main machinale avec une feuille mince, propre et fleurie, destinée à protéger la couleur écarlate ou dorée des fruits croquants et juteux puis les y rangent avec une grande précaution.

La nature, ce monde enchanteur, invitait les ouvriers aux chants. Le visiteur était ravi d'entendre des chansons qui s'envolaient dans l'air frais et allaient se fondre dans les rivières, dans les feuilles des arbres et dans la lumière du soleil montant. C'était l'éternelle histoire d'amour, les joies de la rencontre, la beauté de la bien-aimée, ses yeux mielleux, ses cheveux longs, son galbe attrayant ou la triste séparation, les affres de l'amour et l'espoir des retrouvailles. Les voix douces stimulaient l'imagination et attendrissaient les cœurs en les emportant souvent dans des rêves mirobolants. Justement, Joseph a, par magie, revécu ces émouvantes sensations éprouvées quand, plus jeune encore, il entendait les soirs d'été sur le toit de la maison les chansons presque similaires diffusées par le club de son vieux quartier. C'était pour lui un triste mais charmant souvenir. Ainsi donc d'arbre en arbre, de caisse en caisse, de chanson en chanson, ouvriers et ouvrières passaient utilement et agréablement leur temps.

Le repas était encore plus jovial. Ils se lavèrent les mains dans l'eau courante des minces canaux et placèrent leur repas sur une nappe de fortune. L'invité qui avait faim y vit des morceaux de viande cuite, des pommes de terre bouillies, du fromage, des olives, des tomates grandes, juteuses et cramoisies, des oignons, des haricots cuits préparés la veille et un véritable pain de campagne, immense et circulaire, de la minceur d'une feuille d'arbre. Tous se rassemblèrent près d'une fontaine, à l'ombre d'un arbre et mangèrent d'un grand appétit malgré la simplicité du lieu. Ce travail champêtre dura plus d'une semaine.

Joseph y était venu à la fin de la cueillette des pommes. Il s'y amusa follement parmi les enfants de la nature. Il passa les quelques jours qui lui restaient à flâner dans les champs. Il s'évadait sous les arbres et errait dans les bosquets. Quand il se sentait las, il s'abritait à l'ombre, s'étendait sous un arbre, arrachait paresseusement une touffe d'herbe et après l'avoir profondément humée, la semait au hasard, le bruit des eaux, le chant des habitants du ciel, le souffle de l'air le rafraîchissant de leur charme bucolique.

Ce farniente estival au sein de la nature était une oasis rare dans une vie que la souffrance et les échecs ne cessaient de tisser.

CHAPITRE XIV

Un nouveau souffle

Au bout de trois ans d'études et de patience, Joseph se prépara à changer d'établissement en vue de se lancer pour de bon dans l'enseignement, maintenant qu'il avait terminé ses études universitaires et qu'il s'était acheté une modeste voiture. Grande fut sa surprise quand il rencontra durant la réunion des profs son ancien condisciple Pierre Cartier qui avait brillamment poursuivi ses études d'histoire à l'étranger.

- Le groupe vient de se compléter, remarqua Joseph en souriant. Si je rends rarement visite à Yves dans son village, lui dit-il, Jean, je le vois beaucoup plus souvent.
- À propos, que devient Jean?
- Sa vie, il la mène à sa guise: un printemps dérangé parfois de tempêtes inopinées.
- Et Yves alors?
- La terre, c'est à la fois son champ de bataille et son trésor. Elle et lui ne font qu'un, ils vivent en une véritable symbiose.
- On les rencontrera n'est-ce pas?
- Je l'espère bien, Pierre! lui dit son ami, heureux
- À bientôt, cher collègue.

L'estrade était pour Joseph un autre champ de bataille. Il aimait le monde de l'enseignement, il aimait jongler avec les idées: débattre, argumenter, approuver ce qui lui paraissait logique, rejeter ce qui lui semblait farfelu, inconsistant, parlementer, éclairer, convaincre si possible . . . . Ce monde bouillonnant, ce monde qui lui permettait le contact avec les systèmes et les nouvelles idées, les clairvoyants et les révolutionnaires l'emportait d'enthousiasme.: Montesquieu, Voltaire, l'un par la perspicacité de son esprit et l'autre par son hardiesse; d'autres écrivains plus rompus aux études sociales et politiques lui fournissaient suffisamment d'éléments pour dévider les problèmes dont souffrait la société. Ses idées se cristallisaient en classe quand il soulevait un problème précis, piqué au hasard d'une explication de texte ou un dilemme politique, au cours d'une discussion animée. L'effet en était prometteur. L'intérêt des élèves porté aux idées nouvelles, leur participation, leur emballement gonflaient son cœur de joie. Que ne fut grande sa fierté quand un jour il entendit une des ses étudiantes lui dire:

- Un cycle de conférences au théâtre de l'école et tous les élèves vous suivront, Monsieur!

Ce professeur n'était pas une force aveugle et impassible. Il avait aussi ses poètes et ses écrivains qui l'ensorcelaient. Souvent ses élèves le surprenaient emporté par l'explication d'un poème ou d'un texte accessible aux rêves et aux tendres sentiments: Racine et Baudelaire, Chateaubriand et Proust excitaient son imagination, l'emportaient loin et attendrissaient et parfois déchiraient son cœur. Sa voix suivait la phrase de l'enchanteur, les méandres labyrinthiques de Proust et son cœur s'essoufflait ou s'élançait aux sursauts tristes ou gais, tendres ou cruels des sentiments intensifs, des situations profondément humaines que le dramaturge classique avait admirablement peints.

Assis dans la salle des professeurs à la récréation de midi, les deux amis reprirent leur conversation.

- Tu sais, Pierre, l'enseignement est un champ épatant. Pareil à un semeur, le maître jette ses grains dans les âmes de la jeunesse avide de nouveautés et d'innovations dans tous les domaines. Je crois qu'elle seule peut changer la face du pays.

- Le crois-tu vraiment? Peut-elle contribuer au progrès de notre société? Lui dit son collègue qui s'approcha de la fenêtre donnant sur une colline verte.
- Joseph le suivit et lui dit assuré:
- La jeunesse promet. Si elle ne peut agir, sont-ce les âmes moisies et blasées des vieux bourgeois qui vont restaurer le pays qui coule dans une mer d'injustices, d'exploitations et de monopoles?
- J'ai su, lui répondit Pierre, tout en continuant à regarder la nature ondoyante, comment les universitaires s'étaient comportés dans les manifestations des années précédentes.
- Mais sans violence on ne peut secouer les responsables.

En parlant, le contestataire gesticulait magistralement voulant convaincre celui qui, pourtant, était initié, de par ses études universitaires, aux connaissances approfondies des situations historiques.

- La violence, enchaîna-t-il, peut aussi bien avoir son côté bénéfique.
- Je ne crois pas au changement brutal. Il faut, ajouta Pierre, que, justement, cela vienne de soi-même. Le progrès ne s'acquiert que par approximations successives. Tu le sais, je suppose.

Le sage gagna sa chaise tout en jetant un dernier regard au ciel bleu.

- L'idéal, lui dit Joseph en le dévisageant, n'est pas à notre portée. Puis, il ajouta, énervé, nous ne pouvons attendre des décennies pour être témoins d'un changement satisfaisant. Ce qu'il nous faut, c'est un changement rapide; du moment que les idées adéquates sont dans l'air, pourquoi ne pas les appliquer maintenant? Oui, parce que cela ne convient pas à certains. Cher ami, ton attitude est typiquement bourgeoise. Tu ne peux penser peuple, droits, justice et devoirs évidemment. Ta vie est déjà faite grâce à tes parents; c'est pourquoi tu te contrebalances des pied-nus, des rabroués, des exploités. En tout cas, nous ne pouvons pas éviter les événements qui déferlent sur nous. D'ailleurs, l'Histoire universelle nous le montre: Après chaque révolution, après chaque guerre, l'humanité est toujours apparue plus cohérente, un peu plus unie, avec des liaisons mieux nouées de son organisme, dans l'attente affermie de sa commune libération. J'ai grand espoir, Pierre, que l'Histoire ne se trahira pas. Tu t'y connais bien mieux que moi.

La cloche arrêta la conversation sans apaiser les esprits chicaneurs.

Les deux anciens amis se réunissaient souvent avec d'autres professeurs à l'heure de la récréation, dans les sorties ou pendant leurs randonnées. Le côté adéquat du programme enseigné, les événements en cours, les perspectives sociales et politiques, tout était cause de discussion. Les amis se rencontraient plus souvent parce que c'était leur première année à St. Benoît, leur nouvel établissement. Ainsi leur vie se déroulait-elle à longueur des mois.

Un jour en rentrant chez lui, Joseph tomba par chance sur une jeune fille dont la voiture de sport était sérieusement en panne. (Le hasard est-il un facteur malicieux ou bénin dans les liaisons humaines?) Elle était charmante, à la peau brune, cheveux longs et noirs pareils à la queue d'un cheval.

- Souffrez-vous de quelque chose? Lui demanda-t-il, inquiet.
- Oh! Non! Rien de sérieux ne m'est arrivé, lui répondit-elle en le gratifiant d'un large sourire.
- Je suis prêt à vous conduire à un hôpital ou à une clinique pour que vous soyez sûre que vous ne souffrez de rien.
- Non! Ça y est. Tout va bien, Monsieur.
- Puis-je vous conduire à votre destination, alors?
- J'attends qu'on me dépanne.
- Ah! C'est vrai. Laissez-moi donc faire alors, Mademoiselle. Je vais trouver un mécanicien pour qu'il vous aide.

Après avoir confié la réparation de sa voiture à un garagiste, Jeanne accepta de se faire conduire à son lieu de travail. Elle le remercia de sa gentillesse. Elle était tellement fascinante qu'il ne voulait pas arriver vite au lieu du travail de cette belle sinistrée.

Au bout de quelques kilomètres dans un moment de silence embarrassant, Joseph reprit la conversation, toujours un peu troublé.

- Votre travail est-il dur, Mademoiselle?
- Je vous en prie, vous pouvez m'appeler Jeanne. Oui, je me fatigue mais pas beaucoup, c'est normal.
- Puis-je vous demander ce que vous faites après le boulot?
- Pas grand-chose en ce moment, lui dit-elle en le regardant du coin de l'œil
- Alors, vous pouvez être libre, j'espère?
- Pas toujours!
- Une autre rencontre dans de meilleures circonstances ne serait-elle donc pas possible? lui demanda-t-il anxieux.
- Je ne sais quoi dire, Monsieur.

Ses yeux se perdirent un moment dans le lointain.

- Je m'appelle Joseph, oui, Joseph

Il voulut la secouer de cette vague évasion.

- Appelez-moi Joseph. Pas de cérémonie entre nous.

Sa voiture avait de la peine à rouler. Engagé dans la conversation, il conduisait lentement. Une demi-heure, plus tard, tout à coup «C'est là» lui dit-elle en montrant du doigt l'institut de beauté, rue Ste. Catherine.

- Déjà! se dit le fortuné, étonné.

Il prit sa droite, rangea sa bagnole, en descendit, lui ouvrit la portière et Jeanne, après un court moment d'arrêt, se dirigea vers son lieu de travail. Il la vit parler à une dame, téléphoner et discuter avec animation. Elle raccrocha, regarda le bon samaritain, lui sourit, le salua d'un signe de la main et ses lèvres lui murmurant un«merci» et un»au revoir» reconnaissants

Depuis cette rencontre, Joseph se sentit à l'aise et plus ranimé. Il gagnait ses classes, expliquait et prodiguait tout ce que ses élèves attendaient de lui. Les rencontres avec Pierre Cartier, Jules Mercheux et parfois avec d'autres collègues se multipliaient et les discussions sur les sujets qui leur tenaient à cœur continuaient indéfiniment.

Souvent pour être plus proche de Jeanne, il partait avec certains de ses collègues à la rue Ste. Catherine pour voir un film et se détendre dans les cafés-trottoirs des tracas de la vie. Autour d'un café ou d'une bière et quelquefois d'un déjeuner, ils s'asseyaient et bavardaient à bâtons rompus ou regardaient les élégantes femmes passer, les belles de jour, qui se déhanchaient, sourire et cligner de l'œil à leur partenaire d'opportun. Parfois, surtout à «l'Express», de leur table voisine, ils entendaient des bribes de conversations sur l'état actuel du pays, sur les comportements révoltants des responsables ou bien des extraits de poèmes ou d'éditoriaux qui allaient paraître le lendemain dans les journaux de Beaulieu. Puis le temps venu, souvent Joseph, Pierre et Jules allaient voir les films qui pouvaient les entretenir sans trop les préoccuper comme «la piscine», ceux de Fernandel ou de Chaplin. L'amoureux enthousiaste avait une idée fixe: revoir Jeanne et la présenter à ses amis et mener avec elle une vie douce et chaleureuse.

Quelques semaines plus tard, en passant devant le salon de beauté, il la croisa dans la rue, comme par miracle. Ils se saluèrent, il la présenta à Pierre et à Jules. Mais comme elle avait seulement encore dix minutes de pause elle préféra rester seule. Ils se séparèrent au grand regret de l'amoureux. Comme le hasard ne l'aidait pas à réaliser son doux rêve et qu'il ne voulait pas que sa brève rencontre fût la dernière, il lui rendit visite une semaine plus tard à son lieu de travail puis il l'attendit à «l'Eldorado» pour un dîner. Elle vint toute belle, s'assit vis-à-vis de lui, conversa angéliquement, lui montrant continuellement ses dents d'albâtre, ses lèvres couleur de vin et ses yeux immenses et noirs, une belle houri. Elle était épatante comme une vraie déesse. Le dîner terminé, ils assistèrent au film «l'amour l'après-midi». Quoique le film fût incitant et le moment approprié, ils se tinrent uniquement la main, et après une accolade chaleureuse, le rêveur conduisit sa charmeresse à sa voiture, tressailli de bonheur, il se sépara d'elle avec tristesse. Le samedi suivant, il l'invita de nouveau au restaurant. Ils passèrent des moments agréables. Le baiser cueilli de ses lèvres charnues fut un peu jouissif. Après quelques moments de bonheur, il se sépara d'elle plus malheureux encore. Le besoin de la voir régulièrement grandit terriblement dans son cœur. Parfois après les cours, avant même de rentrer chez lui, il se précipitait à «Mona Lisa», le salon où travaillait son adorable, uniquement pour la voir

Ses livres épars sur le banc de derrière, le professeur épris, comme un chauffard d'occasion, s'enfonce dans la voiture qui démarre et roule à une vitesse vertigineuse. Ses nerfs se tendent à la vue d'un embouteillage à l'entrée de la ville. Il regarde l'heure–quatre heures dix–il a encore du temps, mais la ligne locomotive ne bouge pas. L'amoureux impatient malgré lui commence à transpirer. De nouveau il regarde la montre,–quatre heures trente–il veut klaxonner mais, ironie du sort, l'avertisseur ne fonctionne pas. La caravane mécanique s'avance lentement. Une collision bouche le passage. L'amoureux, indifférent aux ferrailles enfoncées, aux mouvements des bouches échauffées et aux gesticulations plutôt agressives des conducteurs en cause, fonce sur la route maintenant dégagée de voitures encombrantes. Après s'être martyrisé aux multiples signaux électriques, il arrive ruisselé de sueurs comme s'il avait participé au marathon olympique. Il s'éponge comme il peut et se précipite au salon de beauté pour s'informer sur son amie. Au bout de quelques instants, comme dans une salle d'opération, il aperçoit le tablier blanc qui couvre son galbe, laissant voir légèrement ses seins solidement dressés qui éveillent à l'instant ses instincts males. De ses doigts agiles et infaillibles, pareille à une magicienne des vieux contes, elle fait disparaître les signes de fatigue, les quelques rides traîtresses et crée, tout étonnée elle-même, un moule nouveau, un visage embelli prêt à subjuguer le cœur le plus insensible. Quand Jeanne l'aperçoit, elle cligne du coin de l'œil usant ainsi de l'indispensable trait de Cupidon, propre à la séduction féminine. L'horloge indique cinq heures et Jeanne de plus en plus belle sort de l'institut. Après un gueuleton et une courte promenade aux alentours, ils entrent au cinéma. Les héros ne les intéressent pas ni le metteur en scène, tout ce qu'ils cherchent c'est un coin retiré, une chaude tendresse, un brûlant désir de s'enlacer en voyant se dérouler sur l'écran une histoire d'amour. Il la ramène à sa voiture tout en lui promettant de la revoir.

Joseph qui pour la première fois se sentit sérieusement bouleversé par ce désir d'amour se vit dépassé par cet état. Il ne voulait pas que les semaines passent sans lui prouver son fol attachement pour elle. Son emploi, ses fatigues ne rendaient pas sa vie plus heureuse. Il avait besoin d'un amour passionné mais sincère. Il crut la trouver dans cette charmante jeune brune. Ses visites à la rue Ste. Catherine se multiplièrent et Jeanne remarqua que leurs relations se fortifiaient de jour en jour. Elle était ravie de se voir, de nouveau, éperdument aimée et désirée.

Une semaine plus tard, il la revoit et ils se rendent comme d'habitude à un restaurant. Le dîner leur donne l'occasion de parler plus intimement. Après une heure de conversation romantique, ils se dirigent vers les salles de cinéma. Cette semaine-là, deux films intéressants sont projetés: «Emmanuelle» et» Mme. Bovary. «Il lui en donne le choix. Sans hésiter elle opte pour le premier. Ils s'y rendent pleins d'envie de pénétrer dans ce monde sensuel. La star les enflamme par son étonnante interprétation d'une femme ravagée de lubricité. Ils en sortent en feu et en flamme.

Il a follement envie d'elle. Il loue une chambre dans un simple motel. Dehors il fait toujours froid, mais la chambre est réchauffée. Leurs souffles saccadés soulèvent leur poitrine; ils s'approchent doucement l'un de l'autre et Joseph tenant des deux mains la tête de sa Joconde, brise sous les siennes ses lèvres charnues et couleur de vin. Le baiser se prolonge et se répète à l'envi, le désir de se posséder grandissant en eux. Jeanne s'esquive alors des bras amoureux. Le corps mouvant de la jeune fille se dénude lentement sous les regards grisés du passionné et laisse montrer délicieusement ses charmes les plus enviables. Ce corps que couvrent les points roses et noirs l'extasie par sa malléabilité érotique. Alors, étendus sur un matelas flottant, ils s'enlacent de plus belle et se dévorent comme des gens affamés. La chaleur, la demi-obscurité, les baisers, les ébats et leurs haleines de plus en plus saccadées font épanouir leurs corps qui tanguent sur une mer de plaisirs quintessenciés.

Cette belle nuit d'amour, se répétera-t-elle pour son bonheur, en jouira-t-il demain avec Jeanne?

– Ô belles nuits d'amour! Vous reverrai-je, encore et toujours, éclatantes, auprès de mon exquise Joconde? Soupirait son âme avec langueur.

Le professeur et l'esthéticienne formaient un couple harmonieux: l'âge et les goûts, l'estime et le respect qu'ils avaient l'un pour l'autre émoussaient la différence de culture et leur perspective d'avenir latente qu'ils n'avaient point encore abordées ouvertement. Les deux étaient ambitieux, attelant leurs rêves au char des étoiles. Les deux voulaient atteindre le point le plus culminant de leurs aspirations. Mais ils attendaient les circonstances appropriées qui les aideraient à devenir maîtres de leur destin. Y arriveraient-ils ensemble? Toujours est-il que, au fil des mois, l'amoureux sentait Jeanne lui glisser un peu des doigts malgré son attachement qu'il lui vouait. Jules le voyant un jour triste lui demanda ce qui le chagrinait. Confiant, il ouvrit son cœur à son collègue. Il lui raconta son histoire: la rencontre, son attachement, les multiples rendez-vous.

- Mais visiblement tout est parfait, lui dit Jules, serein.
- Oui, mais ce n'est que l'apparence. Tu connais la femme. Elle a de multiples visages: elle joue l'innocente, la sérieuse, l'arrogante, la luronne, la chagrinée, l'enjouée. Elle passe d'une gamme à l'autre sans s'en soucier.
- Moule-toi à son caractère. Toi aussi, mène le même jeu.
- Et le puis-je? D'ailleurs je n'arrive pas à saisir ce qu'elle a derrière la tête. Elle ne souffle mot sur ses projets futurs. Pas un traître mot! Tout est ambigu, caché, je suis dans les ténèbres malgré les sourires francs et la joie qu'elle m'inspire.

Comme un bon samaritain, il voulut intervenir.

- Laisse-moi lui parler, je pourrais peut-être détecter sournoisement ses petits secrets, lui suggéra Jules.
- Je ne crois pas que ce soit très utile; si elle mijote quelque chose elle le gardera jalousement. En tout cas tu peux toujours essayer, cher ami, lui répondit ce novice un peu naïvement.

Après quelques rencontres Joseph, Jules et Jeanne devinrent plus ou moins familiers. Souvent ils allaient manger ensemble dans les restaurants de la rue Laroche. Quelques semaines passèrent. Un jour, Jules décida de rencontrer seul Jeanne pour sonder ses pensées. Il l'invita au restaurant à l'insu de son ami. Il se mit à quatre épingles, se parfuma, se soigna les cheveux et conduisit sa voiture VW jaune. Tout en conduisant, il cherchait des idées, composait ses phrases et parfois se les répétait. «Voyons Jeanne, Joseph, à ce que je sache, vous aime bien, même un peu trop; Oh non, c'est très brutal» se disait-il après avoir jeté un coup d'œil au rétroviseur. Il en tissait d'autres:» Tout ce que je souhaite, c'est que vous vous entendiez à merveille. Combien la vie vous serait douce, si vous lui souriiez plus souvent, que vous lui rendiez l'amour de la même façon dont il vous l'offre . . . » Une autre idée l'assaillit, Jules y sourit:» L'on m'a dit, Jeanne, qu'il vous a promis monts et merveilles. Mais c'est épatant ça!»

Une brune, habillée au dernier cri, le salua de la main. Notre homme, encore emporté par ses idées, ne sut comment virer à droite et s'arrêter à quelques mètres d'elle, il regarda dans le rétroviseur, reconnut Jeanne, se donna instinctivement des coups de brosse à ses cheveux frisés et courts qui l'agaçaient parfois. Elle s'approcha de lui et vit la portière s'ouvrir.

- Bonjour Jeanne, je m'excuse, j'étais un peu perdu.
- Bonjour Jules, lui répondit-elle en ouvrant largement la bouche. C'est la couleur de votre voiture qui attira mon attention et en vous voyant je vous ai reconnu.

La conversation s'arrêta. Il y eut un silence gênant. Jules ne savait plus de quoi parler. Ses idées se confondirent.

- Où allons-nous, Jules?
- À «Dolce Vita», vous aimez ce restaurant je crois, n'est-il pas de votre goût?
- Oh! Vous savez choisir les lieux snob, lui dit-elle satisfaite. Vous me choyez.
- Il faut bien, lui répliqua-t-il, puisque l'on est ensemble, Je veux dire . . . reprit-il en se corrigeant, puisque c'est la première fois que nous sortons seuls.

Jeanne fit la sourde oreille. D'ailleurs son compagnon se sentit plus à l'aise quand la conversation se brisa. La bavure lui répugnait.

- Bienvenue, m'sieur, dame!

Le garçon invita Jeanne à s'asseoir en retirant le fauteuil collé à la table décorée avec un goût raffiné. Ils s'assirent et bavardèrent un bon moment, buvant et mangeant allégrement. Jules, sans l'avouer, était épris éperdument d'elle, la dévisagea, laissa tomber ses regards sur sa gorge de gazelle, sa poitrine généreuse, mais d'emblée il se secoua, se rappelant sa mission. Jeanne, quant à elle, ne se dérangea pas. Elle se savait désirable. Elle joua l'innocente. Ils passèrent leurs commandes puis un moment plus tard commencèrent à manger et à boire calmement. Mais, plongé dans le silence, l'amoureux secret se perdit dans les rêves. Il se vit avec cette belle femme dans un hôtel luxueux, la déshabillant, la caressant, mordant ses lèvres faites pour des baisers brûlants, embrassant son long cou, sa gorge, ses mamelons roses . . . Soudain son verre lui glissa des doigts et se brisa à terre. Les gens, de choc, le scrutèrent des yeux. Il rougit d'embarras, puis s'excusa de sa belle invitée et du garçon qui ramassait les débris de l'objet tombé, cause de sa honte.

- Je ne sais . . . Jeanne, j'ai eu le . . . un moment de vertige . . . Je ne sais point . . . plus ce qui m'arriva, lui dit-il en balbutiant.

Pour le détourner de sa situation embarrassante et calmer sa nervosité visible, elle lui demanda où il passait ses vacances estivales.

- À Meunendon, à quelque trente kilomètres de Beaulieu, là tout le monde se connaît, mes grands-parents y vivent toujours, lui répondit-il un peu relaxé.
- Ah! je connais ce village, j'y étais une ou deux fois
- C'est un village d'une centaine de maisons et le facteur est familier avec toutes les familles et ne s'y perd point

Jeanne, grâce à sa dextérité féminine, a pu sauver Jules de commettre d'autres bévues. Mais la tâche du samaritain se révéla hasardeuse et le bénévole faible. La beauté de cette enchanteresse le conquit et le subjugua. Sa séduction agit sur ce pauvre homme. Dans une action de sauvetage, il échoua misérablement, il en devint lui-même la victime. Malgré cette bavure, il alla la voir plus d'une fois sous prétexte d'œuvrer en faveur de son ami; l'intérêt que Jules portait à Jeanne était d'une évidence éclatante. Cette dernière parla plus tard un peu longuement à son amoureux sans pour autant en dramatiser la situation, car il restait en Jules un brin d'amitié qui lui donna la force d'éviter l'irréparable.

Joseph abattu par l'affliction causée par son ami partit pour Vermont. Il voulut chercher le réconfort auprès d'un condisciple devenu le prêtre du bourg. Introduit au salon par une servante, il entendit père Camille compter: Trente-sept, quarante, cinquante, soixante, soixante cinq, soixante-dix, quatre-vingts . . . .

- Bonjour Joseph! . . . quatre-vingt cinq . . . . c'est chouette de ta part de venir voir un pauvre prêtre, lui dit-il en commençant à pousser au coin de la table du salon les billets et les pièces de monnaie qu'il avait déjà comptés
- Bonjour Père! Le salua le visiteur poliment
- Quel bon vent t'amène à ma paroisse?
- Un problème de rien du tout, Père.
- Tu sais, soit dit entre nous, ce mois le nombre des assistants à la messe a augmenté . . .

Mais prends place, je t'en prie.

- La ferveur chrétienne a peut-être gagné les cœurs indifférents.
- Peut-être bien! Mais ce qui est important, continua le prêtre animé, c'est que la collecte d'argent est devenue substantielle. C'est incroyable! D'ailleurs je la compte tous les jours mais les dimanches et certains jours de l'année, les jours de fête, par exemple, la collecte est impressionnante. C'est incroyable, me dis-je! Si ça continue de ce train, je changerai de voiture et peut-être même de presbytère. Car plus vous vous donnez de l'importance plus les gens–j'entends les riches de la région–vous respecteront. Il faut absolument rivaliser avec eux de luxe et de somptuosité sinon nous n'aurons pas accès à la classe bourgeoise et par conséquent nous ne pourrons pas leur porter la parole de Dieu. Tu sais, cher ami, qu'avec les pauvres il faut être pauvre et qu'avec les riches il faut se comporter en riche.
- Bien sûr, je le sais; oui, Père, je le sais, bien sûr.

La conversation couvrit la bienfaisance, la générosité de certaines familles affluentes, les invitations qu'il en recevait. Elle tourna ensuite sur la politique. Pour père Camille, la violence était néfaste, œuvre de Satan surtout si elle venait des éléments perturbateurs, écervelés, entraînés par des idées bizarres: Maoïstes, Trotskistes, Marxistes, Léninistes tout un galimatias d'idées importées, un imbroglio de courants politiques qui dérangent.

- Oui Père, lui dit le rebelle, amèrement. Mais si les universitaires et les gens du peuple demandent un peu de justice, faut-il, toujours les taxer de communisme? La justice et l'égalité ne sont-ce pas aussi des vertus chrétiennes?

– D'ailleurs, continua-t-il, ignorant le commentaire de son ami, s'il y a des riches ce n'est pas la faute du gouvernement. Dieu créa des riches et des pauvres. On ne peut pas prendre à quelqu'un ce que Dieu lui a donné. Dieu a béni les riches. Les laissés-pour-compte, ce n'est pas leur affaire. Que peut faire le premier ministre? Que peut faire le président même. On ne veut pas de dictature dans notre pays. Les dictateurs deviendront eux-mêmes de grands bandits. Les ministres n'ont pas le droit de spolier les industriels, les banquiers et les multimillionnaires de leur profit, de leur gain quoique énorme et de le distribuer aux pauvres, aux nécessiteux, souvent paresseux Ce n'est pas juste du tout. La propriété est sacrée. Les universitaires imbus d'idées farfelues, abracadabrantes imputent aux responsables tout le mal qui existe dans le pays.

– Mais est-il un crime de demander une meilleure organisation, une meilleure gouvernance, une juste distribution des ressources du pays et des emplois bien payés?

– Que chacun se débrouille! Il y a beaucoup de fainéants, des quémandeurs qui traînent partout et surtout dans la capitale.

– Ne faut-il pas punir les voleurs, les exploiteurs, quelle que soit leur importance sociale, politique ou religieuse? Ne faut-il pas donc châtier le crime plutôt que le criminel?

– Nous n'avons pas le droit de juger les gens. Nous ne devons pas remplacer Dieu.

– J'ai peur, lui répond Joseph, que tous ces perturbateurs, tous ces fainéants, ces quémandeurs et toutes les autres victimes abandonnées à leur triste sort ne causent plus tard la destruction non seulement des riches mais du pays que nous aimons.

– Attends, où en étais-je déjà? Oh! Je m'excuse: Quatre-vingt dix . . . . Cent . . .

Joseph, après avoir bu le café que la servante lui avait préparé, le quitta, le cœur gros. Il le laissa pérorer et jouir de sa bourse. Il le laissa judaïser l'argent au lieu de le christianiser. L'image de Jésus, un fouet à la main chassant les crapules, ces Juifs commerçants, du temple de Dieu, lui effleura, comme un éclair, l'esprit.

Après cette rencontre désastreuse, le professeur reprit son emploi régulier. Quand il rentrait de l'école, il se sentait plus épuisé qu'un forgeron au visage baigné de gouttelettes diamantées devant son feu flamboyant frappant à tour de bras le fer qui souvent se pliait à sa volonté tenace. Non que l'enseignement pesât sur lui, mais il languissait. Après avoir rangé ses livres, il s'étendait sur le divan pour rétablir ses forces. Mais même dans son assoupissement, il transpirait. Sa tête lourde changeait continuellement de positions. Quelque chose brûlait en lui. Ce n'était pas l'amour puisqu'il rencontrait, après tout, Jeanne et que ses désirs s'émoussaient. Était-ce la jalousie ou était-ce la déception? Le tourmenté, souvent, se mettait sur son derrière, les soucis chassant son repos, écartait la couverture qui le dérangeait et se dirigeait vers le lavabo pour se secouer de ce malaise en se lavant le visage d'eau froide. Mais sa tête bourdonnait de plus en plus, ses pieds s'alourdissaient désespérément. Le somme qu'il s'offrait, la fin de journée, n'était d'aucune cure. Il regardait la TV pour essayer de se distraire. Lourdement assis dans son fauteuil face à son exutoire, fumant, à cause de la nervosité, parfois comme une cheminée, il entendait sans écouter et regardait sans voir comme perdu dans les fumées. Il était uniquement préoccupé de ce qui usait ses nerfs.

- Est-il possible, se disait-il, qu'une personne puisse trahir un ami à qui l'on s'est candidement confié? Est-ce donc possible? Les amis sont-ils, en réalité, de latents et futurs ennemis?

Joseph ne s'attendait pas que son confident et collègue eût la bassesse d'en tirer profit et de tirer continuellement les fils à ses propres fins. Malgré cet incident, ce mécompte, il continua à fréquenter Jeanne, décidé d'oublier ce qui l'avait affligé un bon moment, car il ne savait pas à qui imputer la trahison à la femme tentatrice ou à l'homme faible. Partagé entre l'enseignement et les douces rencontres avec l'esthéticienne, il menait, après tout, une vie calme mais toujours désarmé devant les imprévues qui pourraient bien, à n'importe quelle occasion, se produire . . . .

Un dimanche d'avril, l'envie leur prit d'aller loin des foules curieuses, à une cité historique: Lautrec, située entre les hautes montagnes à une centaine de kilomètres de la capitale.

La voiture, après avoir durement transpiré sur les hautes montagnes, essoufflée se laisse maintenant aller librement sur le versant opposé, rafraîchie par le vent venant du plateau qui, pareil à des figures géométriques, montre, fier, ses couleurs variées moulées dans des carrés ou rectangles enrichis de toutes sortes de plantations. Comme une barque qui déchire l'eau de la mer, ainsi la Peugeot partage-t-elle en deux cet immense espace plat en roulant sur une ligne noircie d'asphalte dont l'autre bout disparaît à l'horizon.

Les deux évadés de la capitale entrent dans ce vaste champ de ruines, accompagnés des touristes venus nombreux voir cet endroit empreint glorieusement par l'Histoire. Deux lions les accueillent, la gueule ouverte, regardant le ciel. Mais plusieurs Tartarin d'occasion les apprivoisent rapidement en les enfourchant et se faisant photographier pour éterniser leur triomphe sur ces animaux pétrifiés de la jungle africaine. Plus loin, des autels de déesses, comme celui de Venus, à demi mutilés, attendent encore l'arrivée de l'oracle et des généraux entourés de leurs cohortes, de manipules et de centuries préoccupés du sort de l'empire. Mais au beau milieu de ce quartier général, se dresse le temple, presque intact, de Bacchus qui rappelle son ancien homologue Grec, Bakkhos, le dieu de la vigne, du vin et de la joie de vivre. Les deux touristes amateurs grimpent allégrement sur le perron immense aux marches multiples, construit à la mesure du gigantesque temple où le service divin se déroule au son des trompettes et des cymbales. Un peu plus loin, fières et triomphantes s'élèvent audacieusement les six colonnes titanesques restantes du temple de Jupiter qui veille perpétuellement sur ses ouailles. Enfin le tour terminé, le duo amoureux au rythme d'une musique militaire, comme Antoine et Cléopâtre en Egypte, chevauche dans l'apothéose à travers un tunnel illuminé de torches et protégé de gardes rouges et dorés, rehaussés de cimier, les chars aux roues légères les devançant.

Cette incursion dans l'Histoire détendit quelque peu les nerfs de Joseph qui commença à prendre goût à la vie et se sentit prêt à affronter toute éventualité. Le soir ils assistèrent à une production mondiale qui fit la joie du couple. Joseph raffolait de musique et de danse. Ce jour-là Maurice Béjart offrait à son public sa fine fleur de la danse moderne sur la musique de Ravel et de Beethoven. Le Boléro avec son merveilleux ballet de chaises et le Scherzo charmèrent les âmes éprises de musique et de danse. Ces deux dernières changent profondément l'être humain et l'épurent miraculeusement en exorcisant toutes ses angoisses.

CHAPITRE XV

Le rêve resplendissant d'une ambitieuse

Jeanne, de son côté, reprit sa vie habituelle. Elle quittait son appartement vers neuf heures, se dirigeait vers le garage et conduisait sa «Fiat» dans les rues de Beaulieu en direction de l'institut de beauté. La voiture rouge décapotable glissait rapidement parmi les autres véhicules attirant les regards excités des chauffeurs de taxis qu'elle croisait ou qui la longeaient. Parfois ils manifestaient gauchement leur admiration pour elle. Le vent de mai, avec la complicité de Venus, entrait dans sa voiture, dans ses cheveux noirs délaissés négligemment, les faisait flotter, s'envoler ou s'éparpiller sur ses épaules selon son caprice printanier. Le cœur fébrile de Jeanne alors battait secrètement de plaisirs à cette chaude ovation, à cette invisible acclamation, à toutes ces petites joies dont une vedette de théâtre, du petit écran ou même du cinéma, rêve et se berce constamment dans l'espoir d'occuper un jour tous les cœurs du monde: Liberté, gloire et plaisirs! Etait-ce vraiment son rêve? Cette belle séquence de sa vie se répétait presque tous les jours.

Une fois au salon, elle travaillait avec amour, prenait soin de tous les détails: nettoyer la face de la cliente, étudier sa complexion, la couleur de la peau, des yeux, la forme du visage, tout ce qui nécessitait les exigences de l'esthétique, tout ce qui l'aidait à recréer un être affable et attrayant. Elle était tellement prise par son emploi que le temps filait vite à son grand étonnement. À douze heures sonnantes, elle se débarrassait de son tablier et de son bonnet blanc, se mirait, se maquillait adroitement puis se dirigeait vers «Le café de Paris» ou «L'Eldorado «pour rétablir joyeusement ses forces. Les garçons la connaissaient bien. Ils s'empressaient près d'elle et lui offraient leur service avec joie. Elle, de son côté, imperturbable, passait sa commande, puis tirait de son sac sa boîte de cigarettes américaines et jouissait du repos en regardant les gens passer. Elle mangeait lentement, dégustait sa boisson gazeuse et tirait de temps en temps sur ses sèches dont les bouts s'accumulaient dans le cendrier de cristal. L'heure du repas était pour elle une pause recherchée et prisée, un moment idéal de divertissement et de rêve.

Le même plaisir de travail l'animait tout l'après-midi. De temps en temps elle remplaçait les manucures et les pédicures tant elle était serviable. Quand les dames du quartier Ste. Honorine étaient satisfaites de tous les soins qu'elles se faisaient imposer sur le visage et les cheveux pour se préparer à leurs divertissements nocturnes, Jeanne les voyait d'un œil parfois envieux sortir, belles, élégantes et attendre leur chauffeur, toujours à leur disposition. Comme ces dames venaient rarement rue Ste. Catherine, son envie ainsi que le flux et le reflux des vagues, se fortifiait ou s'estompait à l'apparition ou la disparition de ces bourgeoises huppées.

À vrai dire, elle aussi savait s'amuser. Ses divertissements ne manquaient pas dans sa vie. Elle s'était fait un groupe d'amis restreint, les contactait quand elle s'ennuyait chez elle et passait certaines soirées de la semaine au rythme de la musique et des chansons en vogue dans les boîtes de nuit de la capitale. Quoique leurs noms «L'Enfer» et «le Purgatoire» eussent une résonance religieuse et punitive, ces lieux attiraient la jeunesse oisive, à la vie confortable et lui offraient les joies de la danse, l'enivrement de l'alcool et l'extase de tous les plaisirs terrestres qu'elle tentait obstinément de voler au temps fuyant. Petit à petit ces stéréos étaient devenues ses lieux de rencontre de prédilection. Il n'y avait qu'à s'ingurgiter quelques verres de boisson, à brûler quelques cigarettes dans ces lieux tamisés de lumières multicolores et faibles et parfois à s'endiabler sur la piste dans les bras des jeunes gens qu'elle rencontrait souvent au hasard. Les éclats de rire, les hochements répétés de la tête, les baisers volés, les hanches se balançant dans les mains solides de ses partenaires, tout lui donnait l'impression de vivre intensément sa vie. Pourtant quelque chose manquait à cette vie trépidante. Jeanne ne se contentait pas de ce qu'elle avait, de ce dont elle jouissait. Son désir ardent de réussir la portait loin. Elle cherchait de tous ses sens les plaisirs dans l'opulence; elle voulait, en un mot, rivaliser avec celles qu'elle rencontrait quelquefois dans les rues général Morrison, Laroche ou autres

Ce désir la rongeait, lui brûlait la poitrine. Etait-ce la secrète raison de son assiduité au travail? Cherchait-elle à gagner la sympathie des quelques dames de la haute société qui venaient parfois se faire soigner par elle à «Mona Lisa» qui devint en quelque sorte son pseudonyme? Jeanne essayait de mieux se connaître, voir plus clairement son futur, sonder plus perspicacement son destin. Mais tout paraissait vague en elle. D'un côté Joseph l'occupait; son amour se révélait serein quand elle s'évadait avec lui et qu'il lui parlait de sa joie, de ses transports à être près d'elle; mais d'un autre côté elle sentait misérablement la futilité de sa vie, ayant l'impression de la gaspiller en l'absence de grandes amours, d'innombrables et de fabuleuses aventures qui la mèneraient à une vie auréolée de succès, resplendissante de soie, de fourrure, de diamants et de rares parfums, de tout ce monde quelque peu inaccessible dont elle n'arrivait pas à s'entourer faute de grands moyens.

Jeanne, les yeux cernés, le visage triste mais toujours belle, continuait à gagner son institut pour remplir son devoir quotidien. Pour oublier ses fantasmes, elle engageait de sa voix douce des conversations à bâtons rompus avec ses quelques clientes distinguées, les intéressait à ses sujets, les faisait sourire et même rire et riait avec elles par contagion; aussi reprenait-elle ses traits habituels et son visage rayonnait de nouveau de joie. Son caractère jovial, ses histoires alléchantes la rendaient si sympathique qu'ils lui faisaient gagner l'admiration de ces riches Naïades.

Ces dernières parlaient d'elle dans leur cercle, prônaient ses qualités: sa finesse, son charme, son habilité de dissiper leurs soucis par sa voix mélodieuse, ses histoires anodines, son large sourire prodigué à toutes et ses vertus magistrales d'esthéticienne.

Mme Mailleux qui se hasardait parfois dans la rue Ste. Catherine, eut un jour l'idée de l'inviter chez elle:

- Jeanne, lui dit-elle gentiment, quand elle s'apprêtait à quitter l'institut,»Mona Lisa» aimerais-tu venir nous rendre visite?

L'esthéticienne lui sourit; ses dents brillèrent de blancheur comme d'habitude. Elle la regarda longuement étonnée et l'accompagna jusqu'à la sortie et lui dit enthousiaste:

- Ce serait à la vérité un plaisir de vous revoir et même un honneur de vous voir chez vous.

La cliente au grand cœur, satisfaite, sourit à ce compliment, prit congé d'elle, monta dans la Cadillac noire et le chauffeur conduisit lentement la luxueuse voiture devant les yeux charmés de cette fille de salon. Cette invitation berça, comme on peut le deviner, le cœur de la rêveuse plusieurs jours. Son imagination l'emportait loin, très loin. Par ailleurs, elle ne savait comment se comporter à l'égard de cette noble dame: la contacter ou attendre une seconde invitation? N'ayant pas l'habitude de fréquenter le grand monde, ce dilemme la jeta dans le désarroi. Elle ne voulait pas non plus être désabusée en faisant un faux pas.

Deux semaines plus tard, un soir, son téléphone sonne chez elle. Jeanne se précipite vers l'appareil et prononce son «allo» de sa voix un peu agitée.

- Jeanne! Fait la vox lointaine.

Elle reconnaît l'intonation de celle de Mme Mailleux. Elle commence à trembler. Est-ce la voix, le signe du bonheur?

- Bonsoir Jeanne, comment vas-tu?
- Ça va! Merci bien, Madame.
- Et la visite? Je l'attends toujours.
- C'est que, Madame, je ne sais quand vous êtes libre.
- En vérité, je ne suis jamais libre, autrement dit, je ne suis jamais seule; je reçois beaucoup de monde. Mais qu'importe! Viens quand le cœur t'en dit.
- D'accord Madame! Je passerai, peut-être, cette fin de semaine.
- Excellente idée! Passe donc chez moi l'après-midi.
- Je tâcherai d'y être, Madame.
- Parfait! Je t'attendrai donc, murmura Madame Mailleux.

Profondément heureuse, Jeanne raccroche après avoir pris son adresse puis s'en va dormir, rêveuse, en attendant de toucher du doigt ses rêves les plus chers.

Après ce coup de fil, elle se sentit plus agile. Ses mains se glissaient sur la gorge, le menton, les joues et le front lisse de ses clientes plus habilement, plus lestement que d'ordinaire. Comme la brise de mai joue gaiment avec les nouvelles fleurs des champs depuis longtemps déserts, ainsi cette invitation au quartier Ste. Honorine berce-t-elle de joie et de rêves inespérés le cœur quelque peu déprimé mais avide et capricieux de Jeanne.

La créatrice de Naïades, enfin, prit le chemin du quartier des palaces, se dirigea après hésitation vers la villa Mailleux. C'était un bel après-midi de printemps: un soleil chaud, adouci de temps à autre de bouffées d'air frais venu tantôt de la montagne tantôt de la mer. Jeanne se rendit à la demeure de sa cliente, épanouie de bonheur. Elle était sur le point de découvrir un monde qu'elle avait vaguement connu. Mme Mailleux la reçut émerveillée de sa beauté, la conduisit tout droit au jardin planté de mille fleurs aux couleurs variées. La conversation s'engagea; l'invitée et la maîtresse du logis eurent d'agréables moments interrompus par les visites répétées de la femme de chambre qui leur servait des fruits, des gâteaux, de la liqueur, de la glace et du café turc. Entre-temps Jeanne était saluée par des visiteurs inopinés, mais sa mémoire ne retint que l'image de la tête blonde d'un jeune homme.

Après cette visite, Jeanne devint plus familière encore avec Claudine. Chaque fois qu'elle s'ennuyait et qu'elle n'avait pas envie de voir son amoureux professeur, elle essayait de faire une visite amicale à sa cliente bourgeoise. Par conséquent Jeanne et Joseph se voyaient plus rarement: elle, prise par ses visites et ses rêves romantiques de Cendrillon, lui, préoccupé d'améliorer sa condition de vie. Elle avait pris un goût à ces jeux de société. Le visage du Phébus commença à la hanter; elle ne le voyait pas toujours chez son hôtesse et quand elle le rencontrait elle n'osait pas l'aborder et avoir un aparté avec lui. Elle le trouvait de surcroît distant, parfois perdu dans ses pensées et souvent même triste. Elle ne savait pas qu'il s'était entiché d'elle. Deux semaines plus tard, le jeune avocat demanda à Mme Mailleux les coordonnées de Jeanne.

Un dimanche matin, le téléphone de la rêveuse sonna. Elle se saisit de l'appareil et murmura d'une voix apeurée: «Allo»

- «Allo», reprit la voix inconnue
- Qui est à l'appareil? S'enquit Jeanne.
- C'est Marc.
- Marc? Marc? répéta-t-elle.
- Oui, C'est bien moi, on s'est rencontré quelquefois chez Mme Mailleux. Vous en souvenez-vous?

Jeanne ne put répondre, retint difficilement son souffle, passa sa main gauche sur son front un peu moite. Le silence dura un court moment.

- Êtes-vous toujours à l'écoute, Mademoiselle?
- Oui! Oui. Reprit-elle, instinctivement.
- J'espère que je ne vous dérange pas, ce dimanche matin.
- Non! Non! Pas du tout, Marc.

Il ne savait pas, non plus, qu'elle attendait ce moment depuis le premier regard qu'il avait jeté sur elle et qui l'avait hypnotisée. Ce coup de fil était un vrai talisman.

- J'ai l'intention d'aller à la plage. Aimeriez-vous m'y accompagner?
- Je ne sais pas . . . . Peut-être: mais ce n'est pas encore Juillet.
- Oui, mais il fera chaud aujourd'hui; d'ailleurs on n'est pas forcé de nager. On s'assoira sur la terrasse de St. Georges, histoire de fuir la chaleur de la ville
- Bon, alors! Comme vous voulez.
- À tout à l'heure donc! Mademoiselle.
- À tout à l'heure, Marc.

Jeanne passait plus de temps avec ce jeune avocat qu'avec Joseph. Ce dernier était plongé dans ses travaux scolaires, tandis que l'autre, après quelques heures passées au Palais de Justice faisait la chasse aux tavernes. Assis autour d'une table dans «la Cave des Dieux» Jeanne lui dit soudain:

- Quand je vous ai rencontré chez notre hôtesse, vous étiez plutôt froid et rêveur. Maintenant je vous trouve complètement différent.

- En effet, j'ai changé, Jeanne. Quand on s'est rencontré, j'étais au désespoir depuis un long moment. J'avais une amie, je l'aimais bien.

D'emblée, ses regards scrutent le lointain. Vermont renaît à ce moment-là et avec lui renaissent ses promenades nocturnes, ses amis, les fêtes, l'école St. Bonaventure où lui et Janine ont grandi côte à côte et se sont tendrement aimés. Son interlocutrice le regarde anxieuse. Ses regards jettent le voile sur le passé, rencontrent ceux de Jeanne. Marc se secoue, reprend sa conversation plus mélancoliquement.

- Mais Janine trouva la mort dans un accident de voiture: une mort inutile et dévastatrice. Ah! Ces accidents de route, comme ils sont insensés! J'ai peine à l'oublier. Grâce à vous la plaie commence à se cicatriser.
- Il est difficile d'oublier une personne qu'on a aimée, n'est-ce pas?
- C'est très vrai, Jeanne. Mais . . .

Marc plonge un moment dans le silence. Soudain, il la regarde en parlant tout bas:

- Voulez-vous que je broie toujours du noir et que je me laisse emporter par mes tristes souvenirs?

Puis il prend son verre, le vide d'un trait et en demande un second. Jeanne a le cœur brisé et la pitié d'un moment se transmue en affection profonde.

Toutes les sorties de Marc n'étaient qu'une évasion: fuir l'image de Janine qui ne cessait de le hanter. C'est pourquoi ce nouveau visage lui parut la seule personne qui pût le sauver de sa dépression, de son état de grand abattement.

Ainsi les rencontres se multiplient-elles. La luxueuse Porsche bleu ciel s'arrête devant l'institut «Mona Lisa». Marc en descend et attend sa nouvelle amie qui s'apprête à sortir. Ce Samedi soir, il compte l'amener au «Grand Casino» pour assister à une reproduction théâtrale prodigieuse des danses du siècle et de là vers la «Salle des Ambassadeurs» pour qu'ils tentent leur chance.

Jeanne rentre chez elle et porte la nouvelle robe de soir que le nouvel amoureux lui a achetée pour cette occasion spéciale. Elle se maquille merveilleusement et paraît comme une princesse dans sa robe de soie. Le prince charmant lui offre son bras. Ils descendent royalement jusqu'à la voiture. La Porsche file dans la nuit, traverse Beaulieu, s'engage dans l'autoroute St. Charles et se dirige vers le plus fastueux château du pays.

La fraîcheur de la nuit, le faible clapotement des vagues, la musique de la radio ensorcellent la Cendrillon de la Ste. Catherine. Arrivée sur la colline, elle remarque de nombreuses voitures s'aligner devant le péristyle de l'immense salle de spectacle. Les gens en descendent et les voitures disparaissent dans le noir. Bras-dessus, bras-dessous, les couples gagnent leur fauteuil. Ce manège dure une bonne demi-heure. Les regards de Jeanne tombent sur les personnes qu'elle croit avoir rencontrées durant ses quelques visites chez Mme Mailleux et même à l'institut de beauté.

Le rideau se lève. De charmantes bayadères aux robes courtes, légères et transparentes, aux gants blancs commencent à se mouvoir un bon moment sur une musique langoureuse, puis elles disparaissent. D'autres jeunes filles accompagnées de leurs partenaires dansent sur la musique énergique de «Carmina burana» puis sur celle pleine de joie et de vivacité de l'opéra «Aïda» et de celui de «La Traviata» et enfin sur celle de cancan. D'autres s'y succèdent et se suivent d'une manière étonnante. Les couleurs rouge et noire alors dominent. La Salsa, le Paso Doble, la Barcarolle captent l'admiration du public. Puis les couleurs prennent un autre ton sur une musique trépidante: le Charleston, le Twist, le Rock, la musique de cabaret et d'autres encore aux variétés surprenantes. Puis d'autres scènes, d'autres spectacles: la magie, l'acrobatie, tout anime pendant plus de deux heures la soirée qui éberlue tous et en particulier Jeanne qui se voit, par cette splendide performance professionnelle, conquise et marquée profondément.

De là, le couple avec d'autres gagne la salle des Ambassadeurs. Les tables vertes accueillent les richards et les fanatiques du jeu du hasard. Le croupier en papillon cravate rabâche la phrase magique qui vient comme un refrain frapper l'oreille des joueurs anxieux: «Mesdames et Messieurs, faites vos jeux.» suivie, quelques secondes plus tard, de son corollaire: «Les jeux sont faits, rien ne va plus».

La roulette tourne et tourne et les regards perplexes la suivent avec passion mêlée d'anxiété. Les rompus aux jeux boivent, fument, se divertissent avec leur partenaire et regardent furtivement la petite balle blanche; d'autres, en revanche, suivent des yeux curieux cette boule qui, rapide, sautille plusieurs fois et avec elle les battements de leur cœur. Les fanatiques comme les novices s'immobilisent un instant. Soudain le souffle, contenu un court moment, se libère avec éclat dans des cris aux diapasons variés. Le sort des joueurs est décidé par l'arrêt heureux ou malheureux de la petite balle. Une petite balle fait ou défait le destin des gens.

Les phrases, les mouvements et les cris se répètent. L'on s'embrasse ou l'on s'énerve. La pile de jetons grandit ou se fond suivant l'habilité, l'obstination ou la chance des joueurs.

La soirée paraît pleine de surprises à Jeanne. Marc joue avec nonchalance, tantôt il accumule ses jetons et tantôt il les voit diminuer. La nouvelle princesse, buvant du champagne, le regarde, lui sourit et de temps en temps l'embrasse. Soudain il perd tout. Le cœur de Jeanne se brise mais Marc indifférent lui dit avec humour:

- Ce n'est que quelques milliers de francs. C'est presque rien, chérie. L'essentiel est que tu aies passé un bon moment avec moi.

Lassés par les longues heures, les nouveaux amoureux quittent les jeux vers deux heures du matin. À moitié ivre, Cendrillon s'appuie sur son prince charmant et gagne la voiture qui les attend devant le même perron. Marc tient le volant de sa main gauche et de l'autre enlace tendrement sa poupée brune. Une fois au garage, la voiture s'arrête. Les deux amants ont de la peine à se quitter. Marc s'approche d'elle, tient sa tête dans ses mains, applique ses lèvres sur les lèvres charnues de Jeanne et reste un moment à déguster ce long baiser, puis il lui dit tout bas:

- Jeanne, chère Jeanne, faisons que nos amours passées ne soient que des essais d'amour! Préparons-nous donc aux grandes aventures!

Ces mots sonnèrent agréablement à ses oreilles et enchantèrent son âme.

- C'est merveilleux ce que tu dis, mais je le crains autant que je le souhaite, cher Marc.

Ils se dirigèrent lentement vers l'appartement, puis s'étendirent sur le lit le plus sensuel de la ville, Jeanne s'apprêtait à offrir à son amant le plus riche, le plus convoité et le plus délicieux trésor de son corps. La nuit était interminable dans la chambre modeste de cette épatante femme. Au fil des heures, les plaisirs se succédèrent plus follement encore.

Le lendemain, ils se réveillèrent très tard et après le départ de son prince charmant elle se sentit quelque peu tourmentée.

- Était-ce un rêve? Ai-je passé la nuit avec Marc? Et Joseph alors . . . . ?

Jeanne ne savait que répondre à cette troublante question. Elle se voyait un peu déchirée par ce dilemme. Après cette nuit, comment allait-elle affronter celui qu'elle connaissait depuis déjà pas mal de temps ! Elle se sentait mal à l'aise. Mais elle était plus que décidée de suivre ses instincts. Elle essaierait de concilier ses deux relations puis de trouver une issue à sa situation quand elle se verrait acculée à faire son dernier choix. Les sentiments mi-troublants, mi-convaincants qu'elle trouvait normaux dans la vie d'une jeune fille ambitieuse comme elle et l'habitude de voir ses deux amants sans que l'un ne puisse rencontrer l'autre, apaisèrent un peu sa conscience. En attendant, elle essaierait de plaire à ses deux hommes à la fois, grâce à son ingéniosité féline et coquine de femme. (Così fanno tutte, anche perchè la donna è mobile. Ainsi font toutes car la femme est inconstante)

Marc entre-temps polissait ses plaidoiries et Joseph s'adonnait à ses cours dans son nouvel établissement. Ainsi passa la luronne le reste de l'année avec ses deux amants.

CHAPITRE XVI

Les mécomptes

Sa seconde année à Saint Benoît débuta sans accroc. Le matin, il se réveillait à six heures après une nuit rassasiée de sommeil. Son petit déjeuner terminé, il descendait l'escalier et conduisait sa bagnole après avoir jeté un coup d'œil sur son quotidien dont il lisait tous les articles qui l'intéressaient, une fois rentré de l'école. Sa journée était toujours remplie: Les études de texte d'une part et d'autre part les poèmes de Ronsard, les pièces des dramaturges classiques, les pages de Voltaire, de Rousseau, de Chateaubriand, entraînaient le professeur de littérature à travers les semaines et les mois qui passaient imperceptibles tant il mettait de l'application, de la ferveur et de l'entrain dans ce qu'il enseignait.

«Les soirées d'automne et d'hiver étaient d'une autre nature . . . . » Après avoir lu et situé le texte d'une voix veloutée et grave, cet amoureux des Lettres se lance dans l'explication du fameux passage des» Mémoires d'Outre-tombe». Il met en relief le tableau qui représente les quatre convives dans leur isolement les uns par rapport aux autres, le caractère mélancolique de la mère, les effets de lumière et d'ombre, le portrait fantomatique du père avec «sa robe de ratine blanche, sa tête demi-chauve couverte d'un grand bonnet et sa figure longue et pâle» scène qui revient par deux fois dans le passage. Disparaissant dans les ténèbres de la vaste salle et reparaissant comme un spectre dans la faible lumière d'une bougie, accompagné dans le silence des bruits de ses pas, le père inspire la frayeur à l'écrivain, encore enfant et à sa sœur Lucile. Joseph ne tarit pas de montrer toutes les beautés latentes du texte. La classe respire le silence et retient son haleine jusqu'à ce que le talisman se brise avec la réclusion du père, au caractère triste, autoritaire et machinal, derrière les battants d'une porte qui se referme sur lui. Avec l'explication de la dernière phrase: «Si le silence nous avait opprimés, il nous le payait cher.» les élèves se détendent après avoir eux-mêmes frôlé la frayeur et débordent alors de questions pertinentes, de discussions animées et aussi de paroles élogieuses à l'égard de l'enchanteur dont le style est le bel canto de la littérature française

Le cours à peine fini, Pierre accourut.

- Joseph, sais-tu? lui dit-il. On va avoir une augmentation de vingt pour cent.
- Les manifestations, lui répond insidieusement son collègue, ont porté quand même certains fruits; mais as-tu lu la clause concernant les instituteurs et les professeurs, lui demanda Joseph?
- Pas encore! lui dit Pierre sans perdre son enthousiasme.

Méfiant, le soupçonneux fit cette réflexion:

- J'ai peur que la loi ne soit pas générale. Il faut en étudier les détails
- Le crois-tu? demande Pierre, les yeux tout ronds.
- Elle est d'habitude tellement subtile, compliquée et élastique que son interprétation pourrait ne pas être en faveur de tous les enseignants.

Les amis empruntèrent l'escalier.

- Si je tombe sur la loi, je la décortiquerai, lui assura Pierre, un peu ébranlé
- Espérons pouvoir en tirer profit, conclut son collègue.

Joseph sourit un moment grâce à cet heureux événement dont il a pu deviner l'arrivée. Les marches de marbre les menèrent jusqu'à la salle des professeurs. La discussion déjà battait son plein. Les uns jubilaient d'autres préféraient attendre pour que tout fût plus clair. Mais l'atmosphère était plus gaie, plus animée que d'habitude. Une secrète joie pénétra le cœur de ce rêveur. Il attendait impatiemment la fin de la journée pour donner la bonne nouvelle à son amie. Il allait mener désormais une vie moins tendue, moins contraignante, moins restreignante. Dans cette joie, il alla trouver Jeanne et lui donna la bonne nouvelle d'une augmentation substantielle. Il s'en berçait près de celle dont il s'est éperdument épris.

Le lendemain tout le corps enseignant sua sur le texte relatif à l'augmentation aux clauses nombreuses et inextricables. De sa lecture attentive, il se révéla, entre autres, que ceux qui n'avaient pas complété deux ans consécutifs d'enseignement dans leur collège, lycée ou autres n'avaient pas droit aux augmentations stipulées par la dite loi. Après une étude exhaustive de la loi sur l'augmentation de salaire et après un sérieux recensement il apparut que sur les soixante-quinze instituteurs et professeurs une quinzaine bénéficiait de cette aubaine. Sur ce, Joseph accompagna Pierre. Ils sortirent de la salle et s'en éloignèrent.

- Tu vois, cher ami, on est bel et bien cuit, grillé.
- Que peut-on faire contre la loi? Lui répondit Pierre, déçu mais résigné.
- Rien. Absolument rien! Bien entendu! Depuis quand était-elle en faveur des employés et des ouvriers. Elle appuie toujours la cause des patrons en leur faisant éviter de contracter des obligations, à son avis, abusives. Et nous, que diable nous emporte! Fit-il, le visage rouge de colère.
- Au moins, tu n'es pas le seul à en souffrir, lui dit-il compréhensif.
- Oui, je le sais Pierre et je me disais d'ailleurs pourquoi les institutions privées renvoyaient leurs instituteurs et autres enseignants au bout de deux ans de contrat: C'est tout simplement pour qu'elles ne se voient pas contraintes de payer augmentations, indemnités et autres privilèges.
- Mais c'est leur période d'expérience et d'entraînement, argumenta Pierre dans le désir de justifier les Directions d'école.

- Si les instituteurs ou les professeurs sont bons à rien, pourquoi les gardent-elles la seconde année? Pourquoi ne les renvoient-elles pas au bout de leur première année de stage? Non, ce n'est pas vrai! Je vois là, mon cher ami, une exploitation flagrante de la loi. En un mot, toutes ces institutions avec la complicité du gouvernement, sous prétexte de négociations, se liguent contre les faibles. Serons-nous à notre tour renvoyés, l'année prochaine?
- Tu dramatises la situation, cher ami, lui dit-il en cessant de marcher.
- Le déçu fit de son côté quelques pas, puis se tourna vers son ami et lui dit, le cœur resserré et le regard lointain, comme s'il voulait prophétiser.
- C'est la réalité, Pierre. Mais un jour, le peuple se secouera de sa léthargie, s'éveillera en colère et emportera toutes ces institutions et avec elles le gouvernement dans le torrent violent de son ire; un jour, il brisera les chaînes qui le lient et comme Samson sapera les fondements de cette soi-disant république dans les derniers soubresauts de son courage titanesque.
- Quelle vue apocalyptique, mon cher! Te prends-tu, par hasard, pour Protée? Fit-il en rigolant pour dissiper le profond mécontentement de son ami. Apaise-toi, Joseph, il n'en sera rien; bientôt tout comme d'habitude rentrera dans l'ordre.

Mais cette frustration n'affecta pas l'enseignement de ce révolté qui s'adonnait toujours tout entier à son devoir. Son emploi l'absorba et l'entraîna dans son engrenage. Mais sa déception fut plus grande encore quand, trois semaines plus tard, après avoir invité Jeanne à une sortie dominicale, il l'entendit lui dire ce qui n'arrangeait pas bien les choses:

- Cher ami, je te respecte beaucoup et je t'admire même, mais tu ne peux m'offrir la vie vers laquelle je tends. Tu ne peux pas te payer le luxe d'avoir une voiture somptueuse, d'habiter dans une grande maison, de m'amener aux casinos, de m'offrir des voyages aux lieux exotiques. Ton train de vie, à la longue, sera déprimant sans aucune lueur sur l'avenir. L'homme à salaire est toujours condamné à vivoter, moi je veux jouir de ma vie, de ma jeunesse, de ma beauté. Tout cela, comme tu sais, ne durera pas éternellement. La vie est brève et les joies de vie sont incommensurables et innombrables.

Joseph l'écouta, silencieux. Sa voix ne sortait pas de sa gorge. Il se sentit flageoler. Jeanne continua en ponctuant ses mots.

– Il me faut un mari cossu, un mari qui ne vive pas avec parcimonie. L'amour, les livres, les luttes ne m'assouvissent pas, au contraire avec le temps, ils pourraient me fatiguer, m'user. Ne te fâche pas, cher ami; essaie de me comprendre, je t'aime bien, tu le sais, mais je ne veux pas ensevelir mes charmes dans une vie modeste. Toi non plus, tu ne veux pas sombrer dans une vie simple. Tu cherches à vivre mieux, mais tu es incapable de changer ta situation financière et ton emploi ne te le permet pas.

Ils continuèrent à marcher dans la rue Ste. Catherine mais d'un pas lent. Joseph l'amena à un café-trottoir. Ils s'y assirent un peu gênés. Après un profond soupir, il la regarda et lui dit sur un ton amer:

– Ne me juge pas sur ce que je possède, mais sur ce que je vaux, Jeanne. Demande-moi ce que j'étais et ce que je suis devenu, seul sans l'aide de personne, presque abandonné à moi-même. On sait ce qu'on est aujourd'hui mais on ne sait pas ce que l'on peut devenir demain. Tu demandes, tu exiges ce qui me dépasse pour le moment; sache que tout ce qui est nécessaire dans la vie s'impose de soi-même, chère Jeanne! Mais ce n'est pas la richesse démesurée qui t'apportera le bonheur que tu recherches, ce n'est pas la voiture au prix exorbitant, ce ne sont pas les casinos, les voyages lointains, les yachts qui te combleront de joie, ce n'est pas le quartier huppé qui fera resplendir ton esprit, ton cœur et ton âme. Oui je sais, je parais ridicule en disant cela. Oui, mais, c'est la fidélité, c'est la sincérité, c'est le respect, c'est l'estime l'un pour l'autre, c'est la lutte engagée au quotidien, côte à côte, contre toute adversité et c'est le plaisir de la surmonter sans que notre amour n'en soit ébranlé, qui nous gratifieront d'un véritable bonheur. Parlé-je dans le désert vide, Jeanne?

- Après une mûre réflexion, j'ai décidé de l'épouser parce que je le lui avais promis, lui dit-elle brusquement.
- Qui?
- Un nouvel ami.
- Pourquoi alors, as-tu repris la liaison avec moi? T'aurais-je servi de tremplin pour que tu réalises tes rêves?
- Non! Ce n'est pas vrai!
- Aurais-je été l'amorce pour que tu attires l'homme de tes rêves et qui pour toi était le meilleur parti?
- Non! Ce n'est pas vrai, insista-t-elle.
- M'as-tu donc trompé avec ce jeune homme pour le capturer dans les chaînes de plaisir au point que vous ne pouvez plus vous quitter?

Jeanne se tut sachant que toute sa relation n'était qu'un scenario monté pour allécher celui auquel elle pensait. Et l'amoureux dépité de lui montrer amèrement sa déception:

- Quelle misérable opportuniste!

Sur ces mots, fou furieux, il l'abandonna se débattre dans une inconfortable situation. Seule, confuse mais débarrassée du dilemme qui la torturait depuis son aventure avec Marc, elle arrêta un taxi et rentra chez elle. Sa joie était mitigée de tristesse.

C'était le dimanche le plus désastreux de la vie de Joseph. Il lui fallut des semaines pour que la plaie de l'amour trahi commençât à se cicatriser. Pierre fit de son mieux pour le consoler. Pour essayer d'éradiquer sa profonde tristesse, il l'invita un samedi au «Théâtre des Diseurs» pour qu'il se divertît un peu.

Pierre dont le frère au flair aigu des combines commerciales s'embourgeoisa grâce à plus d'un coup de chance, fréquentait depuis des années le milieu sophistiqué. Certaines familles de la bourgeoisie se réunissaient régulièrement et suivant des occasions importantes, dans des meilleurs hôtels et restaurants de Beaulieu: «Crazy Horse» qui était la boîte de nuit distinguée de la ville, ne désemplissait jamais. C'était là que les fins comédiens faisaient éclater de rire tous les «Happy Few».

Le ballet des splendides voitures américaines, anglaises et italiennes amuse les valets de l'hôtel. Le groom, en habit marron foncé et clair, rehaussé de képi aux fils dorés, ouvre la portière aux Crésus de la ville, tirés à quatre épingles. Ils descendent souriants, suivis des dames dans leurs plus beaux atours. À l'intérieur, l'immense salle «Veneto» à l'architecture rococo, éclairée faiblement de bougies plantées dans un vase de cristal qui orne le centre de chaque table couverte de nappe écarlate, autour de laquelle, déjà installés, quelques bourgeois échangent d'anecdotes gaillardes, sorte de prélude aux dialogues, répliques et chansons fort épicés d'Antoine, de Maurice et de Juliette, et d'autres encore qui vont chatouiller leurs instincts friands de paroles et d'histoires grivoises.

Cette salle immense reçoit les plus brillantes figures et les plus fascinants visages de la haute bourgeoisie. Leurs cinq sens vont être, cinq fois vingt-cinq minutes, copieusement servis et gâtés grâce au cordon-bleu de la Maison, à l'orchestre aux instruments à cordes et à vent, accompagnés de piano et enfin aux subtilités et aux gauloiseries des comédiens et comédiennes de petite pudeur.

Les bouteilles de champagne, de whisky, de gin se vident. Ils trinquent et avalent parfois d'un seul trait leur boisson stimulante d'excitations et s'esclaffent aux chansons gaies et aux dialogues bien gaulois. Aux éclats d'un rire familier à son oreille, Joseph tourne aussitôt la tête et aperçoit heureux le visage plein de Marcella, dessiné de ses immenses yeux, rendus ensorcelants grâce à ses soins féminins. Il attend le moment propice pour aller l'aborder. Il ne peut résister à aller converser avec elle. Enfin il la rejoint.

- Bonsoir, Marcella!
- Toi, ici, Joseph!–Etonnée, elle lui retourne la salutation.
- Mon collègue m'y a invité.

La chaleur y manque toujours. Ils parlent rapidement des années d'université, de projet de travail, mais son amie semble plutôt attirée par le show amusant que par les sujets abordés.

- Ça, c'est la vie, lui dit-elle extasiée.
- Oui je le sais, Marcella. Mais il y a aussi la vie des autres
- Peu m'importe ce que font les autres, moi je jouis de ce qui se présente de beau et d'agréable. Mon plaisir c'est cela. Pourquoi m'inquiéter de ce que fait X ou Y.
- Justement, Marcella, l'inquiétude, lui souffle son interlocuteur.

- Oui, pourquoi me soucier de la vie d'autrui, de la misère d'autrui?
- Ne partages-tu pas leur souffrance au moins par la pensée?
- Ceux qui prétendent se sacrifier pour les autres ne sont en réalité poussés que par une sorte d'égoïsme, que par jalousie. Ils y cherchent leur intérêt, leur succès pour remplacer les riches d'aujourd'hui et faire sombrer le pays dans la pauvreté et la destruction générales. Moi d'ailleurs je ne vois pas de misère; tout le monde est content, chacun se livre à sa manière aux plaisirs. Tu n'as qu'à regarder autour de toi. Franchement je ne crois pas qu'il faille absolument se soucier, s'inquiéter pour les autres. Si certains se comportent différemment ou qu'ils vivent autrement, c'est leur choix. Moi, j'ai choisi mon camp.

La Chanson» Oh! Calcutta!» de Maurice accompagné du chorus bruyant interrompt un moment la discussion et arrache farouchement Marcella à ses pensées. Elle rit aux éclats.

- Oui, ça c'est la vie, avoue-t-elle, d'un air jubilatoire, à son ami, intempestivement sombre. Elle me sourit, je ne veux point la décevoir. Tu peux me traiter de légère, mais j'y tiens de tous mes sens. La vie est un jeu de hasard. Il y en a qui jouent perdants. Moi, jusqu'à présent, je suis gagnante. Tant pis, si un jour je perds tout!

À ce moment, les spectateurs, pouffant de joie et de rires, accompagnent la troupe bruyante à pleins poumons»

«Oh! Quel cul t'as!»

Le pianiste, accompagné de l'orchestre, laisse courir diaboliquement ses doigts forts et agiles sur les clefs de la grande boîte sonore et la joie générale fait trembler toute la salle et frappe l'intrus de plein fouet. La ripaille et la beuverie occupent la soirée de ce night club huppé dans une atmosphère délirante, que pimente à la fin une strip-teaseuse exotique. C'était une soirée magnifique, magique, énergétique et frénétique.

Au petit matin, après s'être éparpillés dans les meilleurs restaurants: «Maxime», «Chez Paul»,» Dolce Vita» ou «Trirème», les fortunés de Beaulieu regagnent leurs villas ou leurs luxueux appartements pour s'ébattre entre leurs draps heureux. Ainsi les plaisirs du jour et ceux de la nuit vont se confondant.

Mais Joseph Forestier n'avait que Val-des-Neiges pour enterrer sa déception et son crève-cœur. Il savait qu'Yves, jeune homme très généreux comme la plupart des villageois, serait content de le voir venir chez lui. Il prit la décision d'aller y passer deux semaines pour assister aux fêtes foraines, aux festivités diverses et à la cueillette des fruits pendant ses grandes vacances et peut-être même d'y participer comme la dernière fois

Quand, un samedi, son ami d'enfance l'aperçut, son visage rayonna de joie. Il était sur le pont bavardant avec un groupe de jeunes. Le visiteur gara sa voiture dans un coin disponible.

- Tu as bien fait de penser à moi; d'ailleurs quand l'été montra son nez, je me suis dit» Joseph devrait penser faire une apparition. Mais j'ai commencé à désespérer à la fin du mois d'Août «
- Val-des-Neiges m'attire et c'est ici que je trouve le repos. Mieux vaut tard que jamais, Yves, lui dit le citadin, en souriant. Comme tu es généreux, cher ami!
- La fois dernière, tu n'as pas eu l'occasion de rencontrer mes amis ni connaître mes cousins. Ils te plairont, j'en suis sûr.

Ainsi les jours suivants le visiteur se familiarisa avec Edouard, Stéphane, Auguste et d'autres encore.

Le soir ils se rencontrèrent chez Charles. C'était son anniversaire. Une vingtaine de personnes étaient là. La bière, le vin, la boisson alcoolique locale, entourés de différents plats ornaient une immense table rectangulaire. Ils discutaient, parlaient, riaient fort. Auguste parla de Blondine, de Brunette, les vaches qui l'occupaient tous les matins, Yves de ses pommes, de ses poires, de ses pêches. Chacun racontait ce qui se passait dans sa vie quotidienne: à l'étable, à la basse-cour ou dans les champs.

- Hier, dit Edouard, notre chèvre, la Rousse, attaqua le jardin d'Yves. Elle dévasta certaines plantes. Oncle Martin, le bâton à la main, courut clopin-clopant pour la corriger.

«Sacrée chèvre, que le vent t'emporte, ne viens-tu à mon jardin que pour détruire!»

Martin, le père d'Yves, sourit lui aussi, se rappelant ce fait divers campagnard.

Le lendemain, cet estivant particulier accompagna Yves à Charroux où ses vergers s'alignaient riches en fruits et en couleurs somptueuses, dignes de décorer les tables royales. La même scène se déroula sous ses yeux. Les mêmes ouvriers et ouvrières reprirent leurs gestes coutumiers. Ils les voyaient assis ou debout, portant des caisses ou perchés sur les arbres accomplir le rituel de la cueillette des différents fruits, fredonnant résignés ou chantant à tue-tête ce qu'éprouvait leur cœur triste ou heureux. Du village, Charroux paraissait comme les jardins suspendus de Babylone, cette belle et intellectuelle ville, qui prodiguaient à leur Majesté Assourbanipal, Nabopolassar et Nabuchodonosor et à leur entourage impérial, ombrage et fruit, délices et fraîcheur.

Val-des-Neiges, pour le bonheur de ce chercheur de nouveautés, se préparait pour la fête de la Sainte-Croix. Sur la plus haute cime d'une colline, les ancêtres, dans un mouvement de ferveur, en avaient planté une de fer. Chaque année, un jour de Septembre, le village célébrait la fête du Rédempteur.

Ce jour-là, à cinq heures du matin, tout Val-des-Neiges est éveillé. Yves, Joseph, Auguste, Edouard, les cousins et amis, jeunes femmes, jeunes filles, grands et petits, tous s'engagent dans le sentier choisi par le guide du groupe. Écartant les branches d'arbres, foulant les herbes et certaines plantes épineuses, les jambes s'éraflant ou même s'écorchant parfois au contact des buissons et des rochers, les croisés, dont certains murmurent des prières, montent pour conquérir la colline sainte. Plus ils montent, plus les groupes, appuyés de renforts réguliers, venus de différents côtés, grossissent et se préparent à assaillir le faîte du lieu béni. Après le dernier assaut, les fervents fidèles s'agenouillent par centaines au pied de la croix gigantesque. La voix du prêtre ne tarde pas à se lancer au ciel. Sur le point culminant de la colline, en plein air, les pèlerins se sentent légers, purs, plus près du Créateur.

Le soir, les villageois se réunirent sur la place de l'unique église. Des villages voisins étaient venus des centaines de gens pour participer aux festivités nocturnes. Tout au tour de la place publique, des tables étaient alignées, couvertes de mets, de boissons et de pâtisseries. Derrière des étals, des hommes et des femmes, vêtus d'habits folkloriques, vendaient à un prix modique tout ce que le client désirait. Au-dessus d'eux, d'innombrables lampes, allant d'un poteau à l'autre, d'un arbre à l'autre, sillonnaient le ciel éloignant, chassant ainsi, de cette foule détendue, l'obscurité de la nuit. Ailleurs, des cabotins et des clowns, sur quelques planches de fortune, montées au hasard, amusaient en particulier des enfants.

Si les habitants des villages avoisinants affluaient à Val-des-Neiges, c'était pour participer aussi aux compétitions: haltérophilie et carillon. Les plus costaux s'approchaient, torse nu, aux bras et aux jambes musculeux et à la carrure de colosse, puis leurs mains s'agrippaient comme des tenailles de fer au lourd objet et tentaient de le soulever le plus haut possible; ailleurs des compétiteurs se suspendaient à la corde de l'immense cloche et y éprouvaient leur force et leur endurance. La grimace des visages, l'enfouissement des yeux, la tension et le gonflement des muscles de leurs bras et de leurs jambes qui rappellent ceux des lutteurs romains témoignaient l'extrême effort que ces Hercules fournissaient. Le vainqueur était porté sur les épaules et faisait le tour de la place en fête au milieu des ovations assourdissantes.

Alors un groupe de jeunes filles et un autre de jeunes gens se formaient pour exécuter des danses campagnardes au rythme des tambours et des flûtes et accompagnées des chansons populaires. Six garçons et six filles, les épaules se touchant et les mains fortement empoignées les unes dans les autres, se mouvaient des côtés opposés, s'approchaient les uns des autres, tanguant, puis s'en éloignaient toujours en voguant, le chef de file de chaque groupe manipulant habilement un mouchoir de sa main droite. De temps en temps, ils s'accroupissaient légèrement et s'élançaient haut dans l'air et descendaient adroitement sur leur pied gauche et de leur pied droit frappaient d'un commun accord le plancher de béton qui tremblait sous eux. Libre et agile, le chef de file se détachait du groupe et comme un ressort, s'élançait haut et tourbillonnait dans l'espace vide, après avoir pris avec dextérité son élan de la terre solide. Les chansons et la musique n'enchantaient pas moins les spectateurs de tout âge.

Joseph promenait ses regards amusés sur cette multitude heureuse et participait à la joie commune. Vraisemblablement, c'était dans ces occasions que les villageois se rencontraient plus intimement et plus librement et voyaient leur amour naître au son de la musique, au mouvement de la danse ou bien aux croisées des regards furtifs ou persistants, comme naissent les bourgeons des fleurs au souffle du printemps.

Pendant son assez long séjour à Val-de-Neiges, un jeune homme frappa l'attention de cet observateur invétéré: Nicolas Braillard. Plus il le comparait à Yves, plus il lui paraissait étrange, pareil à une gangrène, germant malicieusement dans un corps sain.

Venu d'une petite ville de la région pour la villégiature estivale, il voulait abuser de la gentillesse des villageois qui avaient, dans le but de donner plus de vitalité à leur commune, accepté quelques estivants dans leurs mouvements humanitaires: développement social, la Croix-Rouge, club de l'amitié. De taille moyenne, au visage hâlé, au front large et aux cheveux rares et lisses, toujours endimanché, Monsieur Braillard (il tenait à ce titre, n'en ayant pas d'autres) saluait obséquieusement les gens qu'il croisait sur le chemin: «Bonjour Monsieur Dumoulin... Bonjour Monsieur Lepin.... Bonjour Monsieur Lechamp .... Bonjour Madame Chamois «; ou bien pour se donner (à son avis) plus d'importance, il parcourait le village à l'heure de la promenade de l'après-midi, la tête haute comme un épi vide de grain, faussement sérieux, ne s'adressant à personne, montrant ses habits flambant neuf. Par ailleurs il assistait, suivant ses sautes d'humeurs, aux réunions durant lesquelles, il parlait le premier et fort, n'écoutait point pour ne pas se confondre dans ses idées, pourtant insignifiantes et donnait même des ordres sans l'approbation des chefs organisateurs. Quand le comité d'un projet arrêtait une décision ou adoptait un plan de travail, il s'attribuait, par fatuité, à lui seul l'honneur d'en avoir lancé l'idée, pris l'initiative ou y avoir donné la dernière chiquenaude. Le comité de la Croix-Rouge avait un jour décidé de faire élargir le dispensaire et de le faire mieux équiper, avant même les premiers préparatifs, notre bonhomme déclara un jour pompeusement:

«Villageoises et villageois, j'apporte la nouvelle à toute l'université (il voulait dire «à tout l'univers»). Les gens étouffèrent difficilement leur rire. «Le comité a pris la décision de .... » Il leur relata tout en dévoilant ainsi l'intention du comité.

À part sa pauvre culture, son orgueil et sa vanité, les villageois découvrirent aussi que Nicolas Braillard avait essayé de courtiser la femme du boulanger, la fille d'un propriétaire foncier et qu'il faisait sans vergogne la chasse aux dots. Quand ils parlaient de lui, ils se disaient, en le prenant en dérision: «Avez-vous rencontré Monsieur «m'as-tu vu»?» Que fait maintenant M. Narcisse» «Quand M. Syphilis quittera-t-il Val-des-Neiges?».

Quant à Yves, il incarnait la simplicité campagnarde qui donne peu d'intérêt à l'apparence. Dévoué à son village, il assistait régulièrement aux réunions pour contribuer à son progrès sans en tirer gloire. C'était lui qui écrivait les lettres officielles de son style correct et sobrement fleuri, sans ébruiter pour autant les secrets des groupes de travail; Ainsi en collaboration avec ses collègues, la plupart des projets passaient-ils la rampe grâce à son assiduité, à son dévouement et à sa discrétion. Tout Val-des-Neiges respectait Yves tandis que le charlatan en était devenu la risée.

CHAPITRE XVII

La colère du peuple

Loin d'oublier l'injustice dont il était victime l'année précédente, Joseph reprit le chemin de l'école. Il était plus que jamais décidé de lutter à sa manière contre les rabroueurs de droits. Il voulut étendre l'éventail de son enseignement sur des auteurs connus pour leurs idées sociales et politiques audacieuses et sur des côtés ignorés volontairement des auteurs par le programme officiel pour ne pas éveiller les esprits estudiantins: les discours de Ronsard, les tragiques de d'Aubigné, le contrat social de Rousseau, l'étude approfondie des philosophes du XVIIIe siècle . . . . Puis Victor Hugo, Zola etc. . . . Le programme y passait à pieds joints et n'offrait que de la littérature bourgeoise (l'analyse psychologique, l'étude des passions, des sentiments, le symbolisme, l'école parnassienne . . . .) une littérature qui n'aborde pas donc les causes des problèmes sociaux, qui ne nourrit pas les futurs citoyens d'observations exactes de la réalité vécue, d'esprit critique et d'aspiration à la vérité et à la justice.

- Notre société, disait-il à ses élèves de Rhétorique, n'a pas besoin de la réhabilitation des passions au XVIIIe siècle, ni du romantisme mièvre de certains écrivains, mais . . . .

Suivant cette direction de pensée, ce professeur insistait, en classe des humanistes moins sur les sonnets d'amour que sur les discours de Ronsard, moins sur «Les Regrets» de Du Bellay que sur «Les Tragiques «de d'Aubigné qui soulèvent des problèmes cruciaux. En Rhétorique, les encyclopédistes avaient la part du lion. Voltaire, en compagnie d'autres écrivains inspirés des philosophes anglais des siècles précédents, montre, entre autres, les avantages et les inconvénients des systèmes politiques, avec un esprit lucide, prônant la tolérance, la justice, l'égalité sociale et noircit la corruption, l'orgueil des gouverneurs, le monopole, le fanatisme, la dictature, l'aliénation politique au profit d'une certaine classe privilégiée, de certains groupuscules à l'esprit sectaire. Montesquieu, de son côté, gagnait l'admiration des étudiants avec «L'Esprit des lois». «Les Misérables «de V. Hugo et le «Germinal» de Zola secouaient leur conscience.

Ce jeune professeur relatait en fait les idées de la rue, de la majorité de son milieu. Quand il rentrait le soir, il recevait des amis, des voisins qui parlaient avec amertume des agissements honteux des politiciens en général, du gouvernement, de la carence du parlement, du département de la Justice, emportés qu'ils étaient par leur souci de mener une belle vie, du désir de gouverner suivant leur intérêt personnel et celui de leurs alliés; «L'Echo», «L'Ultra» décriaient les sautes d'humeur du président, du premier ministre et de son conseil en les accusant de mauvaise gouvernance. La cherté de vie étouffait non seulement les pauvres, mais aussi la classe moyenne. Le loyer montait en flèche, certains fruits étaient intouchables; le prix de la viande grimpait, la farine se faisait rare. Toutes ces pénuries causaient l'angoisse des citoyens faute d'une bonne gouvernance.

– On nous arrache notre pain, lui dit un jour son voisin. Notre république, renchérit-il, se corrompt de plus en plus, ce n'est plus le gouvernement du peuple, c'est la ligue de quelques puissantes familles, l'oligarchie: luxe, vol et insouciance. Le pays a dégénéré en une ferme qu'elles exploitent à leur bon plaisir. C'est une vache à lait qu'elles traient à outrance sans en prévoir la fin désastreuse si elles continuent de ce train-là.

Le nombre des mécontents grossissait incroyablement. Certains journaux devenaient encore plus furieux contre l'inaction du Pouvoir Central en vue de mettre fin à l'inflation cinglée. Tête baissée, les nerfs tendus, les gens allaient au travail tout en espérant encore un changement. Ils attendaient un homme honnête, intègre qui ait de l'empathie pour la majorité des gens, un politique à poigne, un agitateur de bonnes idées ou un haut officier qui pût redresser les torts, évincer les exploiteurs du peuple, rétablir la justice sans aucune considération, excepté celle du pays dans son ensemble, en tant qu'une entité égale et sacrée. Mais la vie devenait plus dure. L'homme que la majorité du peuple attendait tardait à venir. Les promesses du gouvernement s'envolaient au gré des caprices. Rien ne s'était réalisé pendant tout l'hiver. L'effervescence gagnait les gens de toutes catégories. Les universitaires, les ouvriers de toutes catégories, les instituteurs, les professeurs et tous les autres salariés modestes dont l'échine pliait sous le poids des impôts, de la cherté de vie, du manque d'emploi, voulaient tout bouleverser, tout saccager, fouler aux pieds tous les responsables.

En effet, par un jour de printemps, les manifestations animent le peuple. Dans un mouvement de colère, un groupe de déprimés, débraillés, certains pieds-nus expriment leur mécontentement en sillonnant les rues de Beaulieu. Petit à petit, les manifestants se multiplient. Ceux qui les voient: charpentiers, maçons, boueurs, mitrons, chauffeurs, chômeurs, appuyés par les voyous de la ville suivent les premiers et se mettent à vociférer, à gueuler contre les haut-placés, souhaitant leur chute et même leur mort. Tout en criant, ils lancent des pierres sur les boutiques, les magasins, profèrent des injures, détruisent et brûlent tout ce qu'ils rencontrent sur leur chemin. Alors les fenêtres des maisons se ferment; les boutiques, les magasins, les bureaux des immeubles se vident en un clin d'œil. Sur ces entrefaites, certaines familles riches quittent le pays pour Paris ou pour d'autres destinations.

La colère incontrôlable, durant des jours entiers, continue à rouler terriblement dans les rues de la capitale. Alarmés, les responsables, redoutant le pire, déclarent le couvre-feu et envoient une unité de l'armée pour disperser les Sans-culottes.

– Nous allons nettoyer la ville de ces fauteurs de trouble, rugit sur les ondes la voix tremblante du président de la république, renchéri par le premier ministre, et s'il est nécessaire, le maire de Beaulieu, Christian Lebrun, ordonnera autant de balais dont il aura besoin pour jeter ces canailles dans les égouts.

Malgré les menaces, les protestataires, les jours suivants, continuèrent à envahir massivement les rues de la capitale. Le gouvernement n'en pouvant plus prit des mesures draconiennes et ordonna aux forces armées de sévir contre les fauteurs de trouble. Alors l'armée, de toutes ses forces, fonça sur les manifestants et les harcela cruellement, causant même des morts.

- Canailles, vous-mêmes, écrit le lendemain de l'accrochage, l'éditorialiste de «l'Echo» dans un article foudroyant.

Le mouvement de colère s'amplifia. Cette manifestation impromptue poussa les différents syndicats, les groupes contestataires à organiser leurs attaques.

Pierre voyait de mauvais œil ces mouvements marqués de violence outrée. Il disait à son ami qu'ils mèneraient le pays vers un précipice abyssal, que les mécontents ne gagneraient rien à troubler l'ordre public et à paralyser le mécanisme de la vie économique.

- La stabilité doit primer. Ce n'est que dans l'ordre que l'on trouve la prospérité. C'est une évidence, lui dit Pierre d'une voix animée.
- Oui, tu as raison, celle des gens riches et le peuple entre-temps souffre, endure les impôts et arrive à peine à boucler la boucle. D'où lui va venir le salut? Lui lança Joseph, visiblement ému
- Mais, est-ce en manifestant, en dévastant, en vandalisant qu'il va arriver à améliorer son état, sa condition de vie, à réaliser des lendemains meilleurs? C'est un pur mirage, ami, pense un peu aux violentes révolutions qui ont secoué et ensanglanté plus d'un pays dans le monde. Le résultat n'en était-il pas désastreux? Au lieu de progresser, ces pays n'ont fait que misérablement régresser.

Pierre, un peu irrité professait une foi aveugle aux institutions légales, à ses supérieurs, aux principes dans lesquels il avait grandi. Pour lui, il était beaucoup plus utile de changer son esprit que le monde environnant. Le respect des principes, l'attachement au système établi, aux coutumes, à la religion, à «sui mundi» qui l'avaient pétri, étaient sacro-saints, une sorte d'idole, un tabou incarné

- Bien dit, Pierre! Mais pendant le calme et la stabilité, rien n'a été réalisé pour les infortunés, les laissés-pour-compte. Rappelle-toi, aussi, l'augmentation salariale de l'année dernière. Très peu en ont pu profiter. À part l'inflation qui rend les riches plus riches, la classe moyenne pauvre et les pauvres misérables, c'est l'inégalité flagrante, c'est l'égoïsme, l'égocentrisme de la caste privilégiée, toutes ces tares minent le pays de l'intérieur, détruisent l'unité de notre société et sapent ainsi le fondement de notre patrie.
- L'inflation, rétorqua son ami en tâchant de calmer l'esprit échauffé de Joseph, est indépendante de la volonté des responsables. Elle est due, lui dit-il sur un ton doctoral, à la mondialisation.
- Et le monopole? À quoi donc est-il dû? Et la corruption et l'insouciance des responsables et l'apathie, à quoi sont-elles dues, Pierre?

Le révolté ne pouvait admettre que les responsables palabrent à longueur des semaines et ne pensent qu'à leurs intérêts personnels en faisant fi de tous les problèmes de l'heure.

- Les responsables sont conscients des besoins, des doléances auxquelles tout honnête citoyen pense mais ils sont incapables de résoudre les problèmes d'une manière drastique, lui dit le défenseur du régime en place.
- Puisque c'est ainsi, mon cher ami, laissons le peuple agir selon son penchant naturel. Peut-être pourra-t-il éliminer, dans son mouvement vital, les contradictions créées à volonté ou non par cette pseudo-république, lui dit le querelleur en tranchant le débat.

Une semaine plus tard, le maire de la capitale trouva la mort dans un attentat armé. La ville fut de nouveau en ébullition. La bourgeoisie se demandait qui avait pu tuer monsieur Lebrun, s'il existait des organisations secrètes pour éliminer des personnalités en vue, des groupes terroristes pour semer la terreur et basculer le pays vers une guerre civile meurtrière. Inquiète, elle suivait le déroulement incontrôlable des faits. Elle était incapable de comprendre comment le pire n'a pas pu être évité.

«Par cette mort cruelle, la détente de la révolution, pensa le combattant, est maintenant pressée. Elle va malheureusement emporter dans sa formidable détonation et son effrayant tourbillon infernal tout un monde: criminels et innocents, oppresseurs et opprimés, exploiteurs et exploités.

À la suite de ce grave incident, le gouvernement imposa de nouveau le couvre-feu à toute la capitale et donna l'ordre à l'armée de tirer sur tout élément suspect. Les gens se retirèrent chez eux, la ville se vida, tout fut fermé. Deux semaines plus tard le pain devint rare. Joseph remarqua autour de lui que des familles manquaient de nourriture; les vieux, affaiblis, restaient dans leur lit pour oublier la faim. Des enfants pleuraient demandant de quoi manger et des mères perplexes débrouillaient du blé concassé, des olives pour apaiser les crampes d'estomac.

- Il ne nous reste qu'à nous entre-tuer, à nous voler, lui dit un vieux mourant.
- En imposant le couvre-feu, lui dit son interlocuteur énervé, l'autorité se protège mais elle ne sait pas que si le peuple réagit, il lui donnera le coup de grâce.

Impardonnable, la faim alors tire les misérables de leur trou, et le ventre creux, ils commencent à se hasarder dans la ville à la recherche de leur nourriture. La marche des gens affamés qui défient les ordres officiels affole les ministres et le président qui se pavanent bien dans leur palace confortable et luxueux. Cette masse compacte couvre les rues qui mènent à la Place L'Acadie. Des hommes, Des femmes, habillés piteusement, les cheveux en désordre, les visages crispés et pâles, les poignées menaçantes crient à tue-tête:

«Du pain! Du pain! Du pain!»

La foule, renforcée dans sa longue marche par des milliers d'étudiants, de salariés, d'instituteurs, de professeurs et des syndicalistes de toutes catégories, avance sans redouter les ordres de l'autorité. L'armée, équipée d'armes légères, arrivée à temps, la menace; les voitures blindées bougent, la foule mouvante beugle. La confrontation est imminente. Les soldats sont prêts à tirer, la foule formidablement grossie à attaquer. La tension monte d'un cran. La Place L'Acadie bouillonne. L'armée marchera-t-elle sur les citoyens? Annihilera-t-elle les pauvres bougres et tous les protestataires? Rassemblée et unie par la famine et le mécontentement général, la foule des manifestants redouble de cris, les cheveux toujours en désordre, le visage crispé et pâle et la poignée menaçante dans l'air: une image terrifiante sortie du fond de l'enfer.

«Justice! Égalité! Droits!»

S'époumonent des milliers de manifestants

«Du pain! Du pain! Du pain!

S'égosillent d'autres plus nombreux encore.

À plusieurs reprises, comme une vague gonflée de vent forcené, ces cris montent enflés de furie des bouches mécontentes et couvrent de leur colère haineuse les rangées des soldats, l'arme braquée de tous côtés sur la foule aux regards furibonds.

Joseph, plein d'amertume, déverse sur les bataillons tout ce qui lui tient à cœur:

- Compatriotes! Crie-t-il en grimpant sur une Jeep, nous étions fiers d'avoir des soldats, habillés de beaux uniformes, les voulant prompts à l'appel sacré, prêts à défendre le pays des ennemis de la patrie; nous étions fiers de nous sacrifier pour maintenir haut votre moral. Nous vous avons nourris par nos labeurs, nos fatigues, nos veilles. Chaque jour, chaque instant nous vous avons aimés, respectés et admirés. Est-ce ainsi que vous nous rendez l'admiration, le respect et le prix de nos veilles, de nos fatigues, de nos labeurs? Gardiens de la patrie! L'intérêt des bourgeois, des responsables serait-il supérieur à celui du pays? Êtes-vous là, comme des mercenaires, à protéger les crapules, les corrompus qui ne font qu'exploiter le peuple, que bafouer les droits sacrés de la multitude frustrée? Sommes-nous par hasard, vos implacables ennemis pour que vous braquiez sur nous vos armes meurtrières? Fils du peuple! Êtes-vous payés pour éliminer le peuple au profit du pouvoir? Votre devoir est-il de massacrer vos amis et vos parents, vos frères et vos sœurs? Abjurez-vous donc vos obligations envers eux? Reniez-vous donc votre parenté, votre lien ombilical, ces liens indélébiles qui vous attachent profondément et solidement à nous?

Les manifestants qui l'écoutent parler vaillamment chahutent malgré leur épuisement et embrassent la rage de leur compatriote:

- Il a raison! Il a raison! Vous nous trahissez!
- Fils du peuple! Poursuit-il avec la même ardeur, jetez vos armes et gagnez nos rangs. Oui, votre place est parmi nous, vous êtes issus de nous. Revenez à vos origines. Forts de votre appui, nous abattrons plus aisément les ennemis du peuple, les ennemis de la majorité silencieuse, les ennemis de la majorité exploitée. Oui . . . . »

L'officier supérieur, exaspéré, donne l'ordre d'ouvrir le feu sur les manifestants devenus dangereux, encouragés qu'ils sont par la force charismatique du harangueur. Mais les soldats se regardent un moment et semblent hésités à tirer sur les désespérés qui gagnent leur sympathie. La confusion s'y établit.

- Feu! Vous dis-je! Rugit l'officier, se rappelant la consigne de ses supérieurs.

Dans le brouillard, des bombes lacrymogènes, des coups de feu se font entendre; la foule éperdue et paniquée court dans tous les sens. Les coups redoublent. Au bout d'une heure de bataille, elle se disperse confuse et laisse derrière elle des dizaines de corps étendus inanimés sur la Place L'Acadie.

Le lendemain, les quotidiens rapportèrent les faits en reproduisant les mots du fauteur de troubles. Plus que jamais la capitale vécut dans la confusion et la colère. «L'Aube», journal conservateur, applaudit à l'attitude ferme du gouvernement. Tandis que «L'Ultra» et «L'Echo» se déchaînèrent dans une attaque virulente contre les dictateurs.

- Quel crime, le peuple a-t-il commis?

Sous ce titre, Joigny écrivit un article où il flétrit les ordres cruels dictés par les autorités. Sur ces entrefaites, la confusion s'infiltra dans les rangs de l'armée. À peine une semaine s'était-il passé qu'elle se désagrégea et déserta les casernes emportant les armes, les munitions, les voitures blindées et les mortiers. Les factions se multiplièrent: les unes, restées fidèles aux familles riches et à leurs cliques, reprirent en charge certaines casernes et les autres qui croyaient aux réclamations et aux aspirations du peuple s'en saisirent d'autres. Le pays se scinda en groupes antagonistes et le fantôme de la guerre fratricide plana sur le pays, le gouvernement s'obstinant à ne vouloir répondre affirmativement aux doléances justes du peuple.

CHAPITRE XVIII

L'apocalypse

En dépit de sa colère, le peuple resta perplexe devant l'avalanche de ces faits gravissimes. Ce n'était pas la lutte armée qu'il cherchait, encore moins la guerre civile. Tout ce qu'il désirait, c'était un changement, une évolution, un genre de progrès dans la manière de penser, de gouverner. L'égalité des chances, une politique réaliste, une certaine cohésion et homogénéité sociale, respects des droits vitaux de l'individu, de tout individu sans considération de classe, de race ou de religion, voilà les principes vers lesquels tendait dans son ensemble ce remarquable peuple. Profondément angoissé, il voulait, dans une dernière tentative, éviter ce fantôme de la guerre fratricide; mais les faits s'imposaient d'eux-mêmes au pays et la dégradation de la situation continuait à se faire sentir d'une façon alarmante.

Quant aux jeunes aux esprits échauffés ils brûlaient du désir de guerroyer. Des deux côtés de l'imaginaire ligne de démarcation, la course aux armements s'intensifiait; les armes légères pullulaient dans leurs camps respectifs. Elles provenaient des partis politiques organisés ou des casernes militaires dépouillées quand l'armée se désagrégea et que les soldats se rangèrent aux côtés des partis ou des groupuscules qui répondaient parfaitement à leurs aspirations politiques, sociales ou religieuses.

Joseph, pour donner plus de sens à sa lutte et plus de relief à ses convictions et à sa révolte rallia les rangs du parti des «Démocrates-républicains» et s'y engagea corps et âme. Le pays, pareil à un volcan dont l'ébullition souterraine attend le moment propice pour son éruption dévastatrice, passait un moment d'accalmie où les esprits, les idées, les aspirations et les rêves se décantaient et prenaient un moule plus clair, plus solide avant de brûler de leurs larves infernales, à la fois les institutions et le régime irresponsable.

Partout se tenaient des réunions: dans les cafés, dans les clubs, et même dans les maisons où les soirées familiales se muaient en confrontation politique. Parfois des gens de tous bords s'y réunissaient. Jean, Pierre, Joseph, Jules et plusieurs d'autres encore s'y rencontraient sans prévenir les uns les autres. Durant une de ces réunions, le rebelle s'attaqua à ceux qu'il nommait «les autruchards».

- Pour quelles raisons secrètes le gouvernement refuse-t-il d'accorder le droit de citoyenneté à un nombre écrasant de gens qui passent la vie entière à servir le pays?

Joseph se leva un moment tout en parlant aux gens.

- Pourquoi n'institue-t-il pas, n'adopte-t-il et ne promulgue-t-il pas une loi relative à ce cas profondément humain et l'appliquer avec justice? demande-t-il en se tournant vers ses détracteurs.
- Le gouvernement suit une politique déjà tracée, d'un accord tacite, il y a plus d'un demi-siècle, lui répondit avec tranquillité Pierre Cartier.
- Mais de quel gouvernement parles-tu, Pierre? Tu vois bien que chaque ministre, chaque député administre son département de la façon dont il lui plaît. Il ne fait qu'en tirer parti, lui répond Jules

L'intervention de ce dernier n'a pu calmer la colère de beaucoup de gens et surtout de celle de Joseph. Le révolté s'immobilisa, puis sa voix pleine montra sa profonde déception:

- C'est ce que je lui reproche, c'est de n'avoir pas depuis un demi-siècle évolué, de moisir dans une carcasse qui convient à ses visées de caste, à ses alliés dont le cœur se pétrifie dans un égoïsme sordide.

Tout en promenant ses regards sur l'assistance, Pierre lui répondit toujours calme:

– Mais le cabinet octroie de temps en temps le droit de citoyenneté à ceux qui le méritent.

Le diapason monta d'un cran.

– Dis plutôt qu'il l'octroie selon ses sautes d'humeur, ses propres intérêts; dis plutôt qu'il le vend à ceux qui l'achètent à un prix exorbitant. La patrie est mise ainsi aux enchères. Et les simples citoyens, alors, Pierre? Qui va s'en soucier? Quel esprit mercantile! Il vend jusqu'à l'âme du pays au profit de quelque commission! Quelle honte! Voilà le vrai vandalisme! et dire qu'on vit en plein XXe siècle, siècle de libération, d'équité et de droits de l'homme!

Bien que le ton s'élevât, Pierre ne bougea pas de sa place. Il attendait que d'autres prennent la parole. Jean, déconcerté, regardait avec tristesse cette tragédie se dérouler devant ses yeux moqueurs. À défaut d'une réaction de la part de l'assistance, alors Pierre répondit malicieusement:

– Mais les ministres n'ont-ils pas le droit d'agir selon leurs intérêts?
– L'intérêt des ministres, du gouvernement par conséquent, lui répliqua ce citoyen écœuré, maintenant assis en face de Pierre, son éternel détracteur, doit être celui du pays comme tout, autrement dit, l'intérêt de tous ceux qui contribuent, selon leur capacité individuelle, au progrès de notre société. Leur refuser le droit de citoyenneté, parce qu'ils appartiennent à une autre religion, à une autre race, à une autre souche, à une autre couche sociale ou parce qu'ils sont pauvres, c'est leur refuser le droit de progresser, même le droit de vie. Ce refus, n'est-ce pas un genre de crime? N'est-ce pas un véritable homicide? Croyons-nous aux droits de l'homme? Dans l'affirmative, comment refuser, alors, à un individu, à une famille sa liberté, son désir d'avancement et de progrès social? De quel droit lui refusons-nous sa poursuite du bonheur?

- La loi le veut ainsi car le pays vit dans une situation délicate, lui répondit alors Pierre tout animé.
- Si les responsables respectaient les lois, Pierre, toutes les lois, on pourrait les comprendre et les excuser; mais le malheur est qu'ils se considéraient et se considèrent toujours non concernés par elles et même se croient au-dessus d'elles; pire encore! Ils établirent des lois qui les servent et dont le profit revient à un groupe restreint de privilégiés. Il est vrai que l'homme est par nature égoïste et égocentrique, mais la loi, la juste loi, par essence, devrait le corriger quand il dévie; malheureusement l'histoire de nos gouvernements successifs n'est qu'un tissu de fraudes, de vols, de corruptions, de népotisme et de lâcheté.

Certains maugréèrent contre le frondeur pour avoir entendu de telles invectives. Pierre se leva et prit à témoin le public.

- Ne vivons-nous pas sous un régime démocratique?

La plupart acquiescèrent. L'atmosphère commença à être encore plus tendue.

- Je crois, continua, Pierre, que les députés se servent de leur jeu parlementaire et établissent des lois conformes à nos aspirations.
- Voilà le comble de l'illusion! Reprit le détracteur plus violemment encore. C'est la ligue des familles qui tient les rênes de l'état dont elle a fait une ferme. C'est l'oligarchie même. C'est la féodalité pure et simple où les fils succèdent aux pères, où les petits-fils vivent caressant le rêve d'hériter du morceau de fromage qui leur est dévolu par le soi-disant droit divin ou familial, sais-je? Si l'on veut édifier le pays avec toute sincérité, pourquoi ne pas laisser chaque groupe, chaque individu, avec son génie propre, trouver dans la patrie la place et la fonction qui permettraient à ses valeurs profondes de s'épanouir et par un effet d'osmose de faire épanouir le pays, à l'évolution duquel il contribuerait de tout son cœur? C'est par l'union, je sais que c'est un truisme, c'est par l'union de tous ses membres et le brassage des différentes couches que la patrie s'enrichira en s'uniformisant, puis trouvera plus tard sa personnalité propre

et par conséquent sa grandeur multidimensionnelle dans une meilleure harmonie. Il faut se rendre à cette évidence-là, sinon, à défaut d'évolution, la guerre larvée explosera. La révolution s'avérera comme la dernière alternative aux conséquences et aux séquelles imprévisibles et peut-être catastrophiques.

Le révolutionnaire eut à ce moment-là une vision rouge où des hommes, des femmes, des enfants, toute une multitude humaine se noie dans un océan de carnage. Quittant la chaise qu'il occupait, il s'avança vers Pierre et tout en fixant des yeux les gens qui les écoutaient, dit la mort dans l'âme.

– Mais malheureusement en voulant punir les gros bonnets, nous punissons le peuple qui va en endurer les maux. C'est toujours le pauvre peuple qui paie la faute des chefs; ce sont toujours les jeunes qui paient la rançon de la liberté, de la justice, de l'innovation. Pouvons-nous encore démonter le mécanisme de la révolution qui, je crains, paraît inéluctable?

Il se tut quelques instants. Le silence devint lourd. Puis il dit à l'assistance d'un ton décidé.:

– Pour changer, faute d'une volonté de collaborer venant de la classe gouvernante, pour donner un regain de vitalité à la conscience dégénérée par la stagnation, pour créer un nouveau pays digne des aspirations de ce peuple courageux, il faut verser du sang, innocent ou criminel, qu'importe! C'est ainsi que l'on façonne, hélas, un nouveau pays. L'essentiel est donc de faire sauter les barrières et briser la vieille carcasse.

Joseph se rassit. Après des discussions tempétueuses, l'auditoire se calma et commença à se retirer par petits groupes. Emma Vernier, étudiante en sociologie, tout oreilles, fut conquise par les paroles de ce jeune homme fougueux. Enthousiaste, elle s'approcha de lui et dit:

– Je croyais que c'était moi qui parlais. Oui la lutte d'idées est indispensable. Il faut livrer bataille aux insensés. Mais j'espère que l'on peut éviter la violence.

La réaction de ce révolutionnaire à cet appel sincère fut naturelle.

– Plus nous grossissons nos rangs de combattants qui n'ont pour objectif que l'intérêt général, celui de la majorité souffrante, plus les engagés dans cette lutte salvatrice sont intègres, lui avoua-t-il, plus rapide sera notre victoire, Mais j'ai peur qu'à cause de faux amis, tant à l'intérieur (la cinquième colonne) qu'à l'extérieur, le pays n'aille à la dérive et à la perdition totale, amie.

La soirée se termina, après cette effervescence, mais sans heurt. Emma ne tarda pas à emboîter le pas à ce jeune homme féru de justice.

Le trente avril des jeunes, avides de sauver la patrie menacée par les ennemis du peuple, ouvrirent le feu sur des bandits, mercenaires de guerre, armés jusqu'aux dents, prêts à attaquer, dans une provocation sans précédent, les gardiens du pays. La bataille dura plus d'une heure. Trente assaillants du camp hostile trouvèrent la mort et quelques uns de nos patriotes. Cette hécatombe précipita le pays dans le gouffre de la guerre civile, tant redoutée. Durant toute une semaine, les bâtons de dynamite explosèrent à travers toute la capitale, déchirèrent des immeubles et écartelèrent des êtres humains. La mort couvrait déjà de son ombre sinistre Beaulieu et petit à petit commençait à étendre son royaume fatal sur le pays dans son ensemble. Les francs-tireurs et les grenades paralysèrent tous les mouvements. Les gens cantonnés chez eux n'arrivaient pas à sortir, à s'approvisionner de peur d'être coincés par des myriades de balles qui sifflaient de tous côtés. La nuit, chaque individu se voyait contraint de monter la garde, des volontaires de patrouiller. Les attaques-surprises semaient la terreur dans tous les quartiers. Serait-ce le début d'une lutte interminable qui déboucherait sur l'incertitude ou même sur une catastrophe générale?

Les jeunes de tous les partis, en vue de toute éventualité, s'étaient secrètement et pour de longs mois exercés, dans les montagnes, dans les forêts et dans les villages, à manipuler les kalachnikovs, les mitraillettes de toutes sortes et même les mortiers. Ils étaient maintenant prêts à combattre même à l'arme blanche tant la haine conçue pour le côté ennemi était implacable. Qui avait raison? Qui avait tort? Naturellement les partis imputaient la cause de la guerre civile à leurs adversaires.

La mitraillette en bandoulière, le poignard engainé à la hanche, Joseph, en vrai soldat de guerre, monta sur une Jeep. Ses compagnons, loin d'être tristes, chantaient des hymnes à la gloire du pays. C'était un peloton de sept. Ils avaient la mission d'aller semer le désordre et la panique dans le quartier ennemi, après avoir traversé la ligne Maginot. Leur objectif était de lancer une importante offensive. Deux iraient planter des bâtons de dynamite de vingt-cinq kilos et les cinq autres les couvriraient de leurs rafales au cas où les ennemis les auraient découverts. La voiture démarra. Les jeunes, le bras redoutable levé, assuraient leurs amis de leur victoire prochaine.

Vrombissant, elle disparut dans les ruelles étroites et obscures de la ville. Arrivés près de la ligne de démarcation, ils descendirent et se cachèrent dans des coins. Le voile noir du ciel et le calme relatif de la nuit, tout aidait les patriotes à réussir leur coup audacieux. Les mitraillettes projetèrent alors leurs balles scintillantes. Elles commencèrent à siffler dans les deux camps. Des vitres se brisèrent, les combattants cherchaient un coin plus rassurant. La chasse à l'homme ne finissait pas. Les deux vautours se faufilèrent en essuyant les murs; Joseph et les quatre autres criblèrent de balles toutes les ouvertures du camp adversaire: les fenêtres sautèrent en éclats, les portes se broyèrent. Une dizaine de minutes après le retour des deux miliciens courageux, un immeuble de dix étages, à la suite d'une terrible explosion, s'écroula. La Jeep, la mission accomplie, revint victorieuse à son quartier général. Les ennemis, eux, tout en promettant la vengeance, commencèrent le sauvetage. Ils entrèrent au lieu sinistré pour déterrer leurs mercenaires morts. Là les cris des femmes, les pleurs des enfants et la colère des hommes se confondaient avec les gémissements des mourants et des blessés. Les sirènes ne tardèrent pas à siffler follement tout le long de la rue encombrée de débris de toutes sortes. Ici la joie d'avoir châtié l'ennemi, les éclats de rire faisaient rayonner les visages des militants, prêts à se sacrifier pour le pays martyrisé. Mais dans les deux camps hostiles les actes de vengeance se succédèrent sans pouvoir altérer la soif grandissante du sang ennemi.

De nouvelles tranchées se creusaient. Des barricades s'élevaient: des tonneaux, des sacs bourrés de sable, des fils de fer, de vieilles voitures, des pierres, tout était bon pour assurer un abri commode aux belligérants. De jour comme de nuit, les rafales déchiraient l'air et causaient dans les deux camps plus de morts que de blessés. Ces derniers s'étendaient en pleine chaussée sous une pluie de balles souvent meurtrières qui empêchaient le processus du sauvetage tant urgent. La plupart mouraient faute de soins immédiats et adéquats.

Plus les mois passaient, plus le nombre des victimes augmentait sans que les responsables de la guerre ne cherchent à s'accorder en s'accommodant des concessions proposées par les partis neutres et des hommes avisés. Ces derniers cherchaient des solutions sérieuses, solides et pérennes aux problèmes sociaux, pas de rustines. Les jusqu'au-boutistes refusaient toute solution qui ne leur livrerait pas la victoire finale (comme si, dans une guerre civile, une victoire définitive et claire était possible!)

Les pires batailles se livraient sur la Place L'Acadie. Ni les kalachnikovs ni les mitrailleuses ne se taisaient. Des barricades dressées dans chaque coin de rue, des balles sifflaient sans relâche; des bombes Molotov et des grenades diverses faisaient rage. Joseph voyait des sacs crouler, des jambes et des bras s'envoler horriblement et les murs, les chaussées s'éclabousser de sang. Que de jeunes trouvèrent la mort dans ces batailles! Que de mères perdirent leurs fils en pleine jeunesse! Que d'épouses ne virent plus revenir leur mari des champs de bataille! Que de rêves heureux, d'amour et de joie se dissipèrent dans les épaisses fumées noires des bombes! Que de familles entières disparurent sous les décombres des immeubles sautés par des bombes! La ville entière était un véritable enfer! Les cris des mourants, les gémissements des blessés, les pleurs des parents et des amis étaient à peine entendus des responsables gouvernementaux. La guerre continuait sa dévastation odieuse déchirant le pays, décimant les familles et leur arrachant des êtres, chers au cœur.

Emma, une fois son ami soldat parti pour une nouvelle mission, prenait en charge le téléphone de l'un des bureaux du QG et recevait les messages ou les requêtes provenant des fronts.

- Allo! Ici c'est le front 1. L'agresseur n'a pas encore cédé. Il nous faut des renforts, haletait la voix lointaine.

Un silence! Emma entendait des explosions et des tirs sourds.

- Message reçu! Exécution s'ensuivra, disait, réconfortante, la voix de la volontaire.

Puis elle envoyait la note au chef des miliciens obsédé par le triomphe. Si tôt l'appareil était raccroché qu'elle recevait un autre message

– Allo! Envoyez vite l'ambulance au front 7

Après avoir passé l'appel urgent aux responsables, elle contactait à son tour la Croix-Rouge qui expédiait aussitôt que possible l'assistance au lieu sinistré: Nord Place L'Acadie. Ces coups de fil bourdonnaient à longueur des journées et des nuits dans plusieurs bureaux tant au QG des Démocrates-républicains que dans ceux des locaux: amis et ennemis. Partout la même voix, une voix humaine souvent suppliante et souffrante, accablée et meurtrie, venait faible et rampante demander quelque aide, quelques bouffées d'air, quelques gouttes d'eau ou de sang pour assister un groupe de combattants aux abois, un asphyxié ou un milicien dont une balle avait transpercé le flanc ou la poitrine. Tous les fronts s'étaient embrasés.

La tête chargée de voix, de cris et d'appels, Emma quittait souvent le bureau pour venir en aide à certains blessés dont l'état n'exigeait pas d'hospitalisation. Le coton, l'alcool, le mercurochrome, le bandeau, tout se préparait comme un éclair. Elle prenait alors soin des nouveaux arrivés, les pansait tout en bavardant avec eux pour leur faire oublier le mal qui les torturait par moments.

Emma avait le don d'ubiquité. Les premiers soins prodigués, elle allait aider les jeunes chargés d'envoyer les munitions ou les volontaires à préparer dans la cuisine et les hangars les provisions et les ravitaillements de toutes sortes qui devaient prendre leur chemin vers ces militants qui, de jour comme de nuit, patrouillaient ou combattaient sans pour autant réaliser la victoire. Son poste de radio qu'elle écoutait dans ses moments de repos ne satisfaisait jamais cette militante peu encline d'ailleurs à la violence, au versement de sang mais fort attachée à l'équité sociale. Quand la mission de son ami combattant se terminait, il allait au quartier général où il recevait parfois la visite inopinée de Pierre qui reprenait éternellement les mêmes sujets et discutait avec les guerriers de l'inutilité de la révolte, des combats et de toute la guerre civile, prônait en revanche le changement de l'esprit humain. Certains en étaient convaincus.

À ses moments de dépression, Joseph retrouvait Emma Vernier et lui relatait douloureusement les atrocités dont il était témoin. Quant à sa douce compagne, elle essayait de dissiper ses cauchemars par sa tendresse, son sourire et sa vision d'avenir heureux. Soudain la voix du combattant gémit:

- Mon pays me blesse; ses montagnes, ses plaines et ses villes déchiquetées me blessent, dit la voix maussade de ce guerrier. Son passé misérable et son futur incertain me blessent aussi, continua sa voix plaintive.
- Si du moins, nos responsables s'en rendaient compte! Mais ils sont sourds aux appels de justice et ne veulent rien entendre. Ils n'ont que leur intérêt en vue. Ils ne se préoccupent que du pouvoir nonobstant les pertes colossales que cause leur sordide égoïsme, lui dit Emma chagrinée.
- Mais quand donc aurons-nous de vrais patriotes et d'honnêtes hommes d'état? Soupira ce rêveur, en fixant des yeux son amie qui n'eut pas de réponse, mais rien qu'un simple souhait.
- Cette guerre, ces carnages, d'un côté comme de l'autre, leur serviront peut-être de leçon, lui dit-elle toujours désolée.
- J'espère, chère Emma, qu'ils céderont et ainsi les rêves, tous les rêves se réaliseront, lui murmura Joseph en serrant sa main dans la sienne.

Elle le regarda longuement dans les yeux. Puis sa voix claire vibra:

- Bientôt, cher ami, nous serons fiers de notre lutte et de notre patrie restaurée grâce à tous les sacrifices et au sang versé.
- Oui, de ce sang versé, reprit le milicien, germeront plus tard des patriotes dévoués et des gouverneurs éclairés et consciencieux. C'est le cours naturel des choses. En tout cas c'est notre grand souhait, chère Emma.

La guerre de rue se révélant incertaine, la capitale assista aux bombardements sans pitié. Les mortiers, les chars, les voitures blindées, les artilleries lourdes entrèrent en action; les officiers, mordus à la balistique, pointèrent les longs tuyaux meurtriers sur les quartiers généraux des camps hostiles et y dégueulaient des bombes de différents calibres. D'immenses crevaisons, de trous innombrables se remarquaient dans les murs des immeubles qui, parfois, comme des jouets de carton, s'écroulaient effroyablement. Des voitures, désertées par leur conducteur, s'écrasaient sous les pans de mur qui tombaient de tout leur poids sur leur toiture. Alors les blessés affluaient par dizaines, par centaines aux hôpitaux divers de la capitale. Le bilan s'alourdissait effroyablement. La misère se voyait partout.

Souvent certains chauffeurs et des fuyards pris de court étaient écartelés et brûlés vifs, comme dans des fours crématoires imaginés par un hystérique, produit hybride de l'Histoire moderne qui fit souffrir et tuer non seulement des Juifs mais aussi des gens de toutes les races et de toutes les religions.

(Si ces derniers n'en parlent presque jamais, en revanche, les premiers, dans quel pays qu'ils soient, où qu'ils résident, à force d'influences financières, de livres, de documentaires, d'entrevues, de films, de mass-médias, instrumentalisent à outrance mais à merveille ce triste événement, qu'ils appellent la Shoah, pour en tirer des profits financiers, moraux et politiques: un lavage de cerveau intensif, parfois très irritant, il faut l'avouer. Quelle étonnante religion! Quel peuple tenace et pugnace! Ne peut-on donc pas apprendre un peu d'eux? Tant s'en faut que les gentils puissent les émuler dans ce domaine?

Mais, ici, quelques questions se posent et s'imposent. Quelle est la vraie raison de cet acte barbare? Quelles sont les causes de cette monstruosité de la part des Nazis? Est-ce que le peuple juif méritait ce génocide? Était-il vraiment innocent? Le petit peuple peut-être, mais l'intelligentsia? Mais les stratèges juifs? Mais les sionistes aguerris, fous de pouvoir, mangeurs d'argent et expansionnistes? Ce peuple donc, à cause de ces derniers, s'était-il attiré sur lui-même ce carnage nécessaire par ses actes politiques, culturels (la création du yiddish,–résultat d'une intelligente combinaison de deux mots: Jude/Deutsch–, une langue allemande impure, détériorée, une sorte de dégradation voulue ou non de la langue pure de Goethe et de Schiller, entre autres), et aussi par ses actes financiers, économiques irréfléchis, égoïstes, cupides et voraces?

Par ses multiples agissements irresponsables a-t-il contribué à l'humiliation et à l'appauvrissement de ce grand pays, l'Allemagne?–(ce nom, soit dit en passant, résonne merveilleusement à l'oreille et à l'âme fière comme celui d'un des plus grands empereurs d'Occident, Charlemagne, Carlus Magnus «Charles le Grand». Quand les Allemands clament avec fierté urbi et orbi (à tout l'univers) «Deutschland über alles» l'Allemagne au-dessus de tout, s'inspirent-ils de cette heureuse et sublime étymologie latine? Peut-être! Il n'est pas étonnant donc que ces derniers traitent les Juifs, à tort ou à raison, de sous-hommes, «Untermenschen.»)–Cette situation politique, culturelle, financière et économique insupportable donc n'a-t-elle pas déclenché cette haine implacable dont le peuple juif fut l'objet?

Les intellectuels juifs parlent très efficacement des effets horribles de la grande guerre précédente, de leurs souffrances, de leur famine, de cet infâme et infamant holocauste, mais ils ne mentionnent jamais sérieusement et honnêtement les causes de cette guerre dévastatrice et de ce génocide, j'entends, de leurs vraies causes. Veulent-ils les cacher parce qu'ils en ont honte? Peut-être. L'étranglement économique d'un pays n'est-ce pas souvent un «casus belli» cas de guerre? Était-ce une des vraies raisons de la guerre et de cet holocauste? Je crois que seuls les vaincus, non les vainqueurs de la deuxième guerre mondiale, pourraient nous donner, à la rigueur, la véritable réponse à ces questions légitimes. Les gens sérieux et honnêtes ne veulent que la vérité, la recherchent et l'aiment. Mais quand cette dernière ne montre pas toute sa nudité pure, qu'elle est masquée de faits truqués et qu'elle est travestie et affublée de mensonges, elle paraîtra alors, aux yeux des sages déçus, maculée, laide et répugnante, comme à ceux des spectateurs horrifiés, une vieille et rabougrie cabotine grossièrement maquillée. Ils exigent donc des preuves d'innocence comme des preuves de culpabilité.

À ce moment-là on pourra conclure que le peuple juif est vraiment innocent, comme on le souhaite ou criminel, comme on le craint; un peuple héroïque, digne de respect ou un peuple infesté de salauds et couvert de mépris mérités, un peuple élu de Dieu ou un peuple préféré de Satan, de Démon et de ce grand Lucifer, porteur de lumières. Dans ce dernier cas précis, le fameux dicton:» Science sans conscience n'est que ruine de l'âme», s'appliquerait parfaitement à ce moment au peuple juif, prétendu innocent, victime des Nazis.

Uniquement donc, seuls, les vrais et consciencieux historiens peuvent trancher ce dilemme, non les intellectuels faussaires et malhonnêtes qui pullulent dans cette ingénieuse et insigne communauté; leurs congénères serviles, corrompus et leurs complices pusillanimes dans ce complot sont d'ailleurs légion.)

Le pays se transforma alors en fournaise. La panique rendit la capitale déserte: hommes, femmes, enfants, tous, jeunes et vieux s'entassaient aux rez-de-chaussée, se cachaient dans les cages des escaliers ou s'abritaient dans des sous-sols, un poste de radio portatif à la main, sans distinction de quartier. Dans celui des pauvres, obscures et malsaines, ces catacombes bondaient de gens. Chaque famille en occupait un coin, fixait un grabat ou étendait une natte parsemée d'oreillers et passait le jour comme la nuit dans ces souterrains étroits, humides, à capter les informations. Au milieu des bidons, des caisses, de la ferraille et des morceaux de bois, parmi les rats, les souris et les cafards, les gens attendaient la fin des bombardements pour aller respirer un peu d'air vivifiant. C'étaient des vœux pieux. Entre-temps la nourriture commençait à manquer, les boîtes de conserve à se vider les unes après les autres. L'eau se raréfiait à cause de la destruction de l'infrastructure et de la crevaison des tuyaux souterrains. Ils se lavaient peu, en consommaient moins de peur de mourir, plus tard, de soif. Les bombardements, semeurs d'effroi et de morts, n'arrêtaient pas leur roulement terrible. Tapis dans leur trou, les combattants attendaient de nouvelles missions à entreprendre. Joseph et Emma profitaient de ce répit pour deviser et rêvasser.: Assisteraient-ils à la victoire? Verraient-ils le pays épuré de fanatisme religieux, de fascisme et de discrimination? Vivraient-ils ensemble dans un monde où l'action et le rêve fraterniseraient dans une harmonie parfaite? Le doute commençait à les hanter.

Une bombe fit trembler le quartier général des «Démocrates-républicains». Les rêveurs bouleversés par le bruit de l'objet destructeur et fatal, cherchèrent un lieu plus retiré pour se protéger des instruments de mort. La guerre aux mortiers, appuyés de voitures blindées, dura des semaines entières. Les gens incarcérés dans ces cachots, souffrant déjà du manque de provisions, n'espéraient plus revoir Beaulieu dressée sur ses pieds comme au bon vieux temps, car les quartiers riches n'étaient pas épargnés non plus.

Au niveau politique, les chefs antagonistes et les membres du gouvernement consentirent enfin à s'asseoir autour d'une table ronde pour discuter de l'avenir du pays et à s'engager dans de sérieuses reformes. Pour ce, les armes se turent de manière à permettre d'une part une atmosphère calme à la discussion et d'autre part pour accorder une délivrance momentanée aux citoyens captifs depuis des semaines dans l'obscurité et l'humidité des abris et enfin pour les laisser enterrer les victimes des combats de canons. La trêve fut donc annoncée.

Quoique soupçonneux de la fiabilité de cette accalmie, les gens ne surent comment échapper à l'étouffement pestilentiel de leurs catacombes. Joseph, toujours habillé en milicien et tenant tendrement la main d'Emma, sortit lui aussi voir la ville sévèrement endommagée.

Le jour, le quartier Ste. Honorine, à l'aspect minable, se voit assailli des revenants livides qui ont peine à se reconnaître et reconnaître les lieux de leur rencontre. Joseph et Emma abattus s'engagent enfin dans la rue St. Denis. Des deux côtés de la rue, les façades des maisons et des immeubles paraissent pour la plupart ratatinées et décrépies pareilles aux vieillards prêts à s'écrouler. D'ailleurs les terrasses effondrées regardent la viduité du ciel. Des volets triturés, plusieurs balcons mourants, pendent misérablement et supplient les belligérants de cesser de les martyriser. Les pans de mur, pliés en deux ou étendus de tout leur long, déchirés ou meurtris, obstruent les chaussées et donnent du fil à retordre aux chauffeurs des véhicules échappés aux flammes et à la destruction sauvage. Les déchets s'étalent devant toutes les maisons, Il leur est terrible de voir des portes dégondées, des volets détruits, l'intérieur des maisons réduit en cendre: ni lits ni rideaux ni armoires ni tables ni fauteuils ni tapis ni lustres, rien! Les flammes des bombes ont, sans pitié, tout dévoré. Beaulieu est devenue, à cause de la mauvaise volonté des responsables ratés et égoïstes, un champ de ruines!

Après une longue marche dans la ville détruite les deux curieux s'arrêtent un moment et passent en revue cette dévastation. Dans un coin, un groupe de personnes s'acharnent à écarter de lourdes pierres. Les deux amis s'avancent puis tâchent de voir par-dessus les épaules des gens les décombres d'une maison. Joseph remarque des cheveux blonds. Suivi d'Emma, il change de place pour mieux scruter la scène.

- C'est une jeune fille du quartier, murmurent les curieux de devant.

Les sauveteurs placent le cadavre sur le brancard. Joseph, à son désespoir, reconnaît la dépouille mortelle de Marcella Pisani.

- Que faisait-elle encore ici, durant les bombardements? Pourquoi n'a-t-elle donc pas, comme tant d'autres riches, quitté le pays? se demande-t-il étonné et profondément bouleversé et ému.

Le visage sans vie de son ancienne amie l'accable. Il se retourne vers sa compagne et lui dit en contenant sa tristesse mêlée de colère.

- Chère Emma, voici une des victimes de la société et des préjugés qui prévalent dans certains milieux. Sa mère, pour la marier, l'a mise aux enchères et c'est la mort qui l'épouse maintenant. Son tombeau sera son lit de noces.

Les promeneurs continuent leur marche funèbre au milieu de ce grand cimetière et examinent cette dévastation qui aurait pu être évitée et n'aurait point eu lieu, si seulement la bonne volonté des grands du pays, cette volonté bénéfique d'offrir l'opportunité aux gens ordinaires d'être heureux et de leur faciliter la réussite sociale, avait éveillé leur générosité d'âme, si seulement le changement vital leur avait effleuré l'esprit et le cœur!

Tout en essayant de gagner leur quartier général, Joseph et Emma examinent l'état délabré de la ville. Les édifices solidement plantés, résistant bravement aux projectiles impardonnables, montrent des trous immenses pratiqués dans leurs flancs; là aussi, les flammes ont laissé des traces: Les langues noires lèchent horriblement les murs d'hôtels, des gratte-ciel et des cinés-théâtres de la rue Ste. Catherine, bijou de la capitale dont les marbres miroitants, les tapis écarlates et somptueux, les fauteuils souvent impériaux, les lustres immenses, les rideaux vermeils et dorés ou fleuris accueillaient les mélomanes et les cinéphiles; où les auditeurs enthousiastes applaudirent aux caprices de Paganini, à la musique divine de Mozart; où les spectateurs jouirent de leurs soirées en assistant à «Ma nuit chez Maud». «Anna Karenine», «Les choses de la vie»; où ils rirent aux éclats se régalant de «La grande Vadrouille», de «L'aventure, c'est l'aventure»; où les veilleurs, friands de soirées intéressantes, acclamèrent d'autres représentations: des opéras, des pièces de théâtre, d'autres concerts, d'autres films. Ces marbres, ces fauteuils, ces lustres, ces rideaux, ces théâtres n'ont plus leur aspect d'antan. Toute cette splendeur est maintenant réduite à un tas d'objets mystérieux, indéchiffrables; tout cet éclat est terni, toute cette belle époque s'est volatilisée aux sifflements des balles, aux rafales des mitrailleuses et aux flammes des bombes.

Vagabonde, la nuit, pareille à un fantôme sur un cheval noir, chevauche seule dans les rues abandonnées de Beaulieu. Les gens se retirent dans leur retraite, dans leur repaire, dans leur terrier ou dans leur maison échappée par miracle à la cruauté des bombardements.

Finies, les sorties enchantées! Finies, les soirées de famille! Finies, les histoires fictives et légendaires qui faisaient la joie des enfants et des vieux! La peur d'être enlevés et l'angoisse de mourir par balles contraignent les habitants à se tapir là où la violence les habitua à se calfeutrer. Ils n'ont goût ni à rendre visite ni à raconter ni à discuter. Assis au balcon, debout devant la porte ou regardant par la fenêtre, tirant nerveusement sur leur cigarette, ils réalisent amèrement la gravité de la situation: Tout un pays qui s'effraie dans le silence et qui tremble d'effroi.

Dans le quartier général des «Démocrates-républicains» qu'ils ont gagné après cette triste promenade, ils remarquent certains, attentifs, écouter toujours les informations. Tous attendent fiévreusement que les chefs des partis antagonistes, les membres du gouvernement, assistés des médiateurs de bonne volonté, entament pour de bon «leur table ronde» et arrivent à s'accorder pour sauver la patrie de l'Apocalypse.

- Pour améliorer sa condition, demande Joseph à Emma et à Pierre qui était venu les voir, le pays devrait-il passer par le fer et le sang? Devrait-il passer par la destruction pour espérer une meilleure renaissance, une nouvelle régénération? Ces haut-placés, ces archi-riches ne pouvaient-ils pas, eux, pour l'amour du sol et du peuple ignorer un peu leurs privilèges, leur concupiscence, leur désir d'hégémonie? Ne pouvaient-ils pas, au lieu de plonger la patrie dans le malheur, établir la justice, l'égalité, la fraternité en faveur de cette terre sacrée, de ses villes prospères, de ses fières montagnes, de ses riches plaines et de ses fils et filles qui naissent, triment et meurent pour elle.
- L'heure de la justice a sonné, cher ami, lui souffla sa tendre Emma.

Et Pierre d'enchaîner:

- Je souhaite, puisqu'il n'y a pas d'autres choix, que les réunions portent des fruits
- Souhaite, toi aussi Joseph, continua sa douce compagne, que les adversaires se réconcilient sur des bases solides ayant en perspective l'égalité des chances, le droit à chacun de poursuivre son bonheur sans aucune entrave.

– Espérer que les fascistes et les fondamentalistes religieux cèdent, espérer que les privilégiés renoncent à leurs acquis, que l'esprit de féodalité, de caste et de sectarisme vole en éclats du jour au lendemain! Il faut être fou pour le croire, lui dit ce désespéré, les traits tendus.

Pierre, le cœur gros, écoutait son ami sans lui répondre. Quant à Emma voulant dissiper le cauchemar de la déception et du désespoir, elle lui dit:

– Pourquoi donc luttons-nous, si nous n'avons pas en vue le salut du pays? Le pessimisme est le scepticisme blasé d'une âme dégénérée. Dis plutôt, cher Joseph, que c'est l'espoir, c'est le dynamisme qui vivifiera et restaurera le pays dans son ensemble en engendrant une génération éprise d'idéaux.
– L'espoir, paradoxalement, anéantit l'homme une fois qu'il se cramponne à son âme; l'espoir aussi, faute de lumière, peut devenir un opium, lui dit son ami abattu.
– C'est peut-être vrai, lui dit tout bas Pierre.
– Mais, leur répondit Emma, nous n'avons pas d'autres issues en vue: lutter et espérer un jour gagner ce monde lumineux de progrès ou bien ramper.
– Non! Hurla le rebelle, je ne ramperai point. Je préfère mourir, Emma.

Joseph s'appuya sur l'épaule de son amie, lui tint la main et la serra. Il lui murmura quelques mots. Elle le couvrit de ses regards tendres.

– J'ai le pressentiment que tout ira à la dérive, Emma. Emporte-moi loin d'ici, chère créature.

Ils prirent congé de Pierre et sortirent, après un court moment, de leur QG. C'était la nuit. Il l'enlaça dans un mouvement de désir fou, puis il lui dit:

– Je ne veux pas perdre la joie d'être avec toi, Emma
– Nous avons toute la vie devant nous, mon amour. Pourquoi soudain cette peur qui t'envahit? Pourquoi cette faiblesse?

- J'ai peur de te perdre. Je meurs d'envie de vivre avec toi. Je voudrais t'aimer comme tu n'as jamais été aimée, corps et âme.

Tout en parlant, les deux amoureux marchent lentement. Tout à coup, à un coin d'une rue, ils remarquent une maison désertée et à moitié détruite. Ils y entrent. La nuit s'épaissit de plus en plus. Ils cherchent à tâtons une place où ils pourront s'asseoir sans être vus. Emma trouve sur une table une boîte d'allumettes. Elle s'en sert. La faible lumière leur montre une chambre chamboulée; chaises, fauteuils, tablettes, tout est détruit et même à demi brûlé. Puis ils empruntent un corridor mais ils replongent dans les ténèbres. Emma frotte une autre allumette contre l'étroite bande de la boîte. Ils remarquent cette fois une chambre à coucher, l'armoire détruite et le lit brisé. L'amoureux ne pense même pas à arranger ce dernier. Il cherche seulement à s'y étendre. La lumière meurt de nouveau. Cette fois, il empêche, de la main, sa compagne de recourir aux allumettes. Ils attendent toutefois que leurs yeux s'accommodent à l'obscurité.

Un long moment de silence passe. Les mains se touchent. Ils se dévisagent malgré le noir qui les entoure. Les mains se frottent tendrement. Leur souffle s'accélère. Joseph sent tout son corps frissonner. Il se penche du côté de son amie. Il lui susurre à l'oreille des mots doux. Ils commencent à se rapprocher irrésistiblement. L'amoureux caresse les cheveux de cette belle déesse, embrasse son front, ses yeux, son nez et puis presse ses lèvres sur celles de cette femme en feu si chaudement qu'ils jouissent de ces longs baisers avec un délice ineffable. Ses mains montent et descendent tout le long du corps sensuel d'Emma qui s'émeut et se meut de plaisirs. Les corps se collent. Joseph commence à embrasser son cou tout en caressant voluptueusement ses hanches, elle halète et son cœur bat de plus en plus fort. Son compagnon y éprouve plus de joie encore. Son âme vogue alors sur cette musique humaine imprégnée de mille plaisirs. Ses baisers se multiplient. La joie de cueillir cette odorante et belle fleur l'extasie. Il fait glisser avec délices la blouse de sa compagne, dégrafe fébrilement son soutien-gorge et son visage plonge de volupté dans la gorge de sa charmeresse. Ses lèvres couvrent goulûment ses seins appétissants de baisers pleins de feu qui brûlent leur corps tout entier comme un volcan prêt à l'éruption. Impatient, le jeune amant la déshabille totalement après s'être débarrassé de tout ce qui l'encombre pour goûter pleinement à la joie de l'amour que cette divine créature lui offre si généreusement. La coupe du plaisir ne tarde pas à se vider. Néanmoins les deux corps en sueur restent enlacés un long moment. L'épaisseur de la nuit et la solitude du lieu leur donnent l'impression qu'ils vivent déjà dans l'antichambre du paradis éternel, un paradis où ils verront leur bonheur de vie commune se réaliser.

Le lendemain matin, les amants, réanimés après cette belle nuit d'amour, reprirent le chemin du quartier général et se mirent à suivre les informations, à interroger les cadres supérieurs et à espérer, quand même, les bonnes résolutions des réunions qui étaient sur le point de se tenir car ils s'attachaient maintenant de tous leurs sens à la vie, cette vie que cet amoureux, malgré lui, dans son for intérieur, sentait lui échapper.

Les comités au niveau social, politique et juridique se formèrent. Les programmes soumis entraînèrent des discussions: Les droits de l'homme, le régime politique, la laïcisation, les doléances populaires, la sécurité sociale, l'assurance médicale . . . etc., Les sujets étaient nombreux et divers. Les réunions se succédèrent; les mass-médias entrèrent en action avec force et couvrirent les rencontres et révélèrent au public les divergences d'avis sur les principes de base comme sur le sens et l'application des nouvelles lois. Parfois même, les réunions se suspendaient pendant quelques jours tant les opinions étaient disparates, opposées et partisanes. Les partis gauches radicaux ne trouvaient pas le moyen de s'accorder avec la droite conservatrice n'ayant pu aplanir leurs divergences. Les partis religieux s'opposaient aux organisations laïques. Les réunions ne durèrent, par conséquent, pas plus de trois semaines. Les chefs des partis se séparèrent et la haine envenima davantage l'atmosphère à cause de l'échec des pourparlers. La psychose de la guerre générale plana de nouveau horriblement sur le pays et le désespoir, comme une sangsue, s'empara du peuple déjà traumatisé. Les armes réapparurent, les miliciens prirent leurs positions et l'infernale guerre civile éclata une nouvelle fois. Le feu embrasa toute la ville et beaucoup de villages à travers le pays.

Le nombre des victimes augmenta effroyablement. La destinée du peuple était de supporter et de payer chèrement l'endurcissement des positions des radicaux et le fanatisme répugnant de certains religieux: attitudes rigides que rien ne pouvait infléchir. Encore une fois, les abris regorgèrent de troupes humaines, prêtes à l'abattoir. Les pluies abondantes des balles des mitrailleuses, les tirs nourris d'autres armes automatques, les grêles des bombardements, tout pilonnait la capitale, ses banlieues et certains villages. C'était encore et toujours la fournaise infernale. Partout les égouts éventrés répandaient leurs eaux pestilentielles. Dans les villes, les faubourgs et les campagnes, les partis hostiles combattaient parfois à l'arme blanche. C'était un carnage de masse, une vraie boucherie. Des scènes affreuses se déroulaient parfois sous les yeux de Joseph et de ses camarades de combat. L'ennemi capturé était déshabillé, lié à un arbre et la flagellation commençait. L'un lui brûlait les yeux, l'autre lui coupait les oreilles ou lui arrachait les ongles. Si la balle achevait la torture de la victime, Joseph supporterait, peut-être, l'atrocité de la scène; mais la victime était égorgée, sauvagement mutilée et dont certains hystériques buvaient le sang puis mouraient de suffocation quelques heures après. Le désir de punir l'autre s'accouplait de démence. Ces actions cruelles se répétaient au fil des heures. Le lynchage était commun. Parfois, certaines victimes étaient attelées vivantes à une voiture qui les traînait impitoyablement jusqu'à la mort dans les rues du quartier où la patrouille vigilante les avait arrêtées et elles badigeonnaient ainsi de leur sang les chaussées, les trottoirs et les murs. La torture était en quelque sorte le couronnement de la victoire individuelle et collective.

Ces scènes récurrentes occupaient les belligérants des semaines et même des mois. Chaque groupe décrivait les détails des tortures qu'il pratiquait sur les prisonniers tombés sous ses mains: décapiter, brûler, crever des yeux, jeter des terrasses, mutiler avec sauvagerie, achever par une balle, tout était permis dans cette sale guerre. Qui pouvait juger de la légitimité de ces actes?

D'un côté, les deux camps s'ingéniaient à trouver la torture la plus subtile et l'exerçaient sur le corps humain; d'un autre, les grenades, les mortiers, les canons continuaient leur holocauste. Tous les jours, les cadavres par centaines gisaient partout. Ils se rencontraient derrière des barricades, dans des gigantesques poubelles, sous des ponts, dans des champs, dans des potagers et près des sources d'eau salie de sang. La pénurie des provisions et le manque d'eau potable empirant, la famine et la soif commencèrent à décimer la population citadine. On voyait des enfants, des femmes et des vieux mourir par centaines, par milliers. La paix et le salut devinrent une utopie.

Joseph et ses amis, derrière les barricades, tiraient sans discernement sur les tranchées ennemies. Les balles sifflaient, les explosions faisaient sauter tout sur toutes les lignes. Quelques blessés traînaient comme toujours dans les rues. Joseph tout en braquant sa mitraillette sur les barricades hostiles remarqua un de ses compagnons de bataille s'affaler en pleine chaussée, à quelques mètres de sa minuscule forteresse.

- C'est Gérard, se dit-il pétrifié.
- Regarde, Simon, regarde à gauche, c'est lui, Gérard! Il rampe. Il nous appelle? Je pars à son secours.
- Ne te hasarde pas, camarade, lui dit soudain le guerrier qui continuait à semer la terreur du côté droit de la barricade.
- Couvre-moi, Simon, je vais le sauver, lui répond le samaritain éperdu.
- Attends l'accalmie pour le secourir, lui suggéra-t-il, sagement.
- Mais il n'arrive pas à bouger, couvre-moi, te dis-je! Ami.

Joseph tenta de glisser difficilement de son trou bien bâti. Le sang coulait à flots du blessé étendu sur la chaussée. Le courageux n'y résistant plus essaya de filer au secours de son compagnon de guerre.

- Je sais que sa situation est désespérée mais ta sortie reste très audacieuse et si tu t'engages tout de suite tu vas y laisser ta peau. Attends donc un court moment, lui cria la voix avisée de Simon.

C'était trop tard. Le volontaire était déjà parti à la rescousse de son camarade, Gérard, gravement touché par les balles ennemies. À plat ventre, il s'approcha du blessé et s'efforça de le traîner vers la barricade quand une décharge toucha ses jambes. Il en sentit le coup mais n'éprouva pas de douleur. Il continua son œuvre. Quelques balles d'une deuxième décharge ennemie, malgré l'effort de ses amis pour le couvrir, transpercèrent son flanc droit. Le sauveteur, plein de sueur, continuait toujours à traîner le blessé. Soudain ses jambes s'alourdirent, ses forces s'épuisèrent. La tâche devint dure et poignante. Toujours en difficulté, il avait une main solidement accrochée à la chaussée trouée par des milliers de cartouches et d'obus et rampait hardiment pour atteindre le trottoir couvert, le plus vite possible et de l'autre il tirait, de toutes les forces qui lui restaient, le bras de son ami. Les deux miliciens étaient sérieusement atteints. Ils ne se réveillèrent qu'à l'hôpital, à demi-conscients et leur état était très critique.

Emma Vernier, les yeux voilés de pleurs, se penchait déjà sur son guerrier.

- Ô cher Joseph, que s'est-il donc passé?
- Ce n'est rien. Quelques blessures seulement . . . tu pourras les panser, chère Emma. Tu en as l'habitude. Et Gérard, comment va-t-il? s'enquit-il d'une voix mourante.
- Il va mieux, je crois, le rassura-t-elle.

La respiration du malade était lente. Il parlait difficilement. Elle examina son visage livide.

- Ô Dieu! Murmura-t-elle effrayée.
- Ô ma douce, tu me guériras n'est-ce pas? Lui souffla-t-il épuisé.
- Oui, avec tout l'amour que tu m'as inspiré . . . . Justice! Où est ta victoire?
- Nous vaincrons, ma chère compagne . . . . Non! Non! . . . Nos rêves ne s'écrouleront pas . . . . Nous continuerons à lutter, s'il le faut encore . . . . Oui le peuple sera sauvé . . . . Oui nous serons heureux, unis sous un même toit. Le bonheur nous attend, Emma.

Le blessé parlait encore plus lentement d'une voix tremblante et affaiblie et ses regards s'égaraient.

- Oh! Quelle splendide scène! . . . Promenons-nous dans ce jardin, le veux-tu? Tiens, c'est si exquis ici!
- Oui, cher ami, nous aurons notre paradis, nous serons toujours ensemble.
- Attention, Emma, cache-toi! Les balles recommencent à siffler. Les ennemis, il faut les réduire au silence. Ne les laissons pas nous briser. Protège-toi, Emma, pour l'amour de la patrie. Elle prévaudra, j'en suis sûr . . . .

La militante aimait en lui l'élan vital qui nourrissait son âme dans sa recherche de la justice et du bonheur du pays et le désir de concrétiser ses rêves les plus chers et les plus nobles. Dès les premiers moments, elle s'attacha à lui et voulut, depuis, passer sa vie, toute sa vie, à ses côtés. Mais à cet instant, elle pressentit le malheur approcher à pas de géant. Dans ses rares moments de lucidité, Joseph lui aussi sentait son âme s'alléger, prête à prendre son envol. En dépit de tout, il espérait toujours voir de nouveau le soleil briller en compagnie de ses êtres chers. Mais il baignait déjà dans une mare de sueur et la regardant dit fiévreusement:

- Non! Non! rien ne me séparera de toi, chère créature! La révolution d'avril triomphera et nous unira dans sa gloire.
- Je ne veux pas que tu me quittes, mon amour.

Elle essuya à cet instant avec tendresse et folie ses sueurs froides et commença à pleurer.

- Ô toi qui aurais pu être mon inestimable épouse, être sacré!

Elle entendit ensuite son râle avec son enrouement caverneux. Etait-ce le signe de la mort?

- Joseph! Joseph! cria sa fidèle compagne, désespérée.

Et sa voix s'étouffa dans les sanglots.

C'était le samedi dix décembre mille neuf-cent soixante .... que le noble combattant expira aux côtés de sa douce et tendre Emma.

Pierre sentit le sang bourdonner lourdement dans ses tempes, quand, quelques jours plus tard, il sut d'Emma ce qui arriva à son ami d'enfance. Il s'immobilisa et ne sut que dire à la compagne de Joseph. Il la regarda, les yeux embués de larmes. Le visage de cette admirable jeune fille était tendu mais décidé et fier. Etait-ce de la révolte? Etait-ce cette force vitale qui alimentait l'âme de son compagnon? Etait-ce cet espoir désespéré qui torturait son ami? Pierre ne pouvait expliquer ce qui se passait en elle. Il baissa la tête, murmura quelques mots de consolation puis prit congé d'elle.

Seul et attristé, il resta toute une semaine emmuré chez lui pensant à ses amis de St. Jérémie. Il avait besoin de réconfort. Après avoir pris mille précautions dans cette ville en guerre, il décida d'aller voir son collègue Jules. Pierre voulut se débarrasser du poids qui l'écrasait.

- Joseph n'était pas seulement un condisciple, un collègue ou un ami, c'était presque un frère, lui confia-t-il, bien que nous ne partagions pas les mêmes idées. Mon sentiment amical, envers lui, était immense et sincère et lui de son côté, il ne l'a jamais trahi.

Pierre dévisagea son collègue. Ce dernier l'écoutait attentivement mais il ne souffla mot.

- Jules, continua Pierre sur un ton chagrin, dans cette guerre, j'ai perdu d'autres amis. Joseph n'est pas la première et ne sera certainement pas la dernière victime de cette machine infernale qui ne sait jamais s'arrêter. Jean, ce rôdeur joyeux à la recherche des plaisirs, un autre camarade de classe, trouva aussi la mort dans un de ces fameux immeubles du quartier Ste Honorine. Il y était probablement en visite galante.
- Durant les cruels combats? Interrogea Jules en respirant un peu.
- En effet, Jean, depuis longtemps, aimait l'aventure. Au couvent, c'était lui qui prenait les risques, c'était lui qui se trouvait dans les situations les plus dangereuses et bizarres. C'était une habitude en lui. Il y prenait plaisir, mais il l'a payé trop cher.
- La guerre n'a-t-elle pas eu de prise sur lui? Les bombes, les fusées, les enlèvements ne l'ont vraisemblablement pas effrayé?
- Apparemment pas? Tu sais, on ne change pas facilement, Jules. On reste tel qu'on est jusqu'à la fin de la vie, lui répondit Pierre. Le tempérament et le caractère d'une personne ne changent et ne meurent qu'à sa propre mort. Jean vécut dans la vie comme un papillon. Les roses le disputaient à l'envi, s'ouvraient à son passage et souvent s'épanouissaient à son chaleureux contact. Mais ses légères ailes se sont vite enflammées aux feux de l'amour.

Le vol de papillon éveilla dans la mémoire de Jules un double sentiment: désir et regret. Jeanne effleura son esprit puis il dit à Pierre d'une voix étouffée:

- J'ai peu connu Jean, il est vrai, mais en Joseph on a perdu un ami commun. Si Jeanne qui était, à un moment donné, sa «Joconde», a mis quelque différend entre nous, je reconnais avec regret ma faiblesse et ma bavure mais aussi que Jeanne n'est qu'une femme, folle de succès. J'ai su, Pierre, qu'elle se sépara de son mari pour lequel elle avait quitté notre ami qui l'aimait tant et convola en secondes noces avec un très vieux riche qui jeta sa fortune à ses pieds. Elle accepta son offre fabuleuse rien que pour fuir le pays qui se préparait à la guerre et aller jouir tranquillement de la vie parisienne dans le luxe et les plaisirs. Le vieux bonhomme lui offrit un style de vie fantastique sur un plat d'or. Mais cette histoire parisienne n'est que le début de sa vie tumultueuse. Très récemment, j'ai reçu une très longue lettre de Riyad que mes parents de Meunendon m'ont livrée.

Jules se rendit à son bureau et en apporta une enveloppe venant d'Arabie Saoudite.

«À mon grand étonnement, continua-t-il, elle me provenait de Jeanne. Le désir que j'avais d'elle fit place à ma curiosité angoissante. Je voulais savoir l'objet de cette lettre inattendue. Crois-moi, Pierre, je fus tombé des nues quand j'ai lu son nom, chargé d'émotions indomptables. Sa missive me relate son aventure à l'étranger. La vie extravagante que ce couple menait dans les boîtes parisiennes eut raison de la santé de son vieux mari qui mourut peu après, n'ayant pu supporter le rythme trépident et accéléré de cette fougueuse femme de feu. Il s'en était laissé complètement brûlé.

– Et alors, Jules, que fit-elle donc après ce veuvage inattendu?
– Bonne question, Pierre! Dans sa longue missive elle me raconte presque en détail les vicissitudes de sa vie un peu éblouissante. Comme elle fréquentait les cabarets haut de gamme et qu'elle s'y amusait en dansant comme Salomé devant le roi Hérode, elle attira sans le savoir l'attention d'un homme d'un certain âge. L'ayant rencontrée plus tard pendant un dîner avec ses amis, ce dernier a remarqué qu'elle était sans compagnie masculine mais entourée de jeunes filles de la haute bourgeoisie. L'attraction était telle, un coup de foudre peut-on dire, qu'il n'a pu manquer l'occasion de se présenter. En bon gentleman, il lui fit envoyer une bouteille de champagne très prisée et peu après s'approcha d'elle pour lui parler.
– Je m'appelle, Ibrahim, lui dit-il avec une extrême politesse. Je vous ai vue danser au Lido et au Moulin rouge, il y a quelques mois. J'en étais sidéré. Mais comme vous étiez accompagnée,

je n'ai pas osé vous adresser la parole de peur de vous déranger. Et depuis, je n'ai pas pu effacer votre beauté de ma mémoire. Maintenant que vous êtes seule, uniquement avec vos amies, j'ai voulu en profiter pour faire votre connaissance.

– Comme tu le sais, Jules, cette femme brise le cœur de tous les hommes.

– Ah, oui! Je le sais, crois-moi. Mais écoute, Pierre, ce n'est que le début de son aventure onirique et dantesque à la fois. Suis donc cette intéressante histoire tirée des fables orientales: Pour abréger une longue histoire, elle m'y raconte que cet homme était saoudien de la famille d'Al Hedjazi et de mère chrétienne strasbourgeoise. Ce mariage mixte lui donna une beauté épatante, une complexion européenne aux yeux verts, une belle prestance, un vrai Phébus! y souligne-t-elle. Veuve qu'elle était et vivant seule, elle accepta de le fréquenter sans trop tergiverser. Sa vie devint merveilleuse car elle fut de nouveau follement aimée et désirée, rêve de toute femme. Elle voyagea avec ce Lawrence d'Arabie de ville en ville, de pays en pays, achetant tout ce que le couple désirait. L'avion privé de ce pétrolier et le yacht luxueux lui offraient une vie de mille et une nuits, tout ce dont elle raffolait. Jeanne en compagnie de ce généreux a connu la crème de la crème de la haute société mondiale. Ibrahim, le polyglotte, conversait avec ses multiples hôtes de différents pays sans aucun handicap. Pendant une croisière méditerranéenne, elle a entendu le président européen de Siemens, tout souriant, Hans Wolfgang Vogelfänger, parler en allemand avec son ami, tout en la regardant:

«Ihre Freundin ist eine sehr schöne Frau!» que l'amoureux, par la suite, lui a traduit par ces mots «votre amie est une très belle femme!». C'était un bonheur ineffable, un temps idyllique! Elle se sentait emportée par l'extase. Quelle vie paradisiaque! Ibrahim Z. Al Hedjazi était tombé éperdument amoureux d'elle. Pas plus tard d'un mois, sur le grand yacht, en pleine mer, il la demanda en mariage, lui offrant une des plus belles bagues de son pays. Comme elle savait qu'il était musulman, elle hésita un court moment. Mais la religion de sa future belle-mère adoucit un peu ses appréhensions. Elle s'est dit que son nouvel amant ne lui avait jamais démontré de signe de fanatisme religieux. Alors pour la fascination de cette vie faramineuse et pour l'amour qu'il lui témoignait, son acquiescement fut donné au galant fabuleux.

– La chance, dit-on, sourit aux audacieux. «Wer wagt, gewinnt» (Qui ose, gagne). C'était la maxime préférée qu'Ibrahim avait apprise de sa mère et qu'il répétait à sa belle brune «Ce n'est pas un risque donc puisque sa mère est strasbourgeoise chrétienne et Ibrahim m'offre une vie pleine d'enchantement, je ne peux rater cette belle occasion, se dit-elle en son for intérieur.

Mais pour se marier avec le Saoudien, elle devait, quand même, se convertir à l'Islam. Elle commença à fréquenter donc une fameuse Madrasa pour les nouveaux convertis, administrée par un Imam bien cultivé en matières religieuses. Elle y apprit plus ou moins bien la religion d'»Allah» mais sans grande conviction. Au début, elle n'y a pas prêté l'attention méritée, elle avait confiance en son moderne fiancé et en sa future belle-mère chrétienne. À la suite de son mariage religieux avec grand-pompe, elle s'est rendu compte que sa vie allait certainement changer d'une manière ou d'une autre. Après une semaine de lune de miel fantastique dans une ville romantique d'Afrique, Ibrahim a fait savoir à Jeanne qu'il devait rentrer à Riyad pour la présenter à sa très large famille. Quelques semaines de joie et de plaisirs dans plusieurs pays européens et asiatiques familiers à ce grand voyageur emballèrent Jeanne. Si tôt après, le retour au pays de son mari fut décidé et l'avion décolla. Avant même d'arriver à la capitale saoudienne, dans son avion privé, Ibrahim déballa un paquet tiré d'une grande valise et en sortit un épais voile noir et un manteau de même couleur qu'il avait achetés lors d'un voyage d'affaires en Turquie. Il demanda d'abord poliment à Jeanne de les porter, puis quand il sentit de la résistance de la part de sa nouvelle épouse, il l'obligea à les porter.» À ce moment, me dit-elle, dans sa missive, j'ai su que ma vie allait basculer vers un changement inattendu et peut-être même vers une catastrophe» Il n'y avait pas moyen de reculer, j'étais prise dans les filets du mariage et de la religion machiste.

– Pourquoi la burka? Pourquoi donc le voile? Moi qui adorais et adore encore ma chevelure, pleine de sensualité et de beauté, qui joue depuis toujours, sans contrainte et sans limite, avec le vent, je vais donc maintenant l'enterrer sous ce voile noir comme la nuit? Et moi, je vais donc, emmitouflée d'un manteau noir, me déplacer dans ton pays comme une chèvre au milieu d'un troupeau noir, sans visage, sans identité personnelle?–

Ô chevelure, ô ma coquette et enjouée chevelure, où est ta liberté? Toi qui, adulée à Beaulieu, étais allégrement chatouillée et plaisamment caressée par les brises du printemps et de l'été et voltigeais enivrée de plaisirs dans les airs heureux de ma chère ville; toi qui taquinais aussi, ô charmant souvenir, tout au long des rues de ma merveilleuse capitale, les admirateurs nombreux et en recevais des éloges éloquents, extatiques, tu vas donc aujourd'hui te couvrir, humiliée, de ce voile de suie et moi vivre, en plein soleil, dans cette société de nuit? Ah! Comment te sauver, chevelure, source de mes joies innocentes, de ces injustes et rigoureuses habitudes? Dans quelle affreuse cage vais-je m'enfermer! Ah! Quelle misérable prison! Comment, toi et moi, nous en sauver, ô mon précieux ornement?–

- C'est ça la vie que tu m'offres maintenant, Ibrahim?
- Je n'y peux rien, ma chère. C'est la coutume du pays, mon amour. Comme tu es devenue musulmane, tu es censée respecter la tradition saoudienne. Chaque pays a ses règles. Riyad n'est pas Paris, n'est pas Milan, n'est pas non plus New York. Je vis à Paris comme un Parisien, à Milan comme un Milanais, et ainsi de suite; mais en Arabie Saoudite, je me comporte comme un Saoudien et c'est normal, ne le trouves-tu pas, Jeanne? Je porte, moi aussi, l'habit national quand je me trouve dans mon pays. Je sais que la religion musulmane est sévère à l'égard de la femme et qu'elle dénie la liberté que la religion chrétienne lui octroie. Dans ce domaine, la loi coranique est intransigeante. Si le christianisme est féministe, l'Islam est viriliste, machiste. Il faut que tu me comprennes et que tu acceptes la tradition musulmane et surtout dans mon pays natal.
- Mais ta mère n'est-elle pas chrétienne?
- Oui, mais elle vit en vraie Musulmane comme toutes les autres femmes saoudiennes, tu n'en seras pas différente: Une fois musulmane, toujours musulmane. C'est la règle. Comme chez les Chrétiens d'ailleurs l'on dit: une fois prêtre, toujours prêtre. Même si ce dernier se ravise et devient défroqué et mène

une vie laïque, il peut toujours assumer sa fonction d'homme d'Église. Ainsi se passe la vie des musulmans, chez nous. La religion musulmane pousse encore plus loin. Ceux qui la dénigrent seront combattus jusqu'au bout. Si tu te ravises et que tu décides de te reconvertir au Christianisme, un verset coranique stipule expressément que tu seras passible de la peine de mort. On ne quitte la religion musulmane qu'avec la tête coupée. Prends garde à toi, ma chère femme.

– Je t'implore, Ibrahim, sois sensible à l'excès de mon désarroi. Je suis en train de perdre presque tous mes acquis sociaux et moraux. Rien n'égale mon malheur. Mes forces m'abandonnent.
– Je suis désolé, Jeanne. Les dés sont jetés. Ne pense pas au divorce, je ne te laisserai pas partir. Tu es mienne pour la vie. En outre ton nom ne sera plus «Jeanne» mais «Jihane». Ce nom te sied mieux dans ton nouveau monde. En épousant un musulman, ou en te convertissant à n'importe quelle autre religion d'ailleurs, sache que tu es obligée de changer souvent de nom, de mœurs, d'identité et d'âme.
– Peste soit de ce changement et peste soit de ces coutumes, Ibrahim!

«Quand cette consigne me frappa de plein fouet, dit-elle dans sa lettre, ma conscience et mon cœur silencieux ont crié et gémi avec désespoir: Ô Jeanne où est ta chère ville de Beaulieu? Où est ton christianisme libéral, malheureuse? En changeant tes bonnes habitudes anciennes, tu vas perdre maintenant ta joie, perturber et compromettre ta quiétude.»

«Je me suis rendu compte à ce moment-là que mon mariage avec un musulman, continua-t-elle, était la plus grande défaite, le plus profond regret de ma vie et j'ai pressenti que cette dernière allait devenir infernale dans cette société conservatrice, qui suit le Coran à la lettre.».

En effet Jeanne n'était pas son unique épouse. Elle partageait sa vie conjugale avec ses deux autres femmes et même avec certaines concubines dont son mari n'avait point parlé. Elle en était la troisième. «Quand arrivera donc la quatrième mariée? Les femmes musulmanes ne vivent-elles donc pas souvent dans une promiscuité évidente?» Se dit-elle, désemparée. Comme ces dernières ont su par la suite qu'elle était une mécréante, une infidèle, elles ont profité d'une longue absence de leur mari à Genève, centre du cartel pétrolier, pour la rouer de coups de poing violents, puis elles l'ont menacée de mort si elle en soufflait un seul mot à Ibrahim ou à quiconque.

D'ailleurs toutes ces trois femmes servaient au Maître d'objets de plaisirs et de fabriques de progénitures. Jeanne, elle aussi était censée être un objet sexuel et une pondeuse d'enfants. Quand ce dernier rentrait de son voyage d'affaires, tous les serviteurs préparaient et offraient ce dont il avait besoin: mets de toutes sortes, poissons rôtis, poulets dorés, viande grillée, différents genres de soupe, du vin exquis, des fruits variés et juteux, de l'eau fraîche provenant des plus belles sources d'Alpes, du chocolat et des pâtisseries orientales aux vertus aphrodisiaques, du lait, du miel et d'autres encore . . . . Il se faisait entourer aussi de ses belles houris, habillées de vêtements de soie et portant des bracelets d'or et de perles, et se régalait de ce splendide banquet royal.

Puis, à la fin du repas, après s'être parfumé avec élégance, vêtu de soie, de satin et de brocart portant des bracelets d'argent, étendu sur un sofa, très détendu, il faisait, tout souriant, un clin d'œil à la femme désirée qu'il faisait s'approcher de sa Seigneurie, lui tapotait amoureusement l'épaule et l'élue asservie, qui n'avait donc aucun droit de refus, par la loi musulmane, se dirigeait au lit conjugal comme une hétaïre pour une partie de plaisirs sensationnels, extatiques, inoubliables pour lui, et, parfois, humiliants et déshonorants pour elle, car il s'offrait, sans aucun agrément de sa compagne de délices, toutes les positions sexuelles qui lui procuraient les joies les plus quintessenciées. Jeanne, dans ce monde de sexualité hors normes, avait la part du lion car elle était encore sa préférée et sa nouvelle «bambola «lubrique. Le harem est apparemment une belle et somptueuse maison-close exclusivement privée. Quel heureux Homme!

(N'est-ce pas presque le tableau magnifique du paradis céleste promis et offert à ses soumis par le Prophète Mohammed et souhaité par l'homme de désert pauvre? Et le Coran ne serait-ce pas, ainsi, le produit de son milieu?)

Ibrahim entendit une fois son invité allemand lui dire dans un court aparté:

(Man sagt, daß der reiche Mohammedaner der glücklichste Mensch auf der Erde ist . . . . Nicht wahr?). L'on dit que le riche musulman est l'homme le plus heureux sur terre . . . . N'est-ce pas?)

L'élu du Prophète ne pouvait qu'acquiescer en lui répondant:

(–Aber natürlich, Hans! Das ist ganz wahr .... Mais naturellement, Hans! C'est très vrai.

–Manchmal, wirklich beneide ich ihn um sein Glűck .... Parfois, vraiment, j'envie son bonheur.)

Lui confia son distingué ami, en souriant.

En effet les cossus musulmans n'ont pas besoin d'attendre la mort pour aller se régaler du cadeau paradisiaque offert par le Messager d'Allah. La puissante magie de l'excessive richesse (dans ce cas le pétrodollar) leur fait vivre ce féérique style de vie ici même, sur terre. Quant aux Musulmans de la classe nécessiteuse, pauvre, misérable et rêveuse de splendeurs paradisiaques pour une raison ou pour une autre, ils peuvent toujours attendre la mort pour jouir de leur fantastique séjour d'Eden, rempli de délices de toutes sortes, décrit si merveilleusement dans leur Livre Saint, si, après la mort, paradis il y a!

- Mais quelle vie servile pour Jeanne, fit Pierre, indigné.
- Laisse-moi continuer, cher ami, Jeanne ou (Jihane) n'est pas encore au bout de ses peines.

«Quand je sors de ma grande résidence, me dit-elle dans sa missive, j'ai peur de la police religieuse, chargée de sévir cruellement contre les femmes irrespectueuses de la loi coranique»; si elle tombait donc sur des femmes récalcitrantes, ces dernières subissaient sa colère de bourreau. Une main sortie du manteau noir, un visage découvert, intentionnellement ou par mégarde, la police de mœurs était là pour rectifier la situation en frappant les rebelles sans merci. Si elles enfreignaient les lois musulmanes strictes, la flagellation en était le prix. La décence vestimentaire des jeunes filles et des femmes était de rigueur. Comme Jeanne n'était pas habituée à ce mode de vie, elle tremblait de tous ses membres à l'idée d'attirer sur elle une telle punition corporelle. Pour cela elle en sortait rarement. Une fois, sa peur a pris des proportions alarmantes, quand elle fut témoin d'une scène inimaginable: Des soldats de foi battant à tour de bras des femmes en pleine rue de Riyad, pour des raisons morales, cette séquence dantesque brisa son cœur et perturba ses esprits. En effet la police religieuse, qui traque quotidiennement les récalcitrantes, dit-elle, est la bête noire de la gente féminine et en particulier des jeunes filles, parfois à l'esprit grogneur. Ces contestataires, comme je peux le comprendre, ajoute-t-elle, répugnent à s'enfermer, nolens, volens, (bon gré mal gré), dans cet accoutrement carcéral de moralité . . . .

- Pierre . . .! Interrompant son histoire, Jules, inquiet, lui demande . . . . Tu crois que la contestation de ces jeunes filles aura, un jour, le succès souhaité? Ces rebelles en herbe seront-elles, dans un proche avenir, des victorieux Spartacus féminins?
- Les femmes seules, lui répondit son interlocuteur, pourraient, en effet, entreprendre cet exploit, car seules, les femmes, dans cette religion machiste, sont les véritables victimes, les véritables esclaves. Si elles avaient la ferme résolution et la farouche volonté de briser les chaînes de leur condition servile, rien ne leur serait impossible. Pour ce, l'Islam devra absolument avoir besoin non d'une, mais de plusieurs Jeanne d'Arc, la tâche étant tellement titanesque. Espérons, Jules, que cette grande religion sera capable de produire de telles figures héroïques.
- Tu as raison, Pierre . . . . J'espère que cette religion donnera naissance à de telles héroïnes . . . . Voilà, donc, cher ami, ce que j'ai appris de cette lettre saoudienne sur la vie de notre malheureuse Jeanne, devenue Jihane, nom imposé par son soi-disant mari moderne et sur la société de ce monde musulman, attaché à la lettre aux lois Islamiques.
- En effet, quelle vie dure! s'exclame indigné Pierre. Jeanne mérite-t-elle une telle vie de servitude, un tel cauchemar? Dans sa missive, n'a-t-elle pas exprimé le regret d'avoir quitté Joseph et suivi aveuglement ses instincts sauvages? Lui diras-tu que son ancien amoureux n'est plus? Fille perdue! Elle n'a apparemment pas pensé à un dicton populaire qui dit» Garde-toi bien des souhaits que tu formules», car on ne peut jamais deviner le revers de la médaille. Sa beauté et son ambition l'ont catapultée dans la haute sphère de la brillante société, mais son immaturité l'a basculée sans aménité dans la galère conservatrice, fondamentaliste musulmane. Dans un laps de moins d'un an, sa vie a changé de fond en comble: d'une star chrétienne d'élégance et de glamour, elle est devenue, hélas, une musulmane entretenue et une esclave de sexe. Quelle pitié!

Cette grande religion, qui a, quand même, de si belles vertus, de si honorables habitudes comme le jeûne, la charité, la prière quotidienne, l'offrande, la piété, le pardon, la miséricorde, l'aumône, le pèlerinage aux lieux saints, l'hospitalité légendaire et d'autres encore, n'arrivera-t-elle pas un jour à bannir certains versets cruels, irraisonnables et obsolètes de ses Livres Saints et certaines règles datées et insensées de ses us et coutumes?

- Je ne sais point, Pierre, je ne comprends plus ce monde musulman, car les penseurs sérieux laïcs, si, de nos jours, philosophes laïcs il y a, n'osent pas s'attaquer aux lois coraniques de peur d'anathème et de menace de mort. Faute de ces philosophes laïcs éclairés et combatifs, les religieux fondamentalistes sèment la terreur et maintiennent l'hégémonie cruelle sur la pensée de ces derniers et sur leur société . . . . Quant à Jeanne, cher ami, elle ne mentionne pas Joseph. Elle n'en parle pas. Il est trop tard, comme tu le sais. D'ailleurs, est-ce que nous, nous méritons cette guerre civile? Cette destruction? Ce chamboulement général? Nous vivons, à la vérité, dans un monde démentiel.
- Ce sont les choses terribles de la vie, Jules. Laisse tout tomber. Laisse Jeanne croupir dans la débauche et l'esclavage, oublie les pérégrinations et les turbulences de cette femme acéphale. Oublions le passé et pensons à notre avenir et à celui de notre pays. Les tranchées se multiplient et les murailles de haine s'épaississent. Le nombre des victimes a atteint les cent mille et les partis belligérants ne sont pas capables de sauver ce qui reste à sauver.

Pierre, après avoir suivi avec intérêt les vicissitudes de l'aventure surréaliste de Jeanne chez son ami, gagna le chemin de sa maison avec l'espoir que tout s'arrangerait dans cette patrie profondément meurtrie, même si tout le bouleversait: la guerre civile, la mort de ses amis et la triste histoire de Jeanne.

La mort de Joseph ne découragea pas non plus Emma, car elle savait que l'amour du pays le dévorait. Elle, comme lui, souhaitait que les ennemis reviennent à leur bon sens en transcendant, une fois pour toutes, les obstacles et les divergences qui martyrisaient et même tuaient cette douce patrie. Dans les troubles de ces nuits de guerre, il lui avait donné un court poème émané du fin fond de son cœur. Emma le garda jalousement et le lisait de temps en temps avec douleur sentant, à chaque mot, à chaque phrase, la profonde angoisse de l'âme déchirée de ce vaillant patriote.

Pays de mon enfance

Du fond de l'ermitage,
Du fond de mon alcôve,
Du fond de mes nuits fauves,
Paraissent écartelés
Tes villes et tes villages
Tes côtes et tes vallées.

Les cris de tes combattants,
Les chants de tes soldats mourants
Les plaintes de tes filles et tes fils
S'élancent, se répercutent, gémissent
Aux balles des canons et fusils
Qui, sans cesse, mugissent et rugissent.

La haine, l'envie et la traîtrise
Déchiquettent le sein de ta terre,
La soif du trône et la mainmise
Embrasent l'altier sol de tes pères.
Pantelant et réduit en cendres
Pleure, pleure tes péchés dans les antres.

Mais purifié de feu, de fer et de sang
Et guéri de maux, d'erreurs, de vaine démence
Cher pays, tu rayonneras, jeune, parmi les ombres
En déterrant de tes débris et tes décombres
L'enviable beauté et la gloire d'antan
Pour montrer, fier, ton audacieuse renaissance,
Pour garder tes lauriers à jamais triomphants.

Dévorée, elle aussi, par le désir incoercible du changement et du renouveau, elle persévéra sa lutte aux côtés des Avrilistes. Le quartier général des «Démocrates-républicains» devint en quelque sorte sa résidence permanente. Parfois même, elle visitait les points chauds pour leur apporter de rares ravitaillements et des munitions indispensables. L'espoir qui animait Joseph malgré les moments de dépression luisait avec éclat en elle. Le souvenir d'une amitié profonde, d'un amour sincère et le rêve de beaux lendemains poussaient Emma à accepter tous les sacrifices pour l'amour de la patrie, de son sol, de ses montagnes, de sa mer, de son ciel et de son peuple vaillant qui pourtant souffrait sous les mains de cette classe dirigeante qui, par son égocentrisme, sa négligence, son fanatisme, son fascisme, son inconscience et sa lâcheté, jeta le pays dans le chaos sanguinaire.

De leur côté, les combattants livraient sempiternellement leur bataille sacrée. Ils restaient parfois des jours entiers dans les tranchées et derrière les barricades. Souvent déprimés par cette éternelle guerre, enfouis comme dans l'enlisement sans aucune lueur d'espoir, ils vidaient des bouteilles de whisky. D'autres oubliaient leurs peines et leurs extrêmes fatigues en absorbant de l'opium et en aspirant du haschisch. L'alcool et les drogues leur étaient la seule échappatoire dans cette vie infernale à laquelle ils ne voyaient aucune issue satisfaisante. La nourriture et l'eau qu'ils avalaient étaient parfois mêlées à la pestilence du lieu. Rien n'était lavé. Ils croquaient les rares fruits sur lesquels ils tombaient et mangeaient les légumes sans discernement ni propreté. L'odeur des égouts éventrés, le système sanitaire défaillant, les cadavres mutilés provoquaient des vomissements. Certains, déshydratés, avaient des haut-le-cœur et parfois des diarrhées; cela se passait non seulement dans la capitale mais aussi dans les villages dévastés par la guerre. Dans certains cas, l'absence de douleur, de colique surtout, les tranquillisait et leur faisait croire que c'était un mal passager. Mais dans d'autres cas, la faiblesse physique extrême, l'amaigrissement rapide, la crampe attaquant leurs jambes, la soif intense et l'abattement profond qu'ils avaient, étaient de très mauvais augure, de surcroît de nombreux malades étaient la proie de la dysenterie qui causait aussi des diarrhées mais avec des pertes de sang cette fois-ci, alors les cris s'élevèrent sur toutes les ondes radiophoniques et sur les chaînes de télévision, alarmèrent le peuple et provoquèrent la panique dans le pays tout entier:

– Est-ce une nouvelle calamité? vibrait morose la voix sur les ondes de la radio nationale; une autre arme, enchaîna-t-elle sur le même ton, impassible et inéluctable venue seconder la guerre pour décimer, pour de bon, ce brave peuple?

Ceux qui en étaient sérieusement atteints avaient la peau relâchée, ridée, froide et moite. Leurs joues creuses et leurs yeux caverneux s'entouraient de couleur bleue tirant sur le noir. Leur voix s'enrouait et leur expression devenait anxieuse. Les médecins ne savaient où se donner de la tête pour venir en aide, dans ce cas terriblement grave, aux combattants apathiques et aux autres blessés qui, par centaines, se suivaient incroyablement aux dispensaires et aux hôpitaux déjà encombrés de nombreux mutilés. À cause de cette longue et impardonnable guerre, les médecins ne disposaient ni de sang ni de tétracycline ni d'autres médicaments appropriés pour arrêter ce fléau dévastateur: Etait-ce le choléra?

Empoignant sa faux assassine, cette épidémie, nouveau Minotaure, venait-elle, à grands pas, récolter son horrible moisson?

TABLE DES MATIÈRES